KB163089

Re:제로

Re: Life in a different world from zero

부터 시작하는 이세계 생활

Characters

Re: Life in a different world
from zero
only ability I got in a different world "Returns by Death"
I die again and again to save her.

플롭
Flop

볼라키아의 상인. 동생과 함께
제국 각지에서 장사하고 있다.

미디엄
Medium

플롭의 동생.
두 자루 만도가 무기.

토드
Todd

제국 군인. 목적을 위해
수단을 안 가리는 냉철함이 있다.

로우안
Louann

술에 찌든 주당.
검 솜씨가 좋고, 그만한
판단력도 지닌 실력자.

자욱하게 깔린 검은 연기, 불길 너머로
천천히 무언가가 모습을 드러낸다.
그것은 얼굴에 적신 천을 두르고
한 손에 도끼를 잡은 남자였다.

「자, 자네는 대체, 누구야.
왜 이런 짓을.」

Re: Life in a different world from zero

The only ability I got in a different world "Returns by Death"
I die again and again to save her.

CONTENTS

Re:제로

Re: Life in a different world from zero

부터 시작하는 이세계 생활

27

나가츠키 탓페이 지음

오츠카 신이치로 일러스트

표지 · 본문 일러스트
오츠카 신이치로

제1장 『지키고 싶은 것』

1

——하늘하늘, 휘청휘청, 어질어질.

의식은 천천히, 마치 대해 위의 배처럼 흔들리고 있다.

휘청거리는 의식이 무겁게 느껴져서 눈을 감고 있는데도 눈이 팽팽 돌아가는 것 같다.

부족하다. 모든 것이 부족했다.

모든 게 다 어딘가로 줄줄 새는 것처럼, 많은 것이 부족하다.

주워 모아야 한다. 다시 눌러 담아서, 그다음에 다시 한번 일어서야 한다.

꼭 가야 하는 장소가 있고, 가고 싶다고 바라는 마음이 있어서.

살아야 하는 이유가 있고, 살고 싶다고 외치는 소원이 있어서.

모든 것이 부족하고 누락되어 불완전한 상태라도, 전진해야만 한다.

그러기 위해서, 나츠키 스바루는——.

"······모르는 천장이다."

의식이 각성한 직후, 스바루는 판에 박은 대사를 중얼거리고 있었다.

온몸이 땀으로 흥건히 젖어서, 악몽을 꾸고 일어난 아침 같은 감각이 든다. 실제로 그 느낌도 틀린 것은 아니리라. 침대도 편안하다고는 할 수 없었다.

근대의 건축양식을 무시하고 만들어진 조잡한 천장과 딱딱한 침대는 미숙한 기술을 억지로 밀어붙여 세운 판잣집이라고 할 만한 곳이었다.

왜 이런 곳에서 자고 있었는지 뿌연 기억을 천천히 풀어낸다.

"분명히, 편의점에 갔다가 돌아오는 길에 이세계에 불려서, 에밀리아땅과 만나서 이하 생략······."

지나치게 거슬러 올라간 혼잣말이지만 너스레를 떨고 있으니 머리가 회전하기 시작한다.

그렇다. 이세계에 소환당한 소년 나츠키 스바루는 끝내주는 은발 미소녀와 만났다. 그 뒤에도 다양한 대모험을 거치다 끝내는 모래의 탑을 공략하고 이웃 나라로 날아왔다.

자기가 말하고도 영문을 모르겠다. 다만, 생각에 빠져 있다가 문득 떠올랐다.

"렘······!"

기댈 사람이 없는 이웃 나라로 스바루와 함께 날아와, 거기서 깨어난 소중한 소녀.

스바루는 그 소녀를 지켜야만 한다. 그렇건만, 따로따로 흩어지고 말아서──.

"바보냐, 나는. 아니, 바보 맞지, 나는……! 지금 당장 렘을 구하러……."

"──웬 야단법석인가요."

반사적으로 몸을 일으키고 그 반동으로 뛰쳐나가려던 스바루는 옆에서 날아든 목소리에 고개를 돌렸다가 "아." 하고 눈을 크게 떴다.

딱딱해서 불편한 침대, 그 옆에 앉은 파란 눈의 소녀가 스바루를 바라보고 있었기 때문이다.

"레, 엠……?"

"──네, 라고 대답하는 데는 별로 긍정적이지 않습니다. 아직 저는 자신을 당신이 말하는 렘이라는 사람이라고 인정하지는 않아서."

딱딱한, 감정이 평탄한 말투의 소녀── 렘의 존재에 스바루는 숨을 집어삼켰다.

이 소녀가 눈앞에 있으며, 대화를 할 수 있고, 꿈이나 허깨비가 아니라는 증거가 손의 온기로도 전해진다. 그렇다. 잠자는 스바루에게 덮어 준 허름한 이불 아래, 꼬옥 잡은 소녀의 손에 어린 온기가.

"이거…… 설마, 일어날 때까지 손 잡아 주고 있었던 거야?"

"뭐? 보고도 모르겠습니까? 당신이, 제 손을 잡고 놓지 않았던 거예요."

"아, 아아, 그런가. 그렇겠지! 내가 붙잡고 있으니 말이지……."

기대와 현실의 구별이 가지 않아 렘의 언짢은 기색에 박차를 가하고 말았다.

　물론 지금의 렘이 스바루의 손을 잡으려고 마음먹을 턱이 없다. 다만, 그래도 뿌리치지 않은 것에 스바루는 희미하게 안도하고 있었다.

　"뭔가요, 그 눈은."

　"아, 아니아니, 아무것도 아닙니다, 넵."

　"그런가요. 슬슬, 그만놔주세요. 손의 땀 때문에 축축합니다."

　"사춘기의 남자에게 절대적인 대미지……!"

　잡은 손을 풀어내며 사람에 따라서는 평생 사라지지 않을 상처가 생길지도 모를 일격을 가했다.

　그렇다고는 해도, 그것은 어디까지나 마음의 상처 이야기. 중요한 것은 몸의 상처, 그것도 렘의 안녕이다. 언뜻 보기로, 렘이 괴로워하는 눈치는 찾아볼 수 없었지만.

　"렘, 어딘가 다친 곳은 없고? 어디 아프거든 말을……어, 뭐야, 그 얼굴."

　"……당신이 그런 소리를 해요? 조금만 더 심했으면 죽을 지경이었는데."

　안부를 걱정하려는 심산이었는데, 그렇게 대꾸한 렘의 태도는 처음보다 더욱 싸늘했다.

　그리고 그 지적에 당황하는 스바루를 보자 렘은 실망을 숨기지 않고 탄식했다.

　"자각이 없나 보네요. ──역시, 당신은 신용할 수 없어요."

"_____."

또렷하게, 눈을 보고 날린 거절의 말에 스바루의 가슴이 심하게 삐걱거렸다.

'기억'을 잃었고 스바루를 에워싼 독기의 냄새도 나쁜 인상을 더한 탓에, 렘의 태도는 일관적으로 딱딱하고 싸늘하다.

하물며 이번에는 스바루와 렘 사이에, 도랑을 메울 만한 기회도 마련하지 못했다.

스바루는 오로지 필사적으로 렘을 제국의 진지에서 구출해 내려고——.

"——아."

또 한 가지, 스바루 머릿속에서 기억의 조각이 채워져 뇌가 떨리는 착각을 느꼈다.

제국의 진지에 사로잡힌 렘을 구하려고 스바루가 나섰던 일대 도박—— 그 결과, 스바루는 숲속에서 『슈드라크의 민족』이라는 부족과 만나 같은 감옥 안에 있던 포로 남자와 함께 부족의 의식을 받았다.

그리고——.

"……검지 않은, 오른손이 있어."

자신의 오른팔을 들어 올려 없어진 소매와 거기서 엿보이는 피부를 보고 중얼거렸다.

스바루의 오른팔에 있던 추하고 검은 무늬. 그것은 수문도시 프리스텔라에서 마녀교의 대죄주교와 조우했을 때의 후유증이었다. 그것이, 흔적도 없이 사라졌다.

──그 검은 무늬가, 너덜너덜하던 오른팔의 상처를 치료했다.

끔찍한 사건이었지만 아무래도 그것은 꿈도 악몽도 아니었던 모양이다. 아니, 악몽이기는 하지만 현실의 사건이었던 모양이다.

쓸모가 없어졌던 오른팔이 낫고, 스바루의 머리맡에는 렘이 있다.

즉, 스바루는 죽지 않고 『혈명(血命)의 의식』을 마치고 렘의 탈환을 완수했다는 뜻이다. ──대신에, 많은 희생을 치러서.

"……안색이 나빠요. 아직, 누워 있는 편이 나을 겁니다."

침묵한 스바루를 바라보며 렘이 그렇게 말했다.

그것은 렘의 타고난 자상함 때문인지, 아니면 그만큼 스바루의 얼굴이 죽은 사람 같았는지.

그러나 응석 부릴 수 없다. 확인해야만 할 사항이, 너무나 많다.

"걱정해 줘서 고마워. 그래도 지금은 가만히 있을 수 없어. 여기는 슈드라크 사람 중 누군가의 집이지? 미젤다 씨네는?"

"……밖에 있어요. 깨어나면, 만나러 와 달라고 하더군요."

머뭇거리며 렘이 마뜩잖게 대답했다. 마지못해서 하는 태도에 눈매가 부드러워지던 스바루는 한 가지 더, 물어봐야 할 사항을 묻기로 했다.

렘과 같은 곳에 잡혀 있던 존재── 루이의, 소재를.

"솔직하게 묻겠는데, 그 녀석은……루이는?"

"──떨떠름한 표정이네요. 어째서 그 아이를 멀리하는 건가요."

"그건 설명하기 어렵고, 설명해도 이해해 주지 못할 것 같은 이유가 있어."

루이에 관한 대화는 반드시 렘의 역정을 사고 만다.

그것을 괴롭게 생각하면서도 대화해서 통할 만한 게 아니라고 스바루는 생각하고 있었다.

"……뒤돌아보세요."

스바루의 태도를 고집이라고 여겼는지, 렘은 나무라는 눈초리로 말했다. 그 말에 스바루는 뭔가 싶어 눈썹을 모으고 침대를 뒤돌아보았다. 거기에———.

"색, 색……."

침대 반대쪽, 새근새근 앳된 표정으로 자고 있는 루이가, 스바루의 배 언저리에 머리를 얹고 대차게 침을 흘리고 있었다. 흥건하게 젖은 감촉은 자다가 흘린 땀이 아니라———.

"으아으———!!"

말이 되지 않는, 스바루의 절규가 슈드라크의 촌락에 울려 퍼졌다.

2

"그건 그렇고, 스바루가 무사히 깨어난 것은 다행이다."

그렇게 말하고 용맹한 웃음을 지은 미젤다가 스바루가 깨어난 것을 축복해 주었다.

검은 머리를 붉게 물들인 『슈드라크의 민족』의 젊은 족장. 소위 아마조네스 같은 삶이 뿌리내린 이들이지만, 개중에서도 미젤다는 겉과 속 모두 그런 삶을 체현하고 있다.

　그 시원시원하고 호쾌한 태도에 스바루도 자연히 흉금을 털어놓을 마음이 들었다.

　"덕분에 생환했어. 미젤다 씨에게도 걱정을 끼친 모양이네."

　"신경 쓰지 마라. 죽으면 용감한 동포의 영혼을 돌려보내고 주검은 흙으로 애도할 뿐이다. 그렇게 되지 않고 너의 영혼이 머무른 것은 기쁜 일이다."

　그 꾸밈없는 말에 가슴을 관통당한 스바루는 뺨을 긁고 속으로 얼버무렸다.

　솔직히 처음에 『슈드라크의 민족』에게 잡혔을 때는 죽음까지 각오했었다. 그것이 돌고 돌아 이러한 우호적인 관계를 쌓은 것은 기쁘다.

　"이미 상대가 있는 것이 안타깝다. 렘과 루이, 한 명쯤 더 늘리지 않겠나?"

　"미젤다 씨!"

　살짝 장난기가 서린 미젤다의 제안에 스바루 옆에서 렘이 언성을 높였다.

　새로운 나무로 만든 지팡이를 짚은 렘은 자다 깬 루이를 팔에 매단 채였다. 그 큰 소리에 놀란 소녀의 머리를 쓰다듬고 미젤다를 조용히 노려보았다.

　"말씀이 과하세요. 저는 이 사람을 신용하지도 이해하지도 않습니다."

　"그렇다면 내가 받아가도 되겠나?"

"네, 당연하지요. 드리겠습니다."

"내 의견이 반영되지 않았어!"

"아―우―!"

새치름한 태도로 렘이 스바루 양도안에 합의했다.

당황해서 스바루가 스톱을 걸자 분위기에 휘말린 루이도 외치고 있었다.

아무튼 미젤다와의 관계는 양호하다. 다른 슈드라크도, 미젤다의 여동생인 타리타를 포함해서 스바루를 호의적으로 보는 모양이다.

그것이 『혈명의 의식』에 참가해 의식을 극복한 결과이리라.

단――.

"그렇다고 너에 대한 인상이 좋아진 거 아니다마는."

"――흥. 꽤 무례한 말투로군. 네놈 혼자서 지금과 같은 성과를 얻을 수 있었다는 말이라도 할 셈이냐? 그렇다면 그건 터무니없는 자만이다."

"그렇게는 말하지 않고, 그렇다고도 생각하지 않지만……."

입술을 뒤튼 스바루의 반응에 마주한 인물이 "뭐냐." 하고 언짢게 응수했다. 하고 싶은 말이 있다면 말하라는 듯한 태도에 스바루는 어깨를 으쓱였다.

"그런 가면 쓰고 있는 녀석에게 들어도 설득력이 없다고 생각했을 뿐이야."

그렇게 말한 스바루는 그 불손한 상대의 얼굴을 손가락으로 가리켰다.

거기에는 적색과 백색으로 칠한 오니 가면—— 스바루에게
는 귀면(鬼面)으로 보이는 것을 쓰고 있었다. 이 세계에는 『오니
족』이 존재하기에, 오니 가면이라고는 부르지 않겠지만.

다만, 무언가 두려운 존재를 본뜬 가면을 쓴 남자가 거기에 있
는 것이다.

——장소는 『슈드라크의 민족』의 집회장. 간소한 목조 건물뿐
인 촌락이지만, 거기에서 가장 큰 건물 안에 주요한 구성원들이
모여 있었다.

슈드라크로부터는 족장인 미젤다와 그 동생 타리타. 스바루
쪽은 지팡이를 짚은 렘과 그 팔에 매달린 루이. 그리고 그들 한복
판에 있는 것이 귀면의 남자.

그는 스바루의 지적에 "아아." 하고 따분한 듯이 대꾸했다.

"헌상받은 물건이다. 원래부터 이후로도 얼굴은 숨길 작정이
었어. 마침 잘됐다면 잘된 셈 아니냐. 나도 세수할 때마다 붕대
를 푸는 것은 번거로웠다."

"더러워지면 가려울 것 같고 말이지⋯⋯. 아니, 그런 이야기
를 하고 싶은 게 아니라고."

남자가 가면을 만지며 던진 대답에 스바루는 얼굴을 찌푸리
고, 시선을 날카롭게 세웠다.

"너와는 얼굴을 맞대고 이야기 좀 하고 싶다. ——빈센트 아벨
쿠스."

"＿＿＿＿."

그렇게 불리자 남자의 표정이 어떻게 변화했는지, 가면 너머

의 얼굴은 보이지 않는다.

하지만 희미하게 집회장의 분위기가 팽팽해지며 피부로 느껴지는 온도가 내려간 착각이 있었다. 무심결에 뒷걸음질 칠 뻔한 압박감이지만, 스바루는 기합으로 버텼다.

스바루의 그 모습에 귀면의 남자는 천천히 고개를 가로저었다.

"첫 번째는 몽롱하던 중이니까 용서하지만, 내가 같은 말을 하게 하지 마라. 따라서, 세 번째는 없는 줄로 알아라. 내 이름을 함부로 입에 담는 것은 삼가도록."

"……싫다고 한다면?"

"상응하는 벌을 내리겠다. 네놈이 죽는 소리를 지르게 할 방법이야 얼마든지 알고 있다만."

눈싸움하는 남자의 발언에 거짓은 없다고 스바루는 직감적으로 깨달았다. 위협이 아니다. 설령 손패가 제한되었더라도, 남자는 반드시 입에 담은 필벌을 성립시킬 것이다.

"너, 열 받는 놈이네……."

"그렇다면, 세 번째를 말하게 해 보겠나?"

"아니, 그건 그만두겠어. 말다툼하려고 온 게 아니야. ──아벨."

오기를 부려 봤자 의미는 없다고, 스바루는 거기서 먼저 숙여 두었다.

그리하여 귀면의 남자── 그의 호칭을, 일단 충고에 따라서 아벨로 하기로 결정했다. 스바루의 그 판단에 아벨은 "현명하군." 하고 끄덕였다.

"네놈이 물러서지 않으면, 피를 보게 되었을 테니까."

"서슴없이 말하셔. 하지만, 나와 네가 붙으면 승부는 반반일 걸."

"그 말, 뒤돌아보아도 같은 소리를 할 수 있나?"

가는 말이 고와야 오는 말도 곱다. 반박한 스바루는 아벨의 말에 눈썹을 모으고 뒤돌아보았다. 그러자 거기에는 두 남자의 언쟁을 차가운 눈으로 보고 있는 렘의 모습이 있었다.

"저, 저기, 렘 씨? 그 표정은……."

"아무것도 아닌데요? 단지, 다 죽어 가며 사흘이나 자고 있으면서 시시한 오기 때문에 또 몸을 상하게 하기에. 그대로 나가 죽으면 되지 않을까요?"

"미안, 잘못했어. 이제 안 할게!"

렘의 차가운 눈에 눌려서 스바루가 필사적으로 빌었다.

그 결과, 렘의 없는 신용을 되찾는 것은 실패했지만, 문득 깨달았다.

새삼스럽지만 죽어 가던 스바루가 살아남을 수 있었던 이유는, 특별한 영약이라도 없는 한은 치유 마법에 의한 것일 가능성이 높다.

그렇다면, 그 장본인은——.

"그 취급도 포함해서, 네놈과는 대화를 나누어야 하겠지."

스바루의 옆얼굴로 속마음을 짚어 냈는지, 아벨은 렘의 처우라는 주어를 덮고서 그렇게 말했다. 그리고 그는 미젤다 쪽을 돌아보고 말했다.

"미젤다, 전원 자리를 비워라. 나와 이 남자만 있으면 된다."

"이거 참, 마음대로 하는군. 잘생긴 남자가 아니었으면 화냈을 거다."

"언니, 잘생긴 남자 상대라도 화내 주세요…….."

아벨의 지시에 순순히 따른 미젤다의 불평에 동생 타리타가 어깨를 축 늘어뜨렸다. 하지만 족장에다 언니인 사람의 판단에 거역하지 않고, 두 사람은 집회장을 나가고자 일어섰다.

나머지는 렘과 상황을 이해하지 못한 채 맹한 표정을 짓고 있는 루이 두 사람이지만.

"렘도 잠깐 나가 줄 수 있을까. 이 녀석과 중요한…… 중요한 이야기를 해야 하거든."

"……싫다고 한다면, 어쩌시겠습니까?"

"응?!"

아벨을 상대하느라 한계였던 스바루는 렘의 그 말에 깜짝 놀랐다.

솔직히 렘이 물고 늘어지면 스바루는 맥을 못 춘다. 가능하다면 렘이 하고 싶은 일이나 희망은 뭐든지 이루어 주고 싶다. 그러나——.

"——. ————. 이것은, 들려주고 싶지, 않은데."

고뇌하면서 스바루는 빤히 응시하는 렘에게 그렇게 대답했다.

그런 렘의 소매를 루이가 "우——." 하고 옹알대면서 끌어당겼다. 작은 몸째로 렘을 잡아당기는 루이는 아무래도 집회장 밖으로 데리고 나가려는 것 같았다.

루이의 그 모습에 스바루는 놀라고, 렘은 슬쩍 미소를 지었다.

"미안해요. 단지 조금, 이 냄새 나는 사람에게 싫은 말을 하고 싶어졌을 뿐이에요."

"냄새 나는 사람……."

무슨 싫은 말보다 더 상처를 주는 한마디였지만, 지금은 유구무언이다.

루이에게 대답한 대로 렘은 "그럼." 하고 선선히 물러나서 루이와 손을 잡고 집회장을 나갔다. 그 등을 배웅하던 스바루는 길고 깊은 숨을 내뱉었다.

렘의 태도는 판단하기 어렵다. 신용과 적의, 어느 쪽 비율 쪽이 더 큰 것인지.

"물론, 신용 쪽이 기쁘겠지만 헛된 희망은 말아야지. 그것이 나의 라이프 스타일……."

"시답잖은 인내와 자만심이군. ——따라와라, 네놈 이야기를 들어 주마."

그렇게 단둘이 된 집회장, 스바루와 아벨은 모닥불을 사이에 두고 마주 보았다. 스바루는 털썩 책상다리로 앉고, 아벨은 귀면을 쓴 채로 무릎을 세우고 앉은 모양새다.

"먼저 묻고 싶은 것은 어디부터 어디까지가 꿈이고 사실이었는지야."

"하. 그거야말로, 네놈 말고 알 도리가 없는 물음이군. 내가 무슨 대답을 하길 바라지? 모든 게 다 물거품 같은 꿈이고, 사태는 평화적으로 진행되었다고 들으면 만족하나?"

"*우타카타라는 아이가 있으니까, 그거랑 헷갈리네……."

『슈드라크의 민족』 내에, 어린 소녀가 한 명 있으며 그 소녀가 우타카타였을 터다.

그 이름과 단어가 헷갈리지만, 아벨이 한 말의 본질은 그 점이 아니다. ──아니, 스바루는 알면서도 함부로 말하길 피했다. 그 소심함을, 아벨은 결코 놓치지 않는다.

"네놈의 새가슴에 맞춰 줄 생각은 없다, 나츠키 스바루."

"……그래, 알아. 그 뭐냐, 제국의 진지를 공격한 것은 현실이야?"

"물론 그렇다. 바드하임 밖에 전개하고 있던 제국의 진은 슈드라크의 힘으로 모조리 쳐부수었다. 네놈이 본 것은 환상도 뭣도 아니다."

──아벨의 입이 또다시 그건 현실이었다고 이야기한다.

꿈이길 바랐다. 악몽 같은 광경. 그러나 현실은 스바루가 쉽게 도피하게 두지 않는다. 가슴속에 묵직한 것이 쿵 내려앉아 숨이 턱 막혔다.

"이야기는…… 이해했어. 네가 『슈드라크의 민족』을 이끌어서 제국의 야영지를 공격했다. 그걸로 놈들을 쫓아냈다. 그런 거군."

"그래. 하지만 그것만으로는 부족하다. ──이것은, 네놈의 공적이다."

"아?"

---

* 일본어로 우타카타는 물거품(포말)이라는 의미가 있다.

"모르겠나? 이번 싸움에서 적을 압도할 수 있던 것은 상대의 진용을 자세하게 알 수 있었기 때문이다. 다름 아닌 네놈의 입을 통해서 말이지."

세운 무릎 위로 턱을 괸 아벨의 말에 스바루의 사고가 정지했다.

냉정하게 전투의 결과를 받아들이려던 중에 던져진 폭탄. 그 의미를 이해하지 못해 스바루는 연거푸 입을 뻐끔거렸다.

"무슨…… 무슨 말을, 하는 거야? 내가, 뭘……."

"적의 진용과 배치, 그 개요를 알면 공략하는 작전의 확실성이 오르지. 실제로 이쪽은 피해 없이 승리를 거두었다. 그것이 네놈의 공헌이다. 포상도 쥐여 주었지."

"————."

"네놈의 여자를 구출한 것이 그것이다. 나는, 활약에는 보답한다. 죽은 자에게는 보답할 방법이 없다. 네놈의 숨이 붙어 있는 동안에 하려 서둘렀지만…… 흥, 악운이 강한 남자군."

악운이 강하다고 그래도 스바루는 어안이 벙벙할 뿐이다.

어쩌면 아벨에게 그것은 칭찬이었을지도 모른다. 하지만 공교롭게도 스바루에게는 그것을 받아들일 문화가 뿌리내리지 않았다.

당연한 바다. 왜, 전쟁의 도구로서 도움이 되었음을 기뻐해야 한단 말인가.

"내가, 야영지 이야기를……? 대체, 어떻게……."

"약초의 부작용이다. 『혈명의 의식』을 마치고, 네놈은 죽음에 직면해 있었다. 따라서 여자와 재회시킬 때까지 버티도록 약을 주었지. 그 효능이 네놈의 머리를 몽롱한 채로 고정한 것이다."

"그래서, 몽롱하던 난 질문 받은 내용을 술술 대답했다……?"

스바루는 멍하니 자기 얼굴을 두 손 사이에 끼우고 목소리를 떨었다.

확실히, 스바루는 야영지에 대해 대략적으로 파악하고 있었다. 한 번은 잔심부름꾼으로서, 며칠을 그 장소에서 보냈다. 인원이나 무기의 위치, 원하는 정보는 대강 갖추고 있었다.

갖추고 있었지만, 그래서 어쨌다는 말인가.

"약이라니, 웃기지 마! 그런 걸 멋대로 써 대긴! 너는……."

"하지만, 그것이 없으면 네놈은 여자와 재회하지도 못하고 죽었다. 즉, 여자의 치유 마법이 네놈에게 닿을 수도 없었지. 죽은 사람을 살렸는데 욕을 먹을 이유는 없다."

"어, 없기는 뭐가 없어……! 나는, 나는 전쟁에 가담하고 싶진 않았다고! 그런, 많은 사람들이, 죽고…… 그런데, 너는!"

"──네놈, 무언가 착각하고 있군."

언성을 높이며 사악을 규탄하는 스바루는 아벨의 냉랭한 음성에 뺨을 굳혔다.

"착각, 이라고? 내가, 뭘 착각하고 있다는 거야."

"가령 약으로 몽롱하지 않았다고 해도, 네놈은 여자를 구해 내기 위해서 슈드라크의 힘이 필요했을 터다. 당연히 가진 지식…… 야영지의 진용에 대해서도 이야기할 수밖에 없지."

"아, 으……."

"이해할 거 아니냐. 결과는 마찬가지다. 네놈이 빈사 상태든 아니든 간에, 결국 네놈의 지식으로 야영지의 비밀은 폭로되고 놈들은 죽어 없어진다."

아벨의 지적에 스바루는 반론하려고 했다. 하지만, 불가능했다.

실제로 만약 『혈명의 의식』에서 더 좋은 형태로 살아남았다고 쳐도, 렘을 구하기 위한 작전을 강구하자는 이야기가 되면 스바루는 제국의 진지 이야기를 했을 터다.

"하지만, 그 경우에는 내가 작전 회의에 참가하고 있어. 죽는 사람이 나올 만한 작전은 나라면 절대로 반대했어. 그러니까……."

"네놈에게 설득이 가능했다고? 죽이는 것 외의 수단이 없고, 알지 못하는 자들을 설득해, 보다 좋은 방법을 찾아내서 사망자가 없이 원만하게 여자를 구출하는 것이 가능했던 것이냐?"

"그, 건……."

"가르쳐 주마. ——그것을, 몽상이라고 한다."

아벨의 말이 푹 꽂혀서 스바루의 영혼이 피를 흘리며 절규했다.

단절된 사생관의 차이, 그것이 스바루와 아벨, 『슈드라크의 민족』 사이에 놓여 있다. 그 벽을 허물고 보다 좋은 방법을 찾아낼 수단은, 분명히 없었을 것이다.

적어도 렘을 잃어버리기 전까지의 짧은 시간으로는 찾을 수 없었다.

"……그렇다고 해도, 나는 포기하고 싶지 않았어."

"네놈이 포기하는 대신에 네놈 외의 누군가가 죽는다. 인연도 연고도 없는 타인이거나, 혹은 네놈의 반신이거나. 멈춰 서서 미련한 고민에 빠져 있다는 것은 그것을 허용한다는 의미다.”

　스바루가 이를 악물고 현실을 저주하자 여전히 아벨은 지적한다.

　그 매서운 태도에 맞바꾸어 아벨은 결과를 끌어냈을지도 모른다. 하지만 대신에 잃어버린 생명을 선별할 권리가 도대체 어떻게 그에게 있다는 말인가.

　“너, 뭐라도 된 줄 아는 거냐. 신이라도 된 줄 아느냐고…….”

　“멍청한 것. 신도 영웅도 아니다. 물론, 이 세계를 내려다보는 사악한 관람자와도 다르지. ──나는 왕이다. 왕중왕.”

　“────.”

　“민초는, 정점에 선 그것을 황제라고 부른다. ──내가, 그것이다.”

　당당히 자신의 가슴에 손을 짚고서 아벨이 선언했다.

　가면 너머, 가려진 표정은 보이지 않는다. 그러나 딱 한 번 본 아벨의 민낯, 그것이 대담무쌍한 웃음을 띠며 눈동자를 형형히 태우고 있는 것이 눈에 선했다.

　너무나도 위풍당당하게, 그는 자신의 존재를 말로 증명했다.

　그 존재 증명을 앞두고 굳어 버린 스바루에 대해서 아벨──빈센트 아벨쿠스는 그 목소리의 위엄을 유지하며 말을 이었다.

　“──신성 볼라키아 제국, 77대 황제, 그것이 나다.”

　“────.”

　“하긴, 지금은 정점에서 끌려 내려와 하야한 신세다만.”

——신성 볼라키아 제국, 77대 황제.

아벨이 밝힌 그 직함을 들은 스바루의 사고가 새하얗게 물들었다.

물론, 그가 예사 인물이 아니라는 확신은 그야말로 처음 밀림의 평원에서 마주쳤을 때부터 있었다. 하지만 그 정체가 『황제』라는 것은 상상의 바깥에 있다.

"——단, 그것이 사실이라면 말이지."

"나의 말을 의심하는 것이냐?"

"당연히 의심해야지. 왜 숲속에서, 그 나라의 가장 높은 녀석이랑 마주치는 처지가 되는데. 네 뻔뻔함은 황제 클래스라고 믿어도 좋지만⋯⋯."

거기서 스바루가 말을 끊고 귀면 뒤에 표면을 숨긴 아벨을 노려보았다.

"얼마 전에도 말했을 텐데. 얼굴을 보여주지 않는 녀석의 무엇을 믿을 수 있겠느냐고."

모닥불 너머, 일렁이는 불꽃 속에서 아벨이 스바루의 말을 받아들였다.

몽롱한 의식으로, 불타는 야영지를 내려다보면서 주고받은 대화가 인용되었다. 그때는 가면이 아니라, 넝마로 얼굴을 가리고 있던 아벨에게 같은 말을 했다.

그리고 그 말을 들은 아벨은 천을 풀어 자신의 얼굴을 보여 주었다.

"──주절주절 시끄러운 남자군."

그렇게 말하면서 벗은 가면을 옆에 둔, 지금 이 순간과 같이.

"_____."

"뭐냐, 그 버릇없는 눈은. 별달리 네놈과 다른 것이 붙어 있지
는 않을 텐데."

"……부품은, 그러네. 배치에 신의 악의를 느끼지만."

얼굴을 빤히 바라보는 스바루에게 아벨의 비꼼이 꽂혔다.

윤기 있는 검은 머리카락과 날카롭고 늠름한 눈매. 위압적인
인상은 강하지만 눈을 떼기 어려운 독특한 매력을 띤 마의 용모
── 이것이 황제의 존안이라는 말씀이다.

다만, 그 아벨의 얼굴에 스바루는 전혀 기억이 없다. 왕선 후보
자인 에밀리아의 첫째 기사라는 입장에 있으며 일단 이웃 나라
의 국가 문제에 관계된 스바루에게도.

"그러기, 마련인가? 나라의 꼭대기인데, 너의 얼굴은……."

"네놈이 알 도리가 없을 테지. 원래부터 내 얼굴은 제도 밖에서
볼 수 있는 것이 아니다. 이 나라에는 내 목을 노리는 자가 지나
치게 많아."

"자기 방위를 위해서라는 거냐? 그렇게 남의 원한을 사고 있느
냐고."

"아니다. 정강한 것이 제국민의 신조이기 때문이다. 나약한 것
은 죽어 마땅한 법, 연약한 것은 죽어 마땅한 법, 약졸은 죽어 마
땅한 법…… 그렇다면, 강자는 모든 것을 손에 넣을 수 있다. 황

제 자리도, 예외가 아니야."

아벨은 자신의 무릎에 턱을 괴고 볼라키아의 극단적인 사상을 이야기했다.

그것이 거짓이 아님은 제국병의 야영지에서 며칠 지내 본 스바루도 알고 있다. 토드나 다른 제국병도, 지금 아벨이 한 말에 크게 찬동할 것이다.

제국주의의 실현, 그걸 위해서라면 어떠한 희생을 치르든──.

"──가만, 이상하잖아."

"뭐가 말이지?"

"가령…… 가령 네가 진짜로 황제라고 친다면, 왜 제국병의 진지를 공격한 건데. 그냥 나가서 진지의 높으신 분과 이야기를 하면……."

"멍청한 것. 나에게 자살 욕구는 없다. 네놈과 같이 보지 마라."

"나에게도 자살 욕구 같은 건 없어. 그런데, 자살……?"

황제가 자국의 병사와 접촉하는 것을 자살행위라고 하는 이유를 모르겠다.

아벨에게 제국병은 전원 다 자신의 부하일 터다. 그것들과 접촉하는 것이 자살행위가 되다니 조리에 맞지 않는다. ──아니, 조리에 맞게 할 방법도 있다.

"……내가 잘못 들은 게 아니라면, 황제 자리에서 끌려 내려왔다고 그랬던가?"

"듣다 놓치지는 않았었나. 하지만 나는 같은 말은 하지 않는다고도 선고했다."

"얼버무리지 마! 중요한 부분이잖아. 그, 황제 자리에서 끌려 내려왔다는 말은……."

표정이 변하지 않는 아벨이 자신과 같은 인간인지 의심스러워진다.

왜냐면, 아벨이 처한 상황이 스바루의 예상대로라고 치면, 그것은 절망적인 상황일 터다. 그 생각이 스바루에게 뒷말을 망설이게 했다.

"──네놈의 생각은 옳다."

그러나 아벨은 스바루의 망설임을 선뜻 밟고 넘어서며 끄덕였다.

숨을 죽이는 스바루 앞에서 아벨의 시선이 살짝 올라가 타오르는 모닥불을 보았다. 불 속에서 장작이 터지고 나뭇조각의 단말마를 들으면서 아벨은 조용히 한쪽 눈을 감았다.

"바드하임 밖에 전개된 제국병의 진은, 정적이 나를 처리하기 위해서 파견한 자들이다. 네놈은 철저하게 덤터기를 뒤집어썼다는 뜻이지."

"그렇지만…… 그렇지만, 진지 안의 사람들은 그런 이야기는 하지 않았었어. 그 사람들은, 자기들의 목적은 숲에 있는 『슈드라크의 민족』과 교섭하는 거라고 말했다고."

스바루에게는 타인의 거짓말을 간파하는 능력이 없다.

그래도 몇십 명이나 되는 사람이 북적이는 장소에서, 외부인인 스바루나 렘을 속이기 위해서만 전원이 입을 맞추고 있다는 것은 현실적이지 않았다. 그렇기에 제국병들은 자신들의 목적이 『슈드라크의 민족』이라고 믿고 있었을 터다.

"그런데 진짜 목적이 너를 잡는 거라니……."

"말을 꾸미지 마라. 공격을 꾀하고 있었다고 말한 것은 네놈 자신이다. 그리고 네놈은 자신과 여자의 몸을 지키기 위해서 슈드라크와 제국병을 저울질했지."

"아니……!"

"아니지 않다. 싸움이 있고, 희생은 돌아오지 않는다. 죽은 자는 아무 말도 하지 않으며, 산 자에게 아무것도 영향을 주지 못해."

"＿＿＿＿＿．"

──죽은 자는 되살아나지 않는다.

아벨의 그 통렬한 말에 얻어맞은 스바루는 눈을 질끈 감았다.

아무것도, 아무것도 모르는 놈이 멋대로 지껄인다. ──죽은 자를 되살릴 방도는 있다.

스바루만이 가진, 유일한 권능이 그 수단이다.

『사망귀환』하면, 스바루는 진지의 전멸 전으로 돌아갈 가능성이 있었다.

그러면 제국병들에게 경계를 촉구해 그들을 죽음의 운명에서 구하는 것이 가능할지도 모른다. 하지만 그렇게 하면 이번에는 『슈드라크의 민족』이 위태로워진다.

이쪽을 세우면 저쪽이 무너지고, 대립하는 양측을 구하는 것은 어렵다.

──무엇보다, 스바루에게는 그들을 위해서 『사망귀환』을 할 만한 기개가 없다.

재시작한다고 해도 더 잘할 가능성이 얼마나 있을까. 이번 루프에서 렘과 스바루의 신병이 무사한 것은 최선이 아니어도 차선의 상태라고 할 수 있다.

이 이상을 바라는 것은, 끝없는 도전과 같은 의미다.

그러기 위해서, 자신의 생명을 갈아 내는 것이 어디까지──.

"네놈은, 정체 모를 고뇌를 품은 어리석은 남자다."

그렇게 자문자답하는 스바루의 고막을 갑자기 아벨의 말이 때렸다.

한순간 무슨 말을 들었는지 알지 못해 스바루는 아연히 눈을 떴다. 정면, 일렁이는 불꽃 너머에서 아벨이 마치 연민하듯이 스바루를 바라보고 있었다.

"왜, 타인에게 아첨하는 일만을 바라나."

"아첨한다니…… 내가?"

"네놈은 타인만을 보고 있다. 네놈은 그런 자신을 의도적으로 구축했다. 전사가 자신의 기술을 단련하듯이, 자기 자신의 마음을 베푼다는 기만으로 가렸다."

"──윽, 너에게 그런 소리까지 들을 이유는 없어!"

아는 척하는 아벨의 말에 스바루는 참기 어려운 분노를 느꼈다. 『사망귀환』도, 스바루 자신에 관해서도 전혀 모르는 상대가, 스바루가 떠안은 것의 만 분의 일이라도 이해할 수 있을 리 없다. 설교도 연민도 번지수를 잘못 찾았다.

"내 질문에 대답해! 제국병의 표적은 슈드라크고, 네 이야기는 한마디도……."

"일개 병졸에게까지 전할 이야기가 아니다. 황제가 하야했다는 건 제도 바깥에 누설되어도 될 이야기가 아니지. 나를 쫓아낸 놈들도 제국이 흔들리는 것을 바라지는 않아."

"—————."

"더해서, 놈들이 슈드라크를 노린 것은 필연이다. 황제 자리에서 쫓겨나 제도로부터 달아난 황제의 손을 잡을 가능성이 있는 것은 슈드라크뿐. ——따라서, 슈드라크를 죽이는 것은 가까스로 익사를 모면한 내 손발을 베어 물 아래로 가라앉히는 거나 마찬가지인 행위."

담담한 설명이 뇌에 스며들어 스바루의 의문이 해소되었다.

토드를 비롯한 제국의 병사들이 밀림을 포위한 것도, 그들이 『슈드라크의 민족』을 교섭으로 무력화하거나 섬멸하려던 이유도, 전부.

"……왜, 슈드라크만이 기댈 구석이지?"

"과거, 볼라키아의 황제가 슈드라크의 궁지를 구원한 적이 있었다. 슈드라크는 은의를 잊지 않아. 『혈명의 의식』도 있다. 그것이 내 승산이다."

일족 전체가 가진 황제에 대한 해묵은 은의와, 의식을 중시하는 슈드라크로서의 자세.

제도에서 쫓겨난 아벨은 거기에 희망을 가지고 『슈드라크의 민족』과의 접촉을 시도했다. 그리고 아벨의 정적은 그것을 막기 위해서 제국병을 밀림에 파견해 황제를 매장하려고 했다는 뜻이다.

불리한 도박이었지만, 아벨은 그 도박에서 이겼다고 할 수 있으리라.

 "하지만 적의 제1진을 물리쳐도, 그걸로 끝날 싸움이 아니잖아?"

 "물론. ——죽으면 그뿐이다. 하지만 나는 살아 있다. 그렇다면 나는 나의 것을 되찾기 위해서, 내가 가진 힘을 다하여 빼앗으러 간다."

 그것이, 볼라키아 황제로서의 아벨—— 빈센트 아벨쿠스의 선택.

 그의 입이 언급한 '것' 이라는 단어가, 스바루에게는 '나라' 라고 다르게 들린 것 같았다. 그것은 너무나도, 스케일이 다른 시각이다.

 "그럼, 너는 지금부터…… 슈드라크 사람들과 함께 전쟁을 시작하겠다는 거냐!"

 "그렇다. 놈들에게는 협력을 약속받았다. 『혈명의 의식』의 결과, 그리고 옛 황제와의 맹약. 긍지를 기리는 자들은 다루기 쉽지. 나와 함께 싸울 것이다."

 "그만큼 하고도…… 아직도 부족하다는 거냐고?!"

 황제 자리의 탈환, 그러기 위해서는 피할 수 없는 싸움이 여러 번 일어나게 된다.

 그것은 전쟁—— 인간과 인간이 투쟁하며 그 생명을 쟁탈하는 장렬한 싸움의 개막이다.

 "————."

불타 버린 제국의 진지, 거기에는 스바루가 알기로 백 명이 넘는 제국병이 있었다.

스바루의 의식이 없던 몇 시간 동안, 백 명 이상의 인간이 생명을 잃었다는 뜻이다.

"어째서, 죽이는 건데……."

"그 외의 방법이 없다. 그뿐이다."

"……정말로, 그런 거냐? 그 외의 수단을 진심으로 찾은 거냐고? 상대를 죽여서 모든 가능성을 빼앗기 전에, 마지막의 마지막까지."

모기 우는 소리 같은 스바루의 가냘픈 호소에 아벨의 눈이 가늘어졌다.

그것은 스바루의 의견을 숙고하고 있다기보다, 왜 그런 짓을 해야만 하느냐는 근본적인 부분을 묻고 있는 것처럼 느껴졌다.

단절된 가치관의 차이. ──여태까지 나츠키 스바루는 운이 좋게도, 가치관이 크게 다른 상대와 관계를 쌓아야만 하는 상황에 빠진 적이 없었다.

이 세계에서 만나는 사람들 대다수는 이성적이고, 가치관의 차이로 말이 통하지 않은 것은 그야말로 『마녀』나 대죄주교 정도다. 하지만 스바루는 그들을 명확히 '다른' 존재라고 정의함으로써 역시 그것들과 가치관을 부딪치는 것을 회피해 왔다.

그러나 아벨은 다르다. 『슈드라크의 민족』도, 제국병들도 달랐다.

그들에게 악의는 없고, 인간의 생사를 가지고 노는 것도, 절대적인 힘을 방자하게 행사하는 것도 아니다.

그 사고방식의 근본을 제외하고, 스바루와 같은 인간이다.

그런데도──.

"……나는, 그저 렘을 데리고 돌아가고 싶을 뿐이야."

앞으로, 아벨의 황제 자리를 탈환하는 싸움이 시작된다.

이것이 전설이나 역사서의 한 페이지라면 다행이었다. 하지만 이것은 현실이고 의지할 데가 없는 지역에서 역사를 바꿀 싸움에 개입할 의지는 스바루에게 없었다.

목적은, 렘을 데리고 루그니카 왕국으로 귀환하는 것.

한시라도 빠르게 에밀리아와 베아트리스, 로즈월 저택의 동료와 합류해 렘의 각성에 대한 기쁨을 나누고, 이후에 대해 상담하는 것이다. ──그 외의 문제에 끼고 있을 수는 없다.

"──가장 가까운 도시나 마을을 가르쳐 줘. 나는 거기에서 돌아갈 수단을 찾겠어."

스바루는 두 손으로 자신의 뺨을 때리고 목적을 한 가닥으로 추려내어 단언했다.

그 말에 아벨은 "호오." 하고 작게 숨을 내쉬었다.

"이치에 맞군. 하지만 그것도 쉬운 길이 아니다."

"쉽든 어렵든, 필요하다면 길을 걸어야지. 가능하면 포장된 길을 말이야."

그렇게 말한 스바루는 입 안의 볼살을 세게 깨물어 아픔으로 의식을 전환했다. 그리고 아벨과, 이다음에도 싸워나갈 고독한 황제와 마주 보았다.

"아직 너에게 인사하지 않았지. ……수단이야 어쨌든 렘을 구해 줘서 고마워. 그 점은 감사하고 있어."

"그 소녀만이 아니라, 또 한 명도 구해냈다만."

"그건 괜한 짓이었고. ……그 덕분에 내 고민은 한동안 유지 중이야."

물론 제국의 진지에서 루이를 잃었을 경우, 렘과의 관계가 심각해질 가능성이 높았다. 어느 쪽이 좋았는지는 스바루도 알 수 없다. 그러니까——.

"나는, 내가 납득할 수 있는 쪽을 고를 거야. ……복잡하지만, 너는 너대로 힘내라고. 하지만 슈드라크의 사람들을……."

"끌어들이지 말라는 말이라도? 어차피 나와 네놈이 개입하지 않았으면 숲째로 불태워지는 것이 녀석들의 말로다. 이것은 이미 녀석들의 싸움이기도 하다."

그것은 부정할 여지가 없다.

그들은 이미 자신들의 몸을 지키기 위해서 싸워야만 하는 처지라고.

그러나——.

"나에게는 도저히 무리야. ……너처럼은 평생 못 될 거야."

스바루는 고개를 가로젓고 아벨을 보면서 중얼거렸다.

한쪽 눈을 감은 아벨—— 그 감은 눈꺼풀은 조금 전과는 반대쪽이다. 말을 더 보태면 아벨의 깜빡임은 독특했다. 한쪽 눈씩, 결코 한 번에 두 눈을 감지 않는 것이다.

그것이, 불과 찰나라도 두 눈을 감지 않기 위해서라고, 스바루는 이해했다.

그리고 그것이 습관이 될 만한 세상에서 생존해 온 볼라키아의 황제, 검랑(劍狼)의 제국에 정점에 선 존재를 두려워하며 외경했다.

"당연하다. 네놈이든 누구든, 나를 대신하지는 못해."

스바루의 중얼거림에 대한 응답인지, 아벨은 그저 고요히 그렇게 말했다.

4

『슈드라크의 민족』과 헤어져 바드하임 밀림의 가장 가까운 도시로 간다.

스바루의 결단을 들었을 때, 생각보다 주위의 반응은 담백했다.

"그런가, 아쉽지만 어쩔 수 없지. 그것이 동포의 결단이라면."

이는 스바루의 이야기를 들은 미젤다의 반응이다.

솔직히 싸우지 않으면 전사가 아니라며 욕을 먹는 것도 각오하고 한 고백이었기에 미젤다가 스바루의 뜻을 존중해 준 것은 기쁘고도 미안했다.

미젤다 이상으로 서운한 눈치인 우타카타의 존재에는 미련이 생겼지만, 그래도 그 또한 스바루가 여기에 머무를 이유는 되지 못했다.

"스, 어디 가. 우는 아쉬워……."

"그래, 미안해. ……저기, 우타카타는 지금부터 무엇이 일어나는지 알고 있는 거야?"

스바루는 옷자락을 잡은 소녀의 머리를 쓰다듬으면서 물었다.

『슈드라크의 민족』의 가치관 및 연대감에 의심은 없고, 미젤다의 결단이 부족의 결단인 것은 확실하겠지만, 그래도 우타카타는 아직 어리다.

아무것도 모른 채 주위의 열기에 들뜨고 있는 거라면——.

"지금부터, 싸움이 시작된다. 우도, 미와 타와 모두와 같이 싸운다."

"……그래."

그렇게 말하면서 우타카타가 등에 멘 활을 보여 주자 스바루는 탄식했다.

어린아이는 아무것도 모르고 있기를 바란다. 그런 기만도 역시 이 밀림에서는 통하지 않는 가소로운 생각이었던 모양이다.

원래, 우타카타에게는 한 번 스바루를 독화살로 사살했다는 실적도 있다.

그렇게 보이지는 않아도 우타카타 또한 『슈드라크의 민족』에 속한 한 명이 맞다. 싸우기 위한 각오도, 상대를 죽인다는 각오도 갖추고 있다. 그래도——.

"죽지 마라, 우타카타."

"우, 안 죽는다! 스도 죽지 마, 노력해."

성원을 돌려받은 스바루는 말문이 막혔다가 힘없는 웃음을 꾸며서 응답했다.

솔직히 아벨과 슈드라크의 싸움에 얼마나 승산이 있는지, 전혀 상상이 가지 않는다.

황제 자리에서 쫓겨난 아벨과, 제국병을 자유롭게 움직일 수 있는 정적. 아무리 아벨이 신산귀모를 구사한다 쳐도, 어디까지 수적 불리를 뒤집을 수 있을지──.

"──준비가 다 됐습니다."

"왓!"

"……왜 그러는 건가요. 그렇게 놀라고."

생각에 잠겨 있을 때 옆에서 누가 말을 걸어 스바루가 놀라자, 말을 건 상대는 미심쩍은 표정을 지었다.

그것은 나무지팡이를 들고, 적은 짐을 짊어진 렘이었다. 그 여행 복장은 스바루와 함께 숲을 나갈 준비를 마친 모습이다. ── 솔직히 렘의 반응은 의외였다.

아벨에게 선언한 뒤, 스바루는 렘을 설득하는 것이 가장 어려울 것으로 생각하고 있었기 때문이다.

최악의 경우, 자고 있는 렘을 억지로 데리고 나가 야반도주 같은 기세로 슈드라크의 촌락과 작별할 각오를 하고 있었을 정도였다.

하지만 일단 거절당할 것을 각오하고 정면으로 사정을 털어놓자 렘의 반응은 생각지도 않게 선선한 것이었다.

「──알겠습니다. 내일까지 준비를 마치겠습니다.」하고.

그렇기에, 이렇게 여행 준비를 마친 렘을 보아도 스바루는 그것을 도통 현실의 것으로 받아들이지 못하고 있었다.

"……저기?"

"아! 아니, 미안해, 괜찮아. 응, 여행 복장도 근사하네. 귀여워, 귀여워."

"뭐?"

"……가 아니라, 야무지게 잘하네! 덕분에 살았어. 네가 야무진 사람이라 나는 행운아이지 뭐야."

문답이 너무 어색해서 렘에게 상당히 의심의 눈초리를 사고 말았다.

딱히 비위를 맞추고 싶은 것은 아니다. 물론 렘이 반항하지 않는 것이 고마운 상태이기는 하기에, 가능하면 관계성의 현상 유지가 바람직하다.

더욱 마음을 터놓는 게 이상적이긴 하지만.

"그래서, 당신 쪽의 준비는? 작별을 아쉬워할 시간은 있었던 것 같습니다만……."

"아아, 그쪽은 문제없어. 원래 짐은 적었고, 거의 렘이 들어 주고 있으니까."

"……하지만, 당신은 나까지 들고 가야 하는데요."

그렇게 말한 렘의 시선이 가는 곳은 광장에 놓인 수제 목조 구조물이다.

굵은 나뭇가지와 넝쿨을 조립해서 만든 그것은, 스바루가 렘을 지고 이동하기 위해서 만든 소위 지게라는 도구였다.

지팡이가 있으면 렘도 주춤주춤하나마 걸을 수 있지만, 여기서 가장 가까운 도시로 이동하려 해도 며칠씩 걸리는 여정이다.

그사이, 렘의 보조에 맞추다가는 얼마나 걸릴지 모른다. 그 때문에, 스바루가 슈드라크와 협력해서 만든 물건이었다.

"핸드메이드감은 꽤 있지만, 튼튼함은 문제없을 거야. 렘보다 무거운 타리타 씨로 확실히 실험을 마쳤거든."

"그다지 무겁고 가벼운 데에 집착은 하지 않습니다만, 타리타 씨에게 실례라고 생각합니다."

또다시 렘의 역정을 산 스바루는 쓴웃음과 함께 볼을 긁었다.

그러고 나서 스바루는 시선을 렘의 뒤──여행의 동반자인 루이에게 돌렸다. 당연하지만 스바루가 렘을 데려간다면, 그녀도 동행자가 된다.

"아무리 그래도, 슈드라크의 모두에게 폭탄을 떠넘기고 가는 것은 무리니까……."

그게 아니어도, 대죄주교로부터 눈을 떼는 짓은 언어도단.

여태까지 수도 없이 눈길을 피할 기회는 있었으며 그때마다 루이에게는 본성을 드러낼 찬스가 있었던 셈이 되지만, 앞으로는 그렇게 두고 싶지 않다.

설령 루이의 행동이 연기가 아니라 진짜라고 생각하기 시작했어도.

"아─우─."

그 루이 말이지만, 긴 머리카락을 머리 뒤에서 묶고 하얀 의상을 다시 기워 퍽 인상이 변한 차림새가 되어 있었다. 아무래도 슈드라크의 촌락에서는 귀여움받고 있었는지 고친 옷도 촌락 사람들이 준 선물인 모양이다.

"하나부터 열까지 신세나 져서 미안하네."

"신경 쓰지 마라, 스바루. 너는 『혈명의 의식』을 극복해 자신의 영혼에 서린 빛을 증명했다. 우리가 너에게 힘을 빌려주는 것은 동포에 대한 당연한 영예다."

배웅하러 온 미젤다의 말에 스바루는 "동포……." 하고 고개를 숙였다.

그렇게 불러 주는 미젤다를 볼 낯이 없다. 왜냐면, 스바루는 이 다음의 가혹한 싸움을 예감하면서 그녀들과 헤어져 도망치려는 중이니까.

과연 그것이, 그녀들이 말한 긍지와 영예가 있는 동포가 할 짓일까.

"마음에 두지 마라, 스바루."

그러나 미젤다는 그런 스바루의 속마음을 읽어낸 것처럼 그렇게 말했다.

"미젤다 씨……."

"우리는 싸워서 자신의 가치를 증명한다. 하지만 소중한 것을 지켜냄으로써 미래를 창조하지. 일족을 지키기 위해서 필요한 생각이기도 하다."

"————."

"렘과 루이를 지켜라. 그것이 내가 동포에게 기대하는 영예다."

꼿꼿한 미젤다의 말에, 스바루는 눈시울이 뜨거워졌다.

루이 쪽은 착각이라고 미젤다에게 정정할 마음도 일지 않는다. 하다못해 그 역할을 완수함으로써 미젤다를 비롯한 그녀들의 신뢰에 부응해야 한다.

어쩌면 두 번 다시 그녀들과 마주할 일은 없겠지만——.

"이쪽은 준비 다 됐어~ 슬슬 출발할 때야~."

미젤다의 독려를 받고 있을 때, 크게 손을 흔드는 여성—— 머리카락 끝을 노랗게 물들인 홀리가 함박웃음을 지으며 스바루를 불렀다.

홀리 옆에는 머리카락을 녹색으로 물들인 호리호리한 쿠나가 있다. 명랑한 홀리와 대조적으로 말수가 적은 인상의 쿠나, 그 두 명이 스바루 일행의 보호자—— 가장 가까운 도시인 『과랄』로 가는 도중에 지켜 줄 계획이 서 있었다.

"호위라니 황공하다고 생각했지만……."

여기는 다른 나라고, 스바루는 고작 며칠 만에 벌써 몇 번이나 죽었다.

특수한 상황이라는 것은 부정할 수 없지만 주의하는 것이 최선이다. 스바루 자신에게는 과신할 만한 전투력이 없고, 렘과 루이에게 기대하는 것도 무모한 이야기.

쿠나는 모르겠지만 홀리는 큰 바위를 가뿐히 들어 올리는 것도 이 눈으로 보았다. 도중의 호위역으로서 충분하고도 남게 신뢰할 수 있는 상대였다.

그리고——.

"——렘, 어디 아픈 데 없어?"

지게를 번쩍 들어 올린 스바루가 등 너머로 렘에게 물었다.

지게 너머로 등을 맞댄 모양새가 되기에, 스바루 쪽에서 렘의 얼굴을 볼 수는 없다. 렘의 몸을 고정하기 위해서 가능한 한 부드러운 나뭇잎과 천을 쑤셔 넣어 보긴 했으나, 장시간의 이동이 되면 불편은 얼마든지 생길 것이다.

"괜찮습니다. ⋯⋯당신이야말로, 할 수 있겠나요?"

"일단, 적당히 단련은 했거든. 아직 체력도 완전 부활 수준이 아니지만 여차할 때 홀리와 쿠나의 손이 비지 않은 것은 피하고 싶으니까."

애초에 호위를 해 주는 것만 해도 큰 도움을 받는 셈인데, 거기에다 렘까지 운반하게 하는 짓은 아무리 뻔뻔해도 부탁할 수 없다.

그런 오기를 발휘하는 스바루와 업힌 렘, 루이가 옆에 쏙 붙고, 동행하는 홀리와 쿠나도 가벼운 차림새지만 여행 준비를 마치고 섰다.

그러자 촌락의 입구에 슈드라크의 사람들이 우르르 모여들었다.

"그럼, 동포인 나츠키 스바루의 안녕과, 목적이 이루어지기를."

"──이루어지기를!"

선두에 선 미젤다의 선창에 다른 슈드라크들이 한목소리로 외쳤다.

공기가 찌르르 떨리는 듯한 착각을 맛보면서, 스바루는 그들의 의리에 하다못해 웃으며 "응!" 하고 반응하고 답례했다.

"고마워, 다들. 부디 건강하게 지내!"

말하고 나서, 그것이 몹시 기만에 가득 찬 인사였다고 스스로 생각했다.

지금부터 그녀들을 기다리는 파란을 감안하면 너무나 공허하고 무의미한 말이었다.

하지만 에누리 없는 본심이다. 이, 건강하고 마음 좋은 여성들이 살아나가기를 바란다.

"_____."

그렇게 바라면서 스바루는 배웅하는 열 안에서 그 흉악한 귀면의 존재를 찾았다.

그러나 당연하다면 당연하지만, 그 모습은 어디에도 눈에 띄지 않았다.

그것을 어딘가, 쓸쓸함을 참으면서 지켜보다가──.

"──가 보겠습니다!"

"우──!"

될 대로 되라는 듯한 스바루의 말에 루이의 목소리가 카랑카랑하게 겹쳤다.

그리고 스바루 일행은 『슈드라크의 민족』 아래를 떠나 지금부터 일어날 전화(戰火)로부터 달아나고자 가장 가까운 도시인 과랄을 목적지로 첫 걸음을 뗀 것이었다.

5

──쿵, 하고 강한 소리가 울리고, 동물 무리가 일제히 땅을 박찼다.

평원 도중에 발견한 작은 숲, 그 나무그늘에서 풀을 뜯고 있던 것은 사슴과 많이 닮은 동물로, 용맹한 뿔과 검은 체모 때문에 『흑사슴』이라고 불리는 메이저한 초식동물이다.

소리와 충격에 뿔뿔이 흩어져 도망치는 무리 속에서, 남겨진 것은 풀 위에 쓰러진 흑사슴 한 마리였다. 그 몸통에는 굵은 화살이 박혀서 일격으로 심장이 파괴되었다.

"고기, 해치웠어~!"

"······고기라니. 최소한 흑사슴이라고 말해."

"어? 지금, 뭐라고 그랬어~? 쿠나의 목소리는 작아서 잘 들리지 않아~."

쾌재를 지른 사람은 강궁을 쏜 홀리다.

명랑하게 웃던 그녀는 옆에 있는 소녀—— 쿠나의 중얼거림이 들리지 않아 이상하다는 표정으로 갸우뚱했다. 그 모습을 본 쿠나는 입술을 삐죽이고 말했다.

"아무것도 아니거든! 피나 빼! 얼른 하자."

"아, 기다려 줘~!"

성큼성큼 걷기 시작하는 쿠나의 뒤를 홀리가 허둥지둥 따라려고 한다. 하지만 그 전에 홀리는 "와." 하고 발을 멈추고 빙글 뒤를 돌아보았다.

홀리가 바라보는 방향, 거기에는 동행의 그림자가 있으며——.

"기왕이니까, 잠깐 휴식하고 가자~. 스바루도 그러면 돼~?"

"······으, 응, 딱히, 전혀 문제없지만, 그러면 돼."

홀리의 휴식 제안에 폭포수처럼 땀을 흘리면서 대답하는 스바루.

그런 스바루를 보고 흘리는 "다행이야~." 하고 쿠나의 뒤를 쫓았다. 스바루는 그 모습을 지켜보다가 천천히 그 자리에 무릎을 꿇었다.

기진맥진한 스바루의 뒤에서, 지게에 실린 렘은 작게 숨을 내뱉고.

"……고집불통."

스바루에게 들리지 않게 중얼거렸다.

"아니, 진짜로 좀 얕보고 있었네. 내가 장남이 아니었으면 징징대고 있었을걸. 장남이니까 버틸 수 있지만, 차남이나 막내라면 무리였어."

"무슨 말인지 모르겠습니다. 애초에, 인내심에 형제의 유무가 관계있나요?"

마른 나뭇가지를 모아 모닥불 준비를 하면서 꺼낸 스바루의 변명에 렘이 차가운 눈길을 보냈다. 그녀의 어이없다는 눈초리에 스바루는 "아~." 하고 신음하다가 말했다.

"방금 그건 흔한 농담이지만, 생각보다 인내력과 형제 유무는 상관성이 있다는 느낌이 들어. 그 왜, 부모님은 장남을 엄하게 키우고 막내는 응석을 받아준다고 그러잖아?"

"그러잖아, 라고 동의를 구해도 모릅니다. 외동이었을 때는 해당되지 않잖습니까."

"그 경우 응석을 받아주면서 엄하게 키워지는 처지가 되지…….

그야말로, 내가 장남이자 막내라는 외동의 특성에 해당하는 남자 거든."

부모님의 화목함을 고려하면, 스바루에게 형제가 없는 것은 꽤 신기한 일이다.

아버지와 어머니의 애정을 독차지했다는 자각은 있기에, 형제 자매가 있었으면 어떻게 되었을까 하는 생각도 들지만, 현실이 바뀌는 것도 아니다.

"게다가 내가 없는 지금 이 순간 동생이 늘지 않았다고도 장담할 수 없지……."

"아~ 우아~."

무시무시한 상상을 하는 스바루 옆에서 눈을 내리깐 렘의 무릎에서 루이가 장난치고 있다.

이동 중에는 스바루의 등에 고정되어 있는 지게지만 지면에 내리면 그대로 의자로서 활용하는 것도 가능한 우수한 물건이다.

덕분에 일부러 렘에게 타고 내리고를 강요하지 않아도 된다.

하기야, 렘에게는 스바루의 손을 빌리고만 있는 상황에 부끄러운 감정이 있을지도 모르겠지만, 그것은 당분간 맛보아야만 하는 굴욕이었다.

그것을 어떻게 생각하는지, 렘은 무릎 위의 루이를 어르면서 말했다.

"형제자매…… 나에게는, 있었던 걸까요."

갑자기 렘이 그렇게 질문하자 스바루는 "오……." 하고 숨을 죽였다.

번쩍 고개를 쳐드니 렘의 파란 눈과 시선이 부딪쳤다. 그 옅은 빛에 일렁이는 감정의 정체는 알 수 없다. 아마, 렘 자신도 잘 모르고 있을 거라고 생각한다.

"그런데, 처음이네. 네가 내게 기억에 대해 물어보는 거."

"여기가 어디고, 당신이 누구고, 내가 누구고, 무슨 짓을 할 속셈이고, 무슨 낯짝으로. ……여태까지도 몇 번이나 질문했다고 생각합니다."

"네거티브 계열은 생략하고, 게다가 무슨 낯짝으로는 아직 듣지 못한 것 같아."

쿡쿡 찔러대는 렘의 말투에 쓴웃음 짓지만, 그래도 스바루는 희미한 안도감을 느끼고 있었다.

렘에게 말했다시피 그녀가 포지티브한 의미로 스바루에게 무언가를 질문한 것은 이번이 처음이었다. 스바루는 그걸 관계성의 진전이라고 파악했다.

솔직히 슈드라크의 촌락을 떠난 뒤의 여정에서 스바루는 내내 불안했다.

그토록 스바루에 대한 적의와 의심을 드러내던 렘이, 여기까지 줄곧 협력적으로 있어 준 것이다. 기적이 아니라 재앙의 전조라고 의심해도 이상하지는 않을 것이다.

그러나 렘은 지게 위에서 얌전히 있고, 쫄래쫄래 움직이며 행군을 방해하려고 하는 루이를 달래며 스바루의 부담을 줄여 주려고까지 하고 있다.

"_____."

"뭐죠? 이야기할 맘은 없다는 뜻인가요?"

"아니아니, 지레짐작이라고. 그냥 그 왜, 나와 렘의 관계는 삐걱거렸었잖아?"

"지금도 그러고 있고, 삐걱거리는 게 아니라 살벌합니다."

"그 살벌함이 살짝 누그러졌나 싶어서 그래!"

더러운 것을 보는 듯한 렘의 눈초리에 스바루는 다시금 마음에 상처를 입었다. 하지만 그 상처도 렘에게 받은 것으로서 소중히 보존하고 볼을 손가락으로 긁었다.

"나도, 렘의 모든 것을 알고 있는 것은 아니야. 하지만 지금의 렘보다는 렘에 대해서 알고 있어. 묻고 싶은 게 있다면, 대답할 수 있는 대로 대답할 용의는 있어. 하지만……."

"믿을 수 있을지 없을지는 내 나름……."

"응, 그거야."

짧게 수긍한 스바루는 힐끔 렘의 눈치를 살폈다.

렘은 루이의 머리카락을 손가락으로 빗어 주면서 사색에 잠기듯이 눈썹을 모으고 있었다. 그리고 잠시 있다가, 렘은 다시 스바루의 눈을 마주 보았다.

"모르겠어요."

"그야 그렇겠지. 떠올릴 수 없으니까."

"내가 아니라, 당신을요. ……당신이, 대체 어떤 사람인지, 나는 조금도 모르겠습니다. 느껴지는 것과, 본 것이 일치하지 않으니까."

입술을 꽉 다문 렘의 시선이 차가운 열기를 띠었다.

그것은 마음의 거리가 멀어진 것이 아니라, 진지함이 늘었다는 뜻이다. 렘이 스바루를 가늠하고자, 그 눈에 진지함을 늘렸다.

그것은 최소한 스바루의 인간성을 음미할 만하다고 판단했다는 증거다.

"……무턱대고 사악함의 화신 대접받는 것과 비교하면 대약진이란 느낌이군."

"지금도 의심은 풀리지 않았습니다. ……단지 얇은 껍질 한 겹만큼 생각할 여지가 있다고 봤을 뿐이지."

"그럼, 우리의 살얼음판 같은 관계에 얇은 종이가 한 장 끼어든 참에 무언가 묻고 싶은 것은?"

"……조금만 더, 생각하게 해 주세요."

스바루 쪽은 흉금을 열 준비가 되어 있지만, 렘은 고개를 가로저었다. 렘의 준비—— 정확히는, 렘이 스바루를 믿기 위한 준비가 아직 되지 못했다.

솔직히 말해서, 진실을 망설이는 렘에게 답답함을 느끼지 않는다고 하면 거짓이 되겠지만.

"——알았어. 네가 준비되기를 기다릴게."

"……남 일처럼 말하지 마세요. 당신의 평소 행동에도 달려 있다고, 그렇게 말하지 못할 것도 없다고 생각하니까요."

"과연…… 즉, 내가 렘의 호감도나 신뢰도를 팍팍 벌다 보면, 그만큼 빨리 루트가 개방된다는 논리인가."

"무슨 말인지는 모르겠습니다만, 불쾌한 이야기를 들었다는 것은 이해했습니다."

턱에 손을 짚은 스바루의 납득에 또다시 렘의 불만도가 쌓이는 소리가 들렸다.

그런 대화를 펼치는 두 사람에게로──.

"많이 기다렸지~. 흑사슴 해체가 잘 끝났어~."

함박웃음과 함께 홀리가 돌아왔다.

그녀는 어깨에 멘 나뭇가지 끝에 해체한 흑사슴을 매달고 흡족한 기색이다. 그 기분이 좋은 홀리 뒤에서 해체 작업에 힘쓰고 있었던 듯한 쿠나는 지친 표정이었다.

"왜, 전부 내가 해야만 하는 거야……."

"그야, 쿠나가 하는 편이 잘되잖아~. 기껏 생긴 고기를 망쳤다간, 나 먹어도 먹어도 배가 차지 않는다고~."

"왜 그런데! 먹으면 먹은 만큼은 제대로 배에 담아 둬라, 신비의 세계냐!"

태평한 홀리에게 쿠나가 고함치지만, 홀리는 그것을 웃으며 흘려 넘긴다.

그리고 홀리는 스바루가 모아 놓은 나뭇가지 다발에 눈길을 주었다.

"오, 제대로 모아 주었네~ 기특해, 기특해~."

"사냥 대신에 이 정도는 해야지. 불 붙이는 법, 공부해도 될까?"

"공부? 들어본 적 없는 말이야~."

"배우겠다는 의미겠지……."

갸웃한 홀리가 쿠나의 설명에 "그렇구나~." 하고 기쁜 듯 웃었다.

그리고 홀리는 짐에서 검은 돌을 꺼내고는, 스바루에게 보이도록 날렵하게 부딪쳐서 그 불티로 쉽게 마른 나뭇가지에 불을 붙여 보였다.

"오오~ 굉장하다! 장인이 따로 없네."

"요령만 익히면 쉬워~. 이걸로, 잽싸게 고기를 구울래~."

손뼉을 친 스바루의 칭찬에 홀리가 흐뭇하게 흑사슴의 고기를 굽기 시작했다. 모닥불 위에 노릇노릇 구워져 향긋한 냄새가 감도는 가운데, 스바루는 "그건 그렇고." 하고 말을 꺼냈다.

"홀리의 빠른 동작 대단하던데. 무리가 알아채니까 바로 파바박 쏘고."

"쿠나가 무리를 찾아 준 덕분이야~. 덕분에 신선한 고기를 얻었어~."

"무리를 발견했을 뿐이다. ……빨리 쏘기는 몰라도, 활이라면 슈드라크 중 누구라도 쏠 수 있다."

"쿠나 말고는~."

찜찜한 점을 찔려서 쿠나가 "으극." 하고 괴롭게 신음했다.

쿠나의 반응에 렘이 "그런 건가요?" 하고 눈을 크게 떴다.

"의외였습니다. 쿠나 씨는 눈이 좋다고 미젤다 씨로부터 들었기에……."

"……눈이 좋아도, 실력이 나쁘면 방법이 없어."

"활 솜씨라면, 우타카타에게도 져 버리는 쿠나, 귀여워~."

"시끄럽네!"

우타카타 이하라고 평가받자 쿠나가 홀리의 배에 수도를 갈겼다. 하지만 홀리는 그 일격을 통통한 몸으로 쉽게 튕겨냈다.

이처럼 일상의 대화 같은 것을 렘은 흐뭇하게 보고 있지만, 우타카타의 활 솜씨 이야기를 듣자 한 차례 죽은 적이 있는 스바루로서는 마음이 복잡했다.

"그리고, 활이라고 하면……."

입가에 손을 짚고 스바루는 강궁에 관해 조금 생각에 잠겼다.

그것은 제국병 진지에 잡히기 전, 숲속에서 스바루나 렘을 습격한 '사냥꾼'의 존재다. 한 번은 마수로부터 스바루 일행을 지키고, 한 번은 스바루를 살해한 활의 명수.

그 사냥꾼의 정체는 아직도 밝혀지지 않았다.

그렇기에 홀리가 흑사슴을 쏘아 맞추었을 때는 스바루의 핏기가 가셨다.

다만, 방금 슈드라크의 활 재주에 관한 이야기를 들으면──.

"──슈드라크 중 누군가라는 것 이상은 생각해 봤자 헛수고인가?"

그 시점에서 스바루 일행은 숲에 쳐들어온 수상한 불온분자다.

큰 소리를 지르며 렘을 찾고 있던 스바루를 수상한 적이라고 판단하고 해치우려고 든 것도 어쩔 수 없는 일이다. 그 뒤에 마수를 낀 일전도 마찬가지.

애초에 사냥꾼은 마수로부터는 스바루 일행을 지켰다. ──무조건 적이라고 단언할 이유는 희박하다고 말하지 못할 것도 없는 것이다.

"홀리 씨와 쿠나 씨는 사이가 좋으시네요."

그렇게 스바루가 생각에 잠겨 있을 때, 렘과 홀리와 쿠나의 대화에 물이 오르고 있다.

렘이 파고든 것은 동행한 두 사람의 관계였다. 단, 사이가 좋다는 말에 웃은 것은 홀리뿐이고 쿠나 쪽은 "으익." 하고 혀를 내밀고 싫어했다.

"뭐야, 그 반응과 얼굴. 양쪽 다 미소녀가 하면 안 될 행동이다만."

"지긋지긋한 인연이라는 게 떠올랐을 뿐이다. 나는 고생만 떠맡고 있다고……."

"아하하하, 쿠나는 잔걱정이 많아~."

"누·구·탓·이·냐!"

노발대발한 쿠나가 홀리의 어깨를 거칠게 흔들었다. 그러나 둘의 체격 차는 커서 호리호리한 쿠나는 곱절 가까운 질량의 홀리를 꿈쩍도 하지 못한다.

"나와 쿠나는 같은 날에 태어났어~ 이웃 사이라, 자매 같은 셈이야~."

"너 같은 거, 언니든 동생이든 사절이거든……."

"아, 슬슬 괜찮게 구워졌어~."

"말 좀 들어!!"

철저하게 마이페이스한 홀리에게 마냥 휘둘리기만 하는 쿠나. 그 모습을 보고 있으면 왠지 모르게 걱정 많은 무투파 내정관이 겹쳐 보인다.

"쿠나는 머리털을 녹색으로 물들이고 있고, 이미지 컬러가 겹치네……. 등장하지 않는 장면에서도 자기주장이 강한 놈이군, 그 녀석."

당사자가 들었더라면 '누명도 그런 누명이 없는데요?!' 하고 항의할 트집이었지만, 이 자리에 없기에 그것은 환청으로 처리한다.

다만 고기를 구운 색을 가지고 이러쿵저러쿵 실랑이를 벌이는 홀리와 쿠나를 보면서, 렘이 살짝 눈꼬리를 내리고 "부럽습니다." 하고 중얼거리는 게 들렸다.

"저런 식으로, 숨김없이 말다툼할 수 있는 상대가 있어서……."

"……아~ 렘, 한 가지만 말해도 될까?"

중얼거림에 담긴 것은, 절실하면서도 명확한 선망.

기억이 없는 렘에게, 스바루를 포함한 주위는 암흑 속에서 다가오는 침략자 같은 격이라, 진정한 의미로 마음이 편해질 타이밍은 없을 것이다.

그 긴장한 마음을 달랠 방도가 될지는 모르겠지만——.

"뭔가요?"

"네가 듣고 싶어 할 때까지 입 다물고 있겠다고 했지만, 한 가지만 누설할게."

"어……."

"너에게는 언니가 있어. 네 쌍둥이 언니로, 너를 진심으로 소중히 여기고 있어. ……그러니까, 너는 어디에 있어도 외톨이가 되지 않아."

스바루의 말을 들은 렘이 동그란 눈을 더욱 크게 떴다.

렘이 신뢰해 주기를 기다린다고 말하고, 입술에 침이 마르기도 전에 뭐 하느냐고 매도당해도 도리가 없을 발언이었다. 하지만 렘은 물론 스바루 쪽도 한계였던 것이다.

최소한 람의 존재 정도는 전해도 될 것이다.

분명히 지금, 멀리서, 루그니카의 땅에서 동생의 안부를 염려하고 있을 람의 존재를.

"나는 모르겠지만, 눈을 감고서 생각해 보면 느껴질지도 몰라. 그것을 쌍둥이의 공감각이라고 말한다더라."

"공감각⋯⋯."

다소 머뭇거리면서, 렘이 쭈뼛쭈뼛 자신의 가슴에 손을 짚고 눈을 감았다.

그대로 가만히, 같은 날에 같은 어머니로부터 태어난 자신의 반신──쌍둥이 언니의 존재를 찾아 렘의 의식이 어두운 밤의 바다를 향해서 손을 뻗기 시작했다.

그러나──.

"⋯⋯아무것도, 느껴지지 않습니다."

"그, 래. ⋯⋯역시, 떠오르지 않으면 힘든가."

느릿느릿 고개를 가로저으며 렘이 공감각의 실패를 보고했다.

연결되지 않는 람의 신변에 무슨 일이 있었는지 잠깐 불안이 샘솟았지만, 그 이상으로 거리── 물리적으로도 정신적으로도 사이에 낀 그것의 영향이 크다고 판단했다.

솔직히 공감각이 연결된다면 그걸로 많은 문제를 해결할 수 있을 것 같다. 꽤 아쉬운 감상에 젖지만, 가장 분한 사람은 렘이다.

"──아."

"우──?"

하지만 스바루가 위로의 말을 고르는 중에, 렘의 입술에서 희미한 숨결이 나왔다.

이유는 렘의 가슴에 짚고 있던 손, 그 손에 겹쳐진 루이의 손이다. 루이는 렘의 무릎에 머리를 실은 채로, 바로 밑에서 렘을 염려하듯이 손에 손을 포개고 있다.

그, 루이의 몸짓에 렘은 부드럽게 미소를 띠고 답례했다.

"감사합니다. 괜찮아요."

렘이 당차게 미소 짓자, 그 모습을 본 루이도 기쁘게 웃었다.

두 사람의 그 훈훈한 분위기를 본 스바루는 뒤늦은 것과, 역할을 가로채인 것에 어금니를 깨물었다.

"제길…… 역시, 너는 나의 적이라는 거냐……!"

"그러니까 왜 그렇게 되는 건가요. 어른스럽지 못하다고 생각하지 않아요?"

루이를 노려보는 스바루의 모습에 또다시 렘의 점수가 깎였다.

그 사실을 모른 채 스바루의 시선을 받는 루이는 신나게 손발을 바동거리고 있었다.

그리고 그런 스바루 일행의 살벌한 관계도 아랑곳하지 않으며
──.

"다 익었어~!"

"아직 설익었다!!"

이미 관계성이 완성된 두 사람이 소리를 질렀다.

6

──다 합쳐서 4일 걸려 일행은 무사히 『과랄』에 도착했다.

"저것이 과랄…… 으리으리한 벽이 지키고 있는걸."

멀찍이 보이는 것은 높은 벽에 둘러싸인 성곽도시다.

가장 가까운 도시라고 듣고서 상상하던 곳과는 꽤 격차가 있는 광경에 스바루는 예상이 빗나간 놀람과 굴러온 호박이라는 두 가지 감각을 맛보고 있었다.

"꽤 딱딱한 분위기의 거리…… 거인이라도 오는 거야?"

"거인족? 그거라면, 벌써 꽤 오래전에 멸망을 앞두었다고 들었다만."

"그래? 그럼 내가 아는 영감은 최후의 거인족인가……."

쿠나의 성실한 대답에 스바루는 그런 시답잖은 감상을 흘렸다.

스바루가 아는 유일한 거인족인 롬 영감이 설마 그런 희귀한 신분이었을 줄이야. 확실히 오니족도 멸망 직전이라고 렘에게 들은 적이 있다. 이세계의 생존 경쟁도 꽤 혹독한 모양이다.

"침착하게 생각해 보면, 에밀리아땅 외의 엘프 관계자와도 마주친 적 없고, 엘프도 꽤 적을지도 모르겠군."

장수종은 수명이 긴 대신 번식력이 약해서 그다지 수를 늘리지 못한다는 건 판타지의 정석으로서 흔한 이야기다.

그에 더해, 이 세계에는 『질투의 마녀』에 대한 뿌리 깊은 공포가 있기 때문에 엘프나 하프엘프나 모두 살기 힘든 습속이 각지에 남아 있음을 쉽사리 상상할 수 있다.

"에밀리아땅이 없는 곳에서 에밀리아땅을 생각한다. 제길, 베아코와도 한동안 만나지 못했고, 에밀리아제와 베아트로민 부족이 심각해지기 시작한 느낌이야."

어느 쪽 영양 부족도, 처방약은 에밀리아와 베아트리스와 접촉하는 것이다.

진지하게 말해서, 불안과 긴장 상태가 이어지기에 심적 피로는 상당한 수준이라, 스바루의 안심 요소인 둘의 목소리를 들을 수 있기만 해도 꽤 편해지지만.

"람에 페트라, 프레데리카의 목소리가 그리워……. 이 상황이니 로즈월의 목소리라도 상관없고."

"저기, 그것은 의미가 있는 갈등인가요?"

새어 나오는 스바루의 혼잣말을 등에 업힌 렘이 듣고 나무랐다.

여행 도중, 스바루는 지게의 렘을 타인에게 맡기지 않으며 멋지게 운반하는 데 성공했다. 첫날과 둘째 날은 운송의 요령을 잡지 못해 체력의 헛된 낭비가 두드러졌지만, 셋째 날부터는 호흡 배분과 균형 감각을 파악한 덕에 걸음도 꽤 진척되었다.

"이젠, 렘을 업는 데에 관해선 나보다 잘난 놈은 없을걸."

"그런 불명예스러운 일로 경쟁하지 마세요. 그리고, 홀리 씨 쪽이."

등을 맞댄 자세라서 렘이 지적한 곳은 스바루의 등 뒤다. 그 말에 스바루가 덩달아 빙 돌아보자 홀리와 쿠나가 보였다.

나른하게 머리를 긁고 있는 쿠나, 그 옆에서 홀리가 방긋 웃으며 말했다.

"그럼, 무사히 도착했으니까 이만 작별이야~."

"아…… 너희는 마을에?"

"들어가는 의미가 없잖아. 우리의 역할은 너희를 바래다주는 거야."

"그런가. ……너희한테는 정말로 도움을 많이 받았어."

갑작스러운 작별 인사지만 스바루는 당연한 일이었다고 자신을 타일렀다.

두 사람은 어디까지나 『슈드라크의 민족』으로서 후의를 보여 따라와 주었을 뿐이다.

사냥 실력과 명랑한 성격으로 여행길을 편한 분위기로 이끌어 준 홀리.

물으면 대답해 주는 성실함과 뜻밖의 박식함이 믿음직한 쿠나.

스바루는 두 사람과 헤어져 이번에야말로 렘과── 아니, 렘과 루이와 같이 셋이서 여행하게 된다.

제국의 진지에도 슈드라크의 촌락에도, 다른 누군가가 있었지만 이번은 다르다.

"……나 참. 한심한 낯짝 하지 말고."

"미안. 한심한 낯짝이라면…… 우오?!"

앞날의 불안에 흔들리던 스바루의 검은 눈을 본 쿠나가 무언가를 내밀었다.

스바루는 반사적으로 그것을 손으로 받아냈다가 예상 밖의 무게에 앞으로 기우뚱했다. 건네받은 것은 하얗고 길쭉한 꾸러미였다. 그것은 여행 도중 내내 홀리가 짊어지고 있던 물건이기도 하다.

"철석같이 무기인 줄로만 알았는데, 그러고 보니 한 번도 펼치지 않았었네……. 이건?"

"스바루의 물건이야~. 도시까지 잘 도착하거든 넘기라고, 족장이 그랬어~."

"내 물건이고, 도시에 도착하거든……?"

홀리의 말에 어린 진의를 알지 못해 스바루는 의문에 눈썹을 찡그렸다. 그러나 그런 스바루에게 쿠나가 "됐으니까 펼치기나 해." 하고 거칠게 재촉했다.

그 말에 스바루는 지게를 땅에 내려놓고는 하얀 꾸러미를 펼쳤다.

거기에 들어 있던 것은──.

"이것은…… 뿔, 인가요?"

스바루의 품속, 한 아름은 됨직한 크기의 하얀 덩어리. 그것을 본 렘의 중얼거림이 스바루에게도 그것이 뿔── 그것도 마수의 뿔이라고 정체를 가르쳐 주었다.

본 적이 있는 뿔이다. 본 것은 세 번, 또렷하게 본 것은 『혈명의 의식』때다.

"혹시, 엘기나의 뿔이야?"

"맞아~ 부러뜨린 것은 스바루니까, 그건 스바루 물건이야~."

"귀중품이다. 그 크기라면 비싸게 팔릴 거다."

"──읏!"

비싸게 팔린다는 말을 듣고, 스바루는 이들의 대처에 숨을 집어삼켰다.

즉, 두 사람은 마수의 뿔을, 스바루 일행이 루그니카 왕국으로 돌아가기 위한 노잣돈으로 바꾸라고 말하는 것이다.

그걸 위한 짐을, 생색내지도 않으며 날라 주고 있었다.

"꽤 무거울 텐데……."

"너도, 내내 렘을 업고 있었잖아."

"그리고 그리고 나, 힘이 아주 장사거든~. 그러니까 끄떡없었어~."

그 의도에 스바루의 목소리가 떨리자 쿠나도 홀리도 별거 아니라는 표정을 지었다.

두 사람의 배려에 스바루는 문자 그대로 할 말이 없었다.

가는 길에 도움을 받고, 이렇게 노잣돈까지 형편을 봐주었다.

그런데도 스바루는 이들과 헤어져 자신의 나라로 돌아간다.

──홀리와 쿠나는 슈드라크의 동료들과 합류해 아벨과 함께 제도 탈환의 싸움에 참가한다.

그 길에 많은 삶과 죽음을 만들어내면서──.

"나는……."

"──바보 같은 생각 하지 마."

"_____."

"지키고 싶은 것을 지키기 위해서 싸워. 우리도, 똑같아."

충동적인 말이 스바루의 입을 비집고 나오려 했으나, 쿠나가 매섭게 막았다.

평소처럼 나른한 분위기를 띠면서, 번거롭다는 기색으로 스바루를 노려보았다.

불만이 많아 홀리 상대로 늘 짜증을 내는 쿠나. 하지만 그녀는 한 번도 슈드라크로부터 벗어나거나, 홀리를 싫어하는 낌새를 보이지 않았다.

슈드라크의 일원으로서 아벨과 함께 싸우기를 당연하다 여기고 있다.

──그것은, 쿠나가 말하는 '지키고 싶은 것' 이 정해졌다는 증거일 것이다.

"빈둥거리지 마라. 나는 눈이 좋아. 바보 같은 짓 하면 금방 보여."

"그래서 쿠나가 가르쳐 주면, 내가 활로 콰앙~ 해치워 버릴 거야~!"

"……그래, 그건 무섭네."

자상하게 내쳐졌다고, 스바루는 두 사람의 말로 이해했다.

여기서 충동적으로 움직이면 두 사람의── 아니, 『슈드라크의 민족』의 정을 저버리는 꼴이다. 그런 짓은, 스바루를 동포라고 불러 준 이들을 위해서도 할 수 없다.

"이건 고맙게 여행에 보태 쓰겠어. 둘 다, 신세졌다!"

두 사람의 뜻을 받아 스바루는 치밀어 오른 감정을 눌러 삼켰다.

그 반응에 홀리와 쿠나는 각자 다른 태도지만 끄덕였다.

"홀리 씨, 쿠나 씨, 오는 길에 감사했습니다. 두 분과 『슈드라크의 민족』 여러분에 대한 감사, 잊지 않겠습니다."

"그렇게 해 줘. 너는 잊어먹는 게 많은 모양이니까."

"그건 말이 심하다고 봐~."

최소한 인사나마 하자고 지게에서 내린 렘이 두 사람과의 작별을 아쉬워했다.

뜻밖이었던 것은 루이도 홀리와 쿠나와 떨어지기 싫은 눈치를 보인 것이다. 특히, 접촉에 사양이 없는 홀리와는 친해졌던 것 같아서 한동안 루이는 그녀의 배에 매달린 채로 거기서 떨어지려고 하지 않았다.

"잘 가라, 스바루. 잊지 마, 너를 보고 있어."

"그래~!"

"응! 정말로 고마워! 고마웠어!"

스바루 일행은 크게 손을 흔드는 두 사람에게 등을 돌려 셋만의 여행길로.

받은 마수의 뿔은 꾸러미로 도로 집어넣고 루이에게 지게 하는 모양새로 내맡겼다. 손이 비지 않은 스바루의 고심 어린 결단이지만, 홀리와 쿠나의 말이 효과를 보였는지 루이는 꾸러미를 떨어뜨리지 않으려는 모습으로 얌전히 스바루를 따라왔다.

"저 아이도 많은 것을 보고 있다는 뜻이에요."

"……저 녀석이 호기심 덩어리인 건 알고 있어."

등의 렘이 하는 말에 스바루는 씁쓸한 기분으로 대답했다.

『폭식』의 대죄주교인 루이 아르네브는 온갖 인생을 탐하고 자신에게 최적의 인생을 찾으려고 하고 있던, 좋게 말하면 탐구자, 나쁘게 말하면 잡식이었다.

그렇기에 조금 기특한 모습을 보여 준 정도로는 스바루의 인상은 변하지 않는다.

변하지 않을 것이다.

"가자."

등에 업은 렘의 한숨이 들리는 것을 느끼면서 스바루는 걷기 시작했다.

그런 스바루를 따라오듯이 루이의 발소리도 들린다.

볼라키아 제국에 돌입한 당초의 세 사람뿐.

간신히 전원이 같은 방향을 보고 있다고 할 수 있는 모양새로, 세 사람은 나아간다.

그리고 성곽도시 과랄의 문을 지났다.

제2장 『조용히 다가오는 살의』

1

──성곽도시『과랄』.

그것이 스바루 일행이 당도한, 제국에서 최초의 문명적인 도시의 명칭이다.

여태까지 제국병의 야영지와 『슈드라크의 민족』의 촌락, 거의 야숙이나 다름없는 환경에서 지내왔기에 문명을 목격한 감동은 한결 더했다.

단, 무턱대고 문명을 기뻐할 수 없는 이유도 있었다. ──검문이었다.

사방을 방벽으로 둘러싼 과랄은 도시의 출입을 동서에 있는 대정문으로 제한하고 있다. 멀리서도 강건한 경비병들이 엄중한 검문을 하고 있는 것을 알 수 있었다.

"지금의 우리는, 아무 뒷배도 없는 이방의 루그니카인…… 제국에서 환영받을 신분이 아니라는 것은, 눈치 없기로 정평이 난 나라도 알지."

미련하게 출신을 밝히면 틀림없이 문지기의 역정을 살 것이다.

말 그대로 문전박대라면 몰라도, 어쩌다 체포라도 당해서는 차마 눈뜨고 볼 수도 없다. 즉, 이 검문은 스바루 일행이 제국에서 해 나갈 수 있는지 시금석이라고도 할 수 있다.

"어쩔 건가요? 그냥 줄을 서도 무의미, 한 거죠?"

지게 위의 렘이 검문에 줄을 선 사람들을 바라보면서 스바루에게 물었다. 그녀의 말에 스바루는 "알아." 하고 끄덕였다.

"딱히 대책도 없이 멀뚱히 행렬을 보고 있던 건 아니야. 제대로 생각이 있어."

"태연히 거짓말을 하고, 사람으로서 부끄럽지 않으세요?"

"조금은 믿어 보자?! 노타임으로 거짓말 취급은 성급하잖아?!"

렘의 경악스러운 인상 하락에 대경실색하면서 스바루는 비책이 있다고 끈기 있게 호소했다.

중요한 것은 스바루 일행만으로는 검문을 돌파할 수 없다는 점이다.

"즉, 나츠키 스바루, 백팔특기. —— '남의 힘 빌리기' 의 진가가 나올 때지."

엄지를 세우고 이를 빛내면서 스바루가 대답했다.

그 말에 어째선지 그 얼굴이 보이지 않을 텐데도, 보이지 않는 렘이 얼굴을 찌푸린 것이 등 너머로 전해진 느낌이 들었다.

어쨌든——.

"——뚫었다—!"

"아— 우—!"

이국 정서로 넘치는 거리 경관을 앞두고 스바루는 달성감으로 두 손을 치켜들었다.

바로 옆에서는 루이도 스바루와 비슷하게 두 손을 들고 웃고 있다. 마치 동료 같은 태도에 찜찜한 생각은 있지만, 일단 도시에 들어온 기쁨으로 무시했다.

부아가 치밀지만, 루이의 존재가 검문 돌파에 보탬이 된 것도 사실이니까.

"그건 그렇고, 역시 루그니카와는 다르네."

도시 분위기를 바라보면서 스바루는 머릿속의 루그니카 왕국의 모습과 비교했다.

스바루에게 인상이 깊은 것은 왕도 루그니카나 수문도시 프리스텔라, 저택 근처의 공업 도시 코스툴 등이지만, 과랄은 왕국의 어느 도시와도 닮지 않았다.

소위 이세계 판타지의 왕도적인 분위기가 있던 왕국과 비교해 제국의 거리는 더 투박하고 화사함이 적다. 꾸밈보다 실용 중시라는 인상이다.

"루그니카라면 바닥을 돌로 포장하지만, 이쪽은 땅바닥이 드러난 게 기본 같달까?"

"——저기, 슬슬 내려 주시겠어요?"

그런 감개를 품는 스바루에게 지게에 있는 렘이 말을 걸었다. 스바루는 "미안, 미안해." 하고 사과하면서 천천히 그 자리에 지게를 내렸다.

"여기가……."

지게에서 내린 렘이 자기 다리로 거리 안에 서서 그 광경에 눈을 크게 떴다.

연청빛 눈에 떠오른 놀람과 희미한 감동, 그 모습에 스바루도 무심결에 웃음이 서렸다.

"어때. 처음 보는 도시의 감상은."

"……놀랐습니다. 행렬도 그렇지만 이렇게나 사람이 많이 있다니."

앞서 말했다시피, 여태까지 렘이 경험한 것은 예외적인 장소와 대우뿐이었다.

『기억』이 없는 이상, 렘에게는 누군가와 생활한 기억도 없다. 스바루와 루이, 『슈드라크의 민족』과의 생활이 렘이 가진 경험 전부다.

──도시로서, 과랄은 활기로 넘친다고는 말하기 어렵다.

줄을 서야 하는 검문이나, 투박하고 칙칙함이 두드러지는 거리. 총체적으로 화려한 인상과는 거리가 먼 지역이다. 도시의 규모도 수천 명 정도나 될까.

그래도 렘의 눈에 스친 감동의 가치는 감소하는 것이 아니리라.

"뭐하면, 잠깐 둘러보겠어?"

"──아니요, 됐습니다. 쓸데없는 시간을 쓰게 하고 싶지 않으니까요."

"너를 위해서라면, 쓸데없는 일은 딱히 없는데……."

고개를 가로저은 렘의 말에 스바루는 뺨을 긁으면서 대답했다.

"렘이 없었으면 플롭 씨 일행과도 잘 풀리지 않았을 거야. 조금
쯤 응석을 부려도 괜찮다고."

"……그 플롭 씨 일행을 기다리게 하는 것이 좋지 않다고 하는
거예요. 안 그래도 지나치게 기대고 있는데, 이보다 더 빚을 지
려고요?"

"으…… 그렇게 말하면, 그건, 네, 죄송합니다……."

거리를 바라보던 시선이 일변, 렘의 날카로운 눈초리에 스바
루는 가슴을 잡았다.

그런 스바루 일행의 배후, 천천히 묵직한 수레바퀴 소리와 함
께 한 대의 수레── 용우(勇牛) 『팔로』가 끄는 짐수레가 다가
왔다.

『팔로』란, 지룡이나 대형견 『라이거』 같이 사역되는 타입의
동물이다.

지룡이나 라이거처럼 짐수레를 끄는 일에 쓰일 때가 많다. 속
도는 느릿하며 지룡 같은 『바람막이의 가호』도 없기에 기본적
으로는 도시에서 운용된다고 들었다.

그리고──.

"자자, 이거, 기다리게 했네. 화물을 확인하느라 시간을 잡아
먹어서 말이야! 나 참, 관리님의 일 처리는 골치가 아파!"

팔로 수레의 차부석, 앞머리가 긴 청년이 그렇게 말하면서 어
깨를 으쓱했다.

눈부신 금빛 머리와 뽀얀 피부, 갸름한 몸을 낙낙한 옷으로 감
싼 인물로, 보는 이의 마음을 포옥 안심시키는 부드러운 인상의

미청년이었다.

그 팔로 수레의 청년이 등장하자 스바루는 "수고하셨습다." 하고 고개를 숙였다.

"죄송합니다, 플롭 씨. 덤으로 붙은 저희 쪽이 먼저 지나가서."

"아니, 상관없다마다! 짐 검사는 지루한 작업이지. 일부러 붙어 있을 만큼 구경할 맛이 있는 일이 아니거든!"

스바루의 사과에 차부석의 청년── 플롭은 부드럽게 고개를 가로저었다.

유려한 몸짓에 긴 앞머리가 꼬리처럼 살랑이고, 부드럽게 웃는 얼굴에는 반짝이는 이펙트가 끼는 것을 환시한다. 겉모습과 달리 당찬 말투에 격차가 느껴진다.

그런 인상을 느낀 스바루 앞, 그는 다시 자신의 앞머리를 매만지고는 말했다.

"그래, 지루한 작업이야. 그런 건 나……도 아니라, 내 동생에게나 맡겨 두면 돼!"

"오빠, 오빠! 다 들리거든!"

"하하하, 안 들리게 하는 말이 아니야, 동생아! 오빠의 성량을 얕보면 안 돼."

미묘하게 초점이 모호한 플롭의 회답. 그 말을 듣는 쪽은 천천히 진행하는 우차와 나란히 걷고 있는 여성이었다.

플롭과 같은 머리색, 많이 비슷하게 훤칠한 인물── 적어도, 이 이세계에서 스바루가 만난 어느 여성보다 키가 큰 여성이다. 다리를 꽤 대담하게 드러낸 복장을 하고, 볼륨감 있는 머리카락을 몇 가닥씩 나눈 기발한 머리 모양을 하고 있었다.

그 외견도 특징적이지만 가장 눈길을 끄는 것은 허리 뒤에 찬 두 자루의 만도(蠻刀)일 것이다. 장식용이나 협박용 도구가 아님은 손때가 묻은 풍격을 보아도 명백하다.

이 여성은 미디엄이라고 해서, 오빠 플롭과 둘이서 사이좋게 여행하고 있다고 한다. ――이 두 사람, 오코넬 남매야말로 스바루 일행의 검문 통과에 진력해 준 대은인이다.

'남의 힘 빌리기' 작전을 실행하려고 신중하게 제의할 상대를 가린 결과, 스바루는 이 오코넬 남매를 점찍었다.

그 이유는――.

"굉장하네, 오빠! 그럼 내 생각은 전부 내다보고 있단 건가!"

"물론이다마다. 선견지명이 없으면 장사에서 못 이기지. 우리 오코넬 상회는, 내 두뇌와 네 팔뚝의 힘으로 성립되고 있으니까!"

"역시나―! 무슨 말을 하고 있는지 하나도 모르겠어!"

"핫핫핫핫, 내 동생이지만 인생 재미있게 사는 것 같아서 아주 좋구나!"

얼굴을 마주 보며 큰 소리로 웃는 오코넬 남매. 이 숨김없는 태도와 직업이야말로 스바루가 두 사람을 점찍은 이유다. 엄밀히는 플롭이 행상인으로서 장사를 담당하고, 미디엄이 여행 중에 오빠와 물품의 호위를 담당하고 있다고 한다.

"오토와 아나스타시아 씨하고, 이것저것 이야기를 나눈 경험을 살렸군……."

한 식구인 오토와, 긴 여행을 함께한 아나스타시아. ──후자는 본인이 아니라 그것을 가장한 에키드나의 연기였지만, 지식 면에서는 당사자에 비해 손색이 없었을 터다.

스바루는 주로 그 두 명에게 훈도를 받아 상인에게 일종의 신뢰를 품고 있었다.

그것은 설령 나라를 건너뛴 곳일지라도 상인이라면 교섭의 여지가 있다는 것이다. 그렇게 잇달아 상인에게 제안을 꺼내던 끝에 스바루 일행은 남매와 만났다.

그리고 살짝 개성이 있는 그들을 구워삶아 멋지게 검문 통과의 협력을 얻은 것이다.

그러기 위한 교섭 요소로서 그들의 흥미를 강하게 끌어 준 것은──.

"그건 그렇고, 정말로 보답은 이 지게로 괜찮았던 거야? 확실히 다소 궁리야 했지만 손으로 급조한 감이 장난 아닌데?"

"소박함은 부정할 수 없다마는! 그래도 조립식이라는 것과, 운반을 위해서 궁리된 구조가 흥미를 돋웠어. 무거운 짐의 운반에도 쓸모가 있겠지?"

"……뭐, 플롭 씨가 그걸로 좋다면 상관없는데."

오코넬 남매가 협력하는 조건, 그것은 스바루가 만든 지게의 양도였다.

접은 지게를 넘기고, 미디엄이 우차의 짐칸에 던져 넣는 것을 지켜보다가, 한숨.

"도시에 도착하면 다시 만들 셈이었으니까. 렘이 더 이상 타 주지 않을 가능성도 있지만."

"되도록 자기 다리로 걷고 싶은 것은 사실이네요. 지게에 타고 있으면 당신의 악취가 바람을 타고 풍겨서."

"쏘리……."

지팡이를 짚으면서 렘이 조용히 독기 문제를 꼬집었다.

그렇다고는 해도 여행 중에도 풍기던 그 냄새를 참고 목적지에 도착한 뒤에 말해 준 것을 보면 정이 있다고 해 두겠다.

그런 스바루와 렘의 대화를 본 플롭이 "안 되지." 하고 어깨를 으쓱였다. 한탄스럽다는 듯한 몸짓이지만, 그 태도에는 이유가 있다.

"더 사이좋게 지내게나, 자네들! ——아내와 남편이라는 것은 서로 받쳐 주는 관계야. 아까 그야말로 서로 받쳐 주던 모습은 아주 아름다웠다고?"

"뭐, 지게를 거두어 간 것은 오빠지만!"

"바로 그거지! 무슨 입으로 말하는 걸까, 나는!"

이마를 짚은 플롭과, 배를 잡은 미디엄이 목청 높여 웃었다.

두 사람의 무식한 웃음에 맞춰 스바루도 입가에 미소를 띠고 힐끗 렘의 눈치를 보았다. 조금도 웃고 있지 않다. 그 모습에, 스바루는 "저기~." 하고 말을 걸었다.

"저기 말이죠, 렘 씨? 화내고 계세요?"

"뭐? 왜 내가 화낸다고? 짚이는 데라도 있나요?"

"아니, 설정상이라고는 해도, 나랑 부부라는 이야기는 본의가 아닐까 싶어서……."

손가락과 손가락을 맞대면서 스바루는 렘의 마음을 조심스럽게 배려하고 말했다.

오코넬 남매는 스바루와 렘을 부부로 인식하고 있다.

그것은 검문 통과를 위한 상담을 꺼냈을 때, 남매가 스바루 일행의 관계를 질문해서 순간적으로 답변하기 궁했던 것이 원인이었다. ──아니, 궁했던 것이 아니다.

준비하고 있던 답은 있었지만, 그것이 의심받아서 부득이했다.

"설마 여행 중인 남매 설정을 믿어 주지 않을 줄이야……."

"플롭 씨와 미디엄 씨가 같은 처지였고, 두 분은 많이 닮으셨으니까요. 나와 당신, 그리고 저 아이로는 무리가 있는 거짓말이었어요."

거짓과 참이 오가는 세계에서 살아남은 상인을 속이기에 스바루는 너무나 훈련이 부족했다고 할 수밖에 없으리라. 물론, 남매라는 거짓말을 간파한 것은 "하나도 안 닮았네, 오빠!" 하고 목소리를 높인 미디엄 쪽이었지만.

어쨌든, 그 안목에 패배해서 스바루가 준비한 남매 설정에서 파생해 고향에서 먼 곳의 산에 저주받은 반지를 버리러 간다는 스펙터클 대장편은 중단되었다. 그 결과, 횡설수설하던 스바루의 궁지를 구원한 것이 렘의 "아내입니다."라는 한마디였다.

"나와 렘이 부부고, 이 녀석은 렘의 언니 자식을 맡고 있다는 이야기……."

"나에게 언니가 있다고, 그렇게 가르쳐 준 것은 당신이잖아요. 쌍둥이라고 했으니까 이렇게 큰 아이가 있을 것 같지는 않습니다만…… 그 부분은 눈을 감겠습니다."

"우—?"

렘이 머리를 쓰다듬자 루이가 간지러운 표정으로 작게 옹알거렸다.

이, 루이의 무해해 보이는 행동거지도 오코넬 남매가 스바루 일행을 믿는 요인 중 하나가 되었다. 적어도 도시에서 나쁜 짓을 저지를 인사로는 보이지 않았던 것이리라.

"왜 그런 곳에서 대답에 쩔쩔맸던 건가요? 평소에는 더 되는 대로 아무 소리나 주워섬기고 있었잖아요."

"그것은 칭찬하는 척하면서 불만 어린 항의 같네……."

그렇다고는 해도 스바루의 한심함이 렘을 위태롭게 할 뻔한 것은 확실하다.

넉살로 얼버무리는 것도 한도가 있다. 이 이상, 렘의 신뢰를 잃고 싶지 않은 스바루는 빤히 자신을 바라보는 렘의 시선에 "아—" 하고 작게 신음하다가 대답했다.

"스스로도 놀라고 있는데, 거짓말이라고 간파당한 순간 머리가 새하얘졌어. 어쩌면 섣부르게 말하다가 어깨를 푹 당했던 게 트라우마가 되었을 수도 있고."

"아……."

"서투르게 답변했다간 플롭 씨 쪽이 표변하는 게 아닐까 생각해서. 한심한 이야기지만 그 때문에 사고가 멈춰 버렸어. 미안해."

한심한 자기 분석을 전달한 스바루는 렘에게 솔직하게 고개를 숙였다.

야영지에서, 『사망귀환』 직후의 스바루를 보고 표변한 토드. 그 남자와의 대화가 스바루의 심신에 새긴 공포, 그것이 스바루에게 거짓말 마비 증상을 초래했을지도 모른다.

　렘의 생명을 맡고 있다. ——서투른 실패는 할 수 없는데.

　"——사정은 이해했습니다. 어쩔 수 없다고 생각합니다."

　"……정말로? 그런 실수를 했는데?"

　"누구나 아픈 경험을 하면 몸이 굳기 마련이에요. 적어도 저는 그렇게 생각하니까요."

　철석같이, 차갑게 매도당할 줄 알았던 스바루는 렘의 그 반응에 놀랐다.

　물론 근본은 다정한 렘이니까 남에게 배려할 수 있는 건 알고 있던 사실이다. 뜻밖이었던 것은 그 배려를 스바루에게도 보내 준 것이었다.

　"……화나지 않았어?"

　"화나지 않았습니다. 단지, 저도 매번 변명을 잘할 수 있다고는 생각하지 않으니 상담을."

　"으, 응, 알았어. ……정말로 화나지 않았어?"

　"화나지 않았습니다."

　"정말로 정말?"

　"화나지 않았다고 하잖아요……!"

　걱정한 나머지 도리어 렘의 화를 사고 말았다.

　날카로운 렘의 눈초리에 머리를 감싸 쥔 스바루는 움츠리며 결국 용서를 구했다.

그런 한 장면을 지나 스바루 일행은 비로소 과랄에 들어섰다.

2

"——겨우, 한숨 돌렸다아!"

스바루는 여관의 침대에 몸을 던지고 팔다리를 쭉 펴고 자유를 만끽했다.

그럭저럭 질이 좋은 침대와 시트, 웬만큼은 청결한 느낌이 나는 실내 분위기, 여관의 등급으로 치면 중상급——가격도 그만큼 나가는 방이었다.

입장상 그다지 사치할 상황은 아니지만, 안전을 사는 데 필요한 경비라고 판단한다.

물론——.

"방을 어떻게 나눌지는 꽤 옥신각신했지만⋯⋯."

그렇게 중얼거리며 스바루는 침대에 옆으로 드러누우며 벽을 노려보았다.

그 벽 너머, 옆방에는 렘과 루이가 같이 있을 터다. ——과랄에서 여관을 잡게 되어 방은 남녀로 나누기로 결정했지만, 스바루에게는 본의가 아닌 결과다.

새삼스럽기는 하지만 스바루의 루이를 향한 의혹과 경계는 풀리지 않았다. 스바루가 보지 않는 곳에서 렘과 루이를 단둘이 두는 것에는 저항감이 있지만.

"이거 참, 남편 군. 꽤 늘어졌잖아. 좋군, 좋아!"

그렇게 말하면서 뒤늦게 여관의 방에 들어온 것은 플롭이다.

당당한 플롭이지만 딱히 무단으로 방에 쳐들어온 것은 아니다.

이 방은 그와 스바루가 같이 쓰기로 하고 빌린 것이다. 그러므로 필연적으로 렘 쪽의 방은 여동생 미디엄과 같이 쓰고 있다.

"정말 죄송합니다. 하나부터 열까지 신세만 져서……."

"이까짓 걸로 뭘! 자네는 지혜로 자기 자신을 지켰어. 『제국민은 정강하라』의 가르침은 무(武)에 의존해서 일어서는 사람 한정이 아니니까!"

"……그렇게 말해 주면 마음이 편해지죠."

스바루는 침대 위에 책상다리로 앉고 플롭의 말에 쓴웃음 지었다.

스바루 일행은 검문을 돌파한 뒤에도 플롭과 미디엄 남매에게 큰 도움을 받았다. 안전을 살 수 있는 여관의 소개도 그렇지만, 가장 도움받은 것은 마수의 뿔이다.

루이에게 짊어지게 한 마수의 뿔이지만, 그것은 이미 스바루 일행의 손을 떠났다.

쿠나의 조언에 따라 과랄의 상점에서 환금한 다음이기 때문이다. 그리고 그 가격 교섭에는 어째선지 따라온 플롭이 협력해 주었다.

플롭과 가게 주인 사이에 오간 장렬한 가격 교섭에, 법률 지식이 없는 사람은 법정 배틀 같은 치열함을 느끼는 게 고작이었다.

"우리만 있었다간 얼마나 꼬투리를 잡혀 뜯겼을지 상상도 못하겠어."

어쨌든, 덕분에 무사히 마수의 뿔은 제국 금화로 모습을 바꾸었다.

그만큼 묵직한 금화 자루, 그것이 스바루 일행이 가진 제국에서의 군자금이다. 이후 여비는 이것으로 충당하는 셈이니까 충분히 주의가 필요하다.

"아까 같은 식으로, 상대의 먹잇감이 될 수는 없으니까."

"핫핫핫! 무슨 일이든, 먼저 당당하게 있어 봐야 하는 법이야. 가슴을 펴고 등을 곧추세우고 있으면, 상대도 쉽게 덤벼들지 않아. 그러는 중에 근거가 없는 자신감도 진짜가 될지도 모르지. 그러면 횡재한 셈이잖아."

"으~음, 실천하고 있는 사람이 말하면 설득력이 있네……."

좋든 나쁘든, 플롭에게는 자신감이 넘쳐나고 있다.

실제로 그런 플롭의 자세에 도움을 받은 스바루이기에 여기서는 순순히 감탄한다.

"그나저나 부인 군을 업고 오래 여행했다며? 오늘은 푹 쉬고, 아까 이야기는 내일에라도 할까?"

"그것도 혹하는 제안인데, 시간을 낭비할 수 없어서 말이죠."

부드러운 침대의 유혹에 쫓기면서도 스바루는 그것을 어떻게든 떼어냈다.

스바루가 그렇게 말하고 침대에서 내려오자 플롭은 "아주 좋아!" 하고 가슴을 폈다.

"그 기개는 좋구나. 소중한 누군가를 위해서라면, 무거운 발을 움직여야만 할 때도 있지. 나에게 여동생처럼, 남편 군에게 부인 군처럼!"

"그렇게까지 말하면 근지럽지만요! ……그래서, 안내 부탁할 수 있겠습니까?"

"물론이지. 내가 먼저 제안한 이야기니까!"

자기 가슴을 쿵 두드리며 쾌히 승낙해 주는 플롭.

그런 그의 대답에 스바루는 다시 한번 기합을 넣고 정신을 침대에서 떼어내고는, 플롭을 동반해 옆방으로 향했다.

문을 노크하고, 방 안에 있는 렘을 부른다.

"렘, 그쪽은 문제없을 것 같아?"

"네, 괜찮습니다. 지금은 루이가 어느 쪽 침대에서 자느냐 대화 중이라."

"……그런가."

"지금 바닥에 재우면 된다는 말을 하고 싶은 표정을 지었죠."

"화낼 것 같아서 말을 안 했는데……."

루이의 위험성을 감안하면 미디엄과 같은 침대는 추천할 수 없다. 그렇다고는 해도 쓸 수 있는 수단도 없는 현재, 이 10일간 아무 짓도 하지 않았다는 점을 신뢰할 수밖에 없다.

──대죄주교를 신뢰하다니, 지독하게 어처구니없다고는 생각하지만.

"아까 말했지만, 나는 플롭 씨랑 외출하고 올게. 저녁밥은 밖에서 같이 먹자."

"알겠습니다. ……생각해 보면, 여기에는 사람이 많으니까 이

제 당신에게만 의지할 필요는 없는 거죠."

"왜 내가 갑자기 떨어지기 어려워지는 말을 꺼내는지 모르겠어!"

렘의 말에 발을 떼지 못하면서도 스바루는 처음에 세운 계획을 우선했다.

방 안, 루이에게 머리끄덩이를 잡히며 장난치고 있는 미디엄에게 손을 흔들고 말했다.

"미디엄 씨, 두 사람을 부탁해. 폐를 끼친다면 사양하지 말고 쳐 버려."

"진짜로~? 내 주먹, 무지무지 아픈데?"

"그래, 아프지 않으면 배우지 못하니까."

그런 식으로 루이를 맡기고 스바루는 플롭과 함께 여관을 나섰다.

아무것도 없기를 기도할 뿐이다. 드디어 온 도시니까 조금은 마음을 놓고 싶다.

"꽤 힘든 여로 같잖아, 남편 군."

그런 기도를 바친 스바루의 어깨를 두드리고 거리 안을 걸으면서 플롭이 웃었다.

힘든 여로라고 들으면, 무심코 '맞아, 그래.' 하고 무릎부터 허물어지고 싶지만, 그렇게 해 봤자 플롭만 곤란하게 할 따름이리라.

"아무리 '남의 힘 빌리기' 가 나의 백팔특기라도, 이 이상 폐는 끼칠 수 없지."

"물에 빠진 사람 보따리 내놓으라는 게 아니라면, 남을 의지하는 것은 좋다고 생각하지만. 부족한 점을 서로 메꾸지 않았으면 나와 동생도 진즉에 객사했어. 그것도 제국식이잖아?"

"제국식……."

플롭의 입에서 튀어나온 『제국식』, 그것이 다시 스바루의 가슴에 무겁게 얹혔다.

아마, 그것이야말로 스바루가 두려워하는 형태 없는 공포의 근원──가치관의 차이다.

그런 의미로는 플롭의 생각은 스바루에게도 이해하기 쉬우며 거리가 가깝다. 다만 여태까지 겪은 볼라키아 제국의 인상과 꽤 다르다.

"모두 다 무를 내세우는 삶이나 자세에 적응할 수 있는 건 아니지. 중요한 것은, 주어진 틀 안에서 자신의 타협점을 찾는 일이다마다."

"타협점을 찾는다고요."

"아까도 말했지만 나와 동생은 개개인으로 보았을 때, 꽤 약점이 많은 존재야. 하지만 둘이서 힘을 합치면 약점을 숨기고 제법 그럴싸해지지. 실제로 오늘까지 나와 동생이 살아올 수 있던 것은 그게 승리 요인이라고 할 수 있을 거야."

"_____."

"생각해 두게나, 남편 군. 나와 동생, 자네와 부인 군이 오늘까지 살아올 수 있던 것은, 도전받은 싸움에서 모두 이겼기 때문이야. ──어떤가, 나도 제국 남자지?"

입가에 미소를 띠며 칭찬을 바라는 듯한 플롭의 옆얼굴.

그 모습을 물끄러미 바라보던 스바루는 생각지도 못한 하늘의 계시를 받은 기분이었다. 부족한 부분을 서로 메꾼다. 그것은 스바루의 가치관과 아무것도 다를 게 없다.

혹시 제국에서는, 그런 스바루의 생각이 일절 통하지 않는 게 아니냐는 생각까지 들었지만.

"그렇게 절망적인 일만 있지는 않다는, 뜻인가."

"그렇게는 말해도, 웬만한 사람의 제국식은 완력을 말할 때가 많지만! 나의 이 생각도 약골의 헛소리라고 웃음거리가 되지. 결코 일반적은 아니다마다."

일종의 납득을 얻은 스바루 옆에서 플롭이 과신은 금물이라고 다짐한다.

그러나 그러고서 그는 "그렇기 때문에." 하고 부연했다.

"그 실력에 가격을 매긴다는 생각도 성립돼. 내가 남편 군에게 소개한 것처럼 말이야."

"넵, 덕을 봅니다."

스바루는 끄덕이고 플롭의 제안에 새삼 감사.

그것은 검문의 돌파와 여관 소개에 더해, 현재의 외출 목적——이후 스바루 일행의 여로를 원활히 하기 위해서 확보하고 싶은, 이동 수단과 호위의 소개에 관해서다.

이번에 과랄까지의 여정을 쿠나와 홀리가 호위해 준 것처럼 여행길의 위험으로부터 신변을 지키는 건 실력이 있는 호위가 없으면 어렵다.

지게에 렘을 싣고 스바루가 걸어서 이동하는 것도 한계가 있다. 이상은 지룡이지만 그것이 어렵다면 용우나 대형견, 아무튼 이동을 위한 탈것이 필요하다.

그 어느 쪽도 한정된 군자금으로 변통해야만 한다.

"그러니 플롭 씨가 짚이는 곳을 가르쳐 주는 것은 정말로 달가워……."

"짚이는 곳이라도 해도, 그런 생업을 가진 사람이 드나드는 술집을 알고 있는 정도야. 탈것 쪽은 상담을 받아주겠지만. ──그래, 팔로 수레라거나!"

"팔로, 무지무지 강추하시네요……."

"나는 팔로의 젖을 먹고 자랐다고 해도 과언이 아닌, 팔로 편애자거든!"

플롭은 큰 소리로 웃으면서 얼마나 팔로를 추천하는지 열변하기 시작했다.

물론 중량이 있는 짐을 옮긴다면 또 몰라도 장거리를 여행하고 싶은 스바루 일행과 상성이 별로 좋지 않다. 속도도 꽤 느리기에 팔로는 최종 수단이다.

"여하튼 간에, 가는 길에는 조금이라도 안전책을 확보하는 편이 나아. ……여기에서만 하는 말이지만 제도 쪽이 여러 가지로 어수선한 모양이라서. 그것이 불똥이 튀지 않는다고도 장담할 수 없어."

"──제도가 어수선하다."

꿈틀 눈썹을 세우는 스바루. 그러나 플롭은 그런 스바루의 반응을 깨닫지 못한 기색으로 "그렇다고." 하고 팔짱을 끼면서 대답했다.

"1년 내내 어디선가 불씨가 일고 있는 것이 제국이지만, 그 불씨가 번질 가능성이 염려되고 있거든. 부인 군에게 걱정을 끼치고 싶지 않으니까 자네에게만 말하겠지만."

"마음 써 주셔서 고맙습니다. ……참고로, 그 불씨는 황제와 무슨 관계가 있기라도?"

"빈센트 볼라키아 각하와?"

생각지도 못한 이야기를 들은 것처럼 플롭이 눈을 동그랗게 떴다.

"아니아니아니, 황제 각하가 어떻다는 이야기는 한 번도 못 들었어. 그게 아니어도 황제 각하는 지금까지 국내를 훌륭하게 평정해 오셨으니까."

"하지만, 아까는 불씨가 일고 있다고 하셨잖아요?"

"불씨로 끝나고 있던 것이 황제 각하의 수완이다마다. 당대 각하가 황제에 즉위하신 것은 7년인가 8년쯤 전이지만, 그 이전의 제국은 더 어지러웠어."

"＿＿＿＿."

"이번 소동도, 각하가 친히 지휘를 잡고 계시지. 또 금방 불씨가 이는 우리의 고향이 돌아오게 될 거야."

"어?"

불씨가 일고 있어야 우리 고향이라고, 그렇게 장담하는 플롭.

그러나 스바루는 그 말에 걸리는 감이 있었다. ──그의, 황제가 친히 지휘를 잡고 있다는 이야기에 말이다.

"제도의 분쟁에, 황제가 어떻게 하려는 중이에요?"

"이례적인 일이긴 하지만, 자신의 슬하…… 그야말로 진짜 의미로 슬하가 되면 각하도 움직이겠지. 자신의 슬하에서 이 기회를 틈타는 자는 용서하지 않겠다고, 그런 성명이 발표되었다는 것 같으니 말이야!"

"황제의 성명……."

열변하는 플롭에게 거짓은 느껴지지 않는다.

애초에 그가 스바루를 속일 이유가 전혀 없다. 적어도 그는 자신이 인식하는 사실을 이야기하고 있을 터. 그러나 그렇다면 스바루는 걸리는 게 있다.

"아벨이 정말로 황제라면, 성명을 낸 것도……? 하지만, 타이밍이 이상한데."

물론 황제의 성명이야 황제 본인이 없어도 '비서가 한 행동입니다.' 같은 모양새로 다른 사람이 낼 수 있을지도 모른다. 애당초 아벨의 말을 믿으면 제도에 남아 있는 것은 다름 아닌 황제의 반역자다. 이름쯤이야 멋대로 이용할 것이다.

"하지만 아벨이 그냥 또라이일 가능성도 일단 마음에 담아 두자."

뭐든지 전적으로 믿어서는, 거친 파도에서 살아남을 수 없다. 그 정도의 마음가짐으로 제국에 도전하고 싶은 바다. 하긴, 아벨 본인과 대화를 나눈 몸으로서는 그것이 자칭 황제가 낼 수 있는 박력이 아니라고 생각하는 구석도 있지만──.

"──남편 군, 우거지상은 좋지 않아."

정면으로 돌아온 플롭이 그런 스바루의 모습을 염려하며 말했다.

무심코 발길을 멈춘 스바루 앞에서 플롭은 자신의 미간을 손가락으로 가리켰다.

"웃음과 여유가 없는 사람 곁에는 행운이 찾아오지 않아. 남편 군은 이제부터 여행의 동행자를 찾을 거지? 그렇다면 좋은 인연을 찾아야지."

"그건⋯⋯."

"그렇다면, 미간의 주름을 펴고 입 끝의 긴장을 풀어서 여유를 연출해. 그것이 유능한 남자의 소양이야."

플롭은 가리킨 미간을 꾹꾹 누르다가 자신의 뺨을 두 손으로 풀었다.

그런 그의 몸짓을 목격한 스바루는 숨을 죽였다. 그러고 나서 그의 말대로 미간과 뺨을 천천히 손가락으로 풀었다.

"⋯⋯아아, 잊고 있었어. 가뜩이나 나는 눈매가 사나우니까, 최소한 분위기만이라도 부드럽게 해 두어야 했지."

"미안해! 내 힘으로는 너의 눈매까지는 어떻게 할 수가 없어!"

"그렇게 진심으로 받아들이지 않아도 괜찮아! 부모님에게 받은 거라서 사실 말처럼 신경 쓰지도 않으니까!"

호들갑스럽게 한탄하기에 호들갑스럽게 맞받아쳤지만, 그것조차도 스바루의 뻣뻣한 긴장을 풀기 위한 플롭의 배려일 것이다.

스바루와 플롭은 그런 촌극을 주고받으면서 목적한 길에 접어들었다.

플롭이 가리킨 곳은 골목 앞에 있는 은신처 같은 술집이다.

"숫자가 많다면 호위도 떡하니 여럿 고용해야겠지만, 남편 군과 부인 군, 거기에 조카까지 세 명뿐이라면 큰살림을 차릴 수도 없겠지. 역시나 과랄의 바깥까지는 나와 동생도 따라갈 수 없어서 말이야!"

"하지만, 미디엄 씨라면 잘하면 따라와 줄 듯도⋯⋯."

"동생을 빼내어 가면 약점을 메꾸지 못하는 나는 그냥 죽을 수밖에 없겠군!"

신뢰와 안전을 저울질했을 때, 플롭과 미디엄은 정말 나쁘지 않은 선택지다. 하지만 빚과 피해를 더 늘릴 수는 없다.

"아니, 최악의 경우, 두 사람을 데리고 그대로 루그니카로 국외 탈출. 그리고 두 사람에게는 오토의 이루지 못한 상인으로서의 입신출세를 이루게 한다는 수단도⋯⋯."

"어~이, 남편 군? 괜찮은 거야?"

골똘히 생각하는 스바루 앞에서 플롭이 손을 흔들면서 상태를 물었다.

그런 그의 반응에 스바루는 "미안." 하고 머리를 긁었다. 갑작스러운 발상이기는 했지만 나쁜 제안은 아니라는 느낌이 들었다.

모처럼 여기까지 안내해 줬는데 미안하지만──.

"저기, 플롭 씨, 잠깐 미디엄 씨까지, 두 분에게 부탁하고 싶은 것이──."

부탁할 것이 있다고 말하려던 순간.

──어디선가, 무언가 희미하게 딱딱한 소리가 울렸다.

3

"──남편 군, 우거지상은 좋지 않아."

"……허?"

갑자기, 눈을 깜빡인 것처럼 시야가 전환되어 스바루의 의식은 공백을 느꼈다.

그런 스바루의 정면에서 플롭이 자신의 미간을 손가락으로 가리키고 있다. 그는 발길을 멈춘 스바루에게 강의하듯이, 자신의 미간을 손가락으로 꾹꾹 풀고 말을 이었다.

"웃음과 여유가 없는 사람 곁에는 행운이 찾아오지 않아. 남편 군은 이제부터 여행의 동행자를 찾을 거지? 그렇다면 좋은 인연을 찾아야지."

"────."

"그렇다면, 미간의 주름을 펴고 입 끝의 긴장을 풀어서 여유를 연출해. 그것이 유능한 남자의 소양이야."

그대로, 두 손으로 볼을 주물주물 풀기 시작하는 플롭.

그의 그 몸짓은 본 기억이 있었다. 있어도 너무 있다. 여하튼, 불과 몇 분 전의 일이다.

불과 몇 분 전에 주고받은 것과, 같은 대화를 반복하고 있다.

"어이, 어이어이, 잠깐 기다려 봐……."

기습당한 것처럼 싸늘한 땀이 흘러서 스바루는 자신의 얼굴을 가렸다.

그 모습을 본 플롭이 "가리는 게 아니라, 푸는 거야!" 하고 언성을 높이고 있지만, 그 말에 응답할 여유가 없다.

돌아보면, 주위 길도 본 기억이 있었다.

처음 오는 거리이며, 과랄에 해박한 것은 아니다. 그래도 금방 보았던 광경을 잊을 만큼 기억력에 문제가 있는 것은 아니었다.

즉——.

"——『사망귀환』했어?"

별 이상 없는 상황에서, 자기 신변에 무슨 일이 일어났는지도 모르는 채로. 스바루는 직전과는 전혀 다른 이유로 뺨을 굳히고 중얼거렸다.

믿기 어려운 사실을 곱씹던 스바루는 온몸을 식은땀이 적시는 것을 느꼈다.

이것은 스바루가 아는 한 가장 두려운 사태 중 하나였다.

본 적이 있는 광경, 들은 적이 있는 대화, 그것은 데자뷰의 차원이 아니다.

있었던 느낌이 드는 사건이 아니라, 실제로 있었던 사건을 반복하고 있다. 그것이 의미하는 바는 하나뿐——『사망귀환』한 것이다.

"하지만, 어째서……?"

전조는 전혀 없었다.

스바루에게는 그야말로 눈을 깜빡인 직후에 세계가 전환된 듯한 감각이다.

너무나 실감이 없어서 자기 몸에 깃든 권능의 오작동을 의심할 정도였다. 모종의 이유로, 『사망귀환』의 '사망' 부분이 빠지고 '귀환'만 발동한 게 아니냐고.

"바보냐, 나는. 아니, 바보지, 나는."

이 마당에 이르러 직면한 상황을 낙관시하려는 자기 마음을 스바루는 자제했다.

웃기는 표현이지만, 『사망귀환』을 신용해야만 한다. 여태까지 스바루에게 깃든 시간을 역행하는 힘이 '죽음' 말고 다른 것을 방아쇠로 발동한 적은 한 번도 없다.

시간을 역행한 이상, 스바루는 목숨을 잃었다. 그것은 절대적이라고.

"──OK, 그 점은 이해했어. 이해했고, 다음은 어쩔 거냐, 나."

이마에 주먹을 누르고서 스바루는 거세게 동요하는 자신에게 냉정해지라고 호소했다.

『사망귀환』한 것을 받아들였다면, 다음으로 초점을 맞춰야 할 곳은 죽음의 원인이다. 직전의, 불과 십수 초 전의 일을 돌아보고 무슨 일이 일어났는지 떠올린다.

"……아무것도 나오지 않아."

그러나 자신이 죽음을 맞이했을 순간을 돌아보아도 아무것도 떠오르지 않는다.

목적지인 술집, 대화하던 플롭, 큰길의 소란이 살짝 멀고, 어렴

풋이 감도는 골목 특유의 그늘 냄새, 희미하게 들린 딱딱한 소리
—— 포착한 것은 그 정도다.

그 모두가, 스바루의 생명을 위험에 처하게 한 이유와 결부되
지 않는다.

"젠장, 왜 나는 늘 이런 거야……!"

평소부터 자기 주위의 변화에 민감하게 대비하고 있으면 이런
추태는 보이지 않았을 거라고, 스바루는 자신의 부주의를 저주
하고 욕하지만 그래도 사고를 그만두지 않았다.

"——상황은, 샤울라에게 맨 처음 살해당했을 때와 비슷해."

플레아데스 감시탑으로 가는 길에, 아우그리아 사구에 도전한
스바루 일행은 감시탑에서 모래바다를 방위하고 있던 샤울라의
일격에 괴멸했다. 그 모래바다의 세례는 반응조차 할 수 없는 하
얀빛에 스바루가 날아간 것으로 시작된 지옥과도 같은 참극이었
다.

무슨 일이 일어났는지, 무엇이 사인이었는지, 죽었다는 사실
밖에 확실하지 않은 상황이라는 것은 그야말로 그 모래바다에서
겪은 첫 번째 죽음의 재탕이라고 할 수 있으리라.

단, 그때와는 다르게, 지금은 도시 안이다.

생명의 위기가 함께하는 것을 각오했던 모래바다와는 근본부
터 환경이 다르다.

"이 상황에서, 무엇이 내 목숨을 가져간다는 거지……?"

전조가 없는 '죽음'에서 짚이는 것으로 따지자면, 역시 샤울
라의 저격 쪽이 인상이 더 강하다.

그리되면 이번에도 저격당했나 싶지만, 스바루가 사망했던 것은 골목 안—— 높지는 않아도 건물을 좌우에 둔 전망이 좋지 않은 장소다.

그 환경에서, 무슨 수로 스바루를 저격할 수 있다는 말인가.

"——남편 군? 아까부터, 미간에 더 주름을 잡고 왜 그래?"

"아……."

"내 조언을 듣지 않았나 보지? 미간에 주름을 잡고 있으면 복이 달아나! 달아난 것을 쫓는 것은 정말 어려운 일이야! 나는 기본적으로 수레 위에 있으니까!"

가슴에 손을 짚고서, 스바루 앞에서 호들갑스럽게 몸짓하는 플롭.

그것이 우거지상의 스바루를 격려하기 위한 오버액션이라고 느끼고 있음에도 스바루는 그 손짓발짓에 몸을 굳히지 않을 수 없었다.

사인을 탐색한다면, 동시 병행해서 범인도 찾는 셈이 된다.

그 경우, 스바루의 사인이 저격이 아니라 치면, 가장 농후한 용의자는 플롭—— 스바루와 행동을 함께하고 가장 가까이에 있던 이 남자라는 뜻이다.

다만 스바루가 죽은 순간, 플롭이 공격해 오는 낌새는 전혀 엿보이지 않았다. 물론, 이 세계에는 스바루가 아무것도 눈치채지 못하게 일격으로 생명을 빼앗는 기량을 가진 자가 많이 있음은 알고 있다. 하지만 플롭이 그렇다고는 생각할 수 없다.

"애당초, 플롭 씨에게 나를 죽일 이유가 있나?"

가장 높은 가능성은 선량함을 가장해 스바루에게 깅도짓을 하는 것일까. 하지만 일부러 도시 안에서 공격할 이유가 희박한 것처럼 느껴진다.

원래, 오코넬 남매와 만난 것은 문밖, 행렬에서다.

드러내지 않고 일을 마치고 싶다면 경비병이 있는 시내에 들어가기 전, 문밖에서 얼마든지 구워삶아서 꾀어내면 끝날 일이리라. 합리적이지 않다. 행동도, 동기도.

스바루를 죽인 자는 여태까지 많이 있었지만, 다들 무언가 합리적인 이유가 있었다. 말이 통하지 않는 마수라도 아닌 한, 그것은 절대적인 규칙일 터다.

그렇기에——.

"플롭 씨는, 왜 우리에게 이렇게 친절한 거야?"

"응? 그건 또 뜬금없는 질문이군."

"아아, 갑작스럽게 미안해. 단지, 조금 불안해졌거든."

뜬금없게 여겨지는 스바루의 질문에 플롭이 가지런한 눈썹을 세우고 놀랐다.

그 반응에 쓴웃음을 가장하면서 스바루는 마른침을 삼키고 플롭의 대답을 기다렸다. ——합리적인 의심은 없다. 그러니까 다음은, 믿을 수 있느냐 없느냐다.

이렇게까지 친절하게 대해 준 오코넬 남매, 그들에게 두 마음이 없다는 신뢰가 필요하다.

그런 스바루의 주시를 받은 플롭은 "흠." 하고 어딘지 이지적으로 끄덕이고 답변했다.

"어려운 이야기가 아니야. 간단한 거지. 나와 동생이, 자네와 부인 군, 조카에게 잘되라는 마음으로 하는 일은……."

"하는 일은?"

"──복수이다마다!"

두 팔을 펼치고 목청 높여 플롭이 스바루에게 토로했다.

그 기세 어린 명랑한 발언과, 발언 내용의 뒤숭숭함이 심하게 어긋나서 스바루는 "엉?" 하고 곤혹해하며 아연히 눈을 동그랗게 떴다.

그렇게 굳어 버린 스바루 앞에서 플롭은 "알겠나?" 하고 앞머리를 매만졌다.

"나와 동생은 옛날, 진짜 사느냐 죽느냐 아슬아슬하게 생활했었지! 부모에게 버려져 고아를 인수하는 시설에서 자랐지만…… 거기가 꽤 끔찍한 환경이었어!"

스바루의 뇌리에 희미하게 아동 보호 시설 같은 이미지가 떠오른다.

단, 이 세계의 시설 설비와 환경이 스바루가 떠올리는 현대 사회와 비교해 훨씬 열악할 것임은 상상하기 어렵지 않다.

"매일 밤, 같은 처지의 아이들과 어깨를 맞대고 그 상황에서 벗어나겠다고 결심하곤 했지. 그리고 나와 동생은 기회를 얻어 거기서 도망칠 수 있었어. 처음으로, 맞지 않고 넘길 수 있는 밤을 맞이해 나는 맹세한 거야. ──복수를."

"복수라니…… 그, 고아 시설의 사람에게?"

"아니, 그게 아니야. ──세계에 말이야."

조금 전의, 복수라고 목청 높여 외쳤을 때와 같은 표정으로 플롭은 주먹을 쥐었다.

　머쓱해진 스바루에게 플롭은 열기 어린 표정으로 몸을 앞으로 숙였다.

　"나와 동생은 시설의 어른에게 맞으면서 컸어. 하지만 나를 때린 어른들은 나를 때리면서 행복했을까? 아니야. 그들도 불행해. 불행한 어른이, 불행한 아이들을 때리고 있었던 거야. 이렇게 구원이 없는 일이 있을까."

　"————."

　"폭력을 휘두르는 어른들조차 행복하지가 않아. 나는 상인이 되어 나 자신과 동생을 불행에서 빼내기로 했어. 그리고 최대한 많은 사람이 함께 불행에서 빠져나오길 바라고 있지. 그날 밤, 우리를 데리고 나와 준 사람처럼."

　"그것이, 세계에 대한 복수?"

　"그렇다마다. 나와 동생은, 불행을 강요하는 세계에 복수하기 위해서 발버둥 치고 있어. 너희를 도운 것도 그 일환이지."

　말을 마친 뒤, 플롭은 살짝 쑥스러운 듯이 코를 문질렀다.

　그 몸짓과, 플롭의 말에 담긴 열량에 스바루는 할 말을 잃었다. 천천히, 그 열기가 뇌에 침투해 가니, 곧바로 스바루의 각오가 섰다.

　"——고마워, 플롭 씨. 행렬에서 만난 것이, 플롭 씨와 미디엄 씨 남매라 다행이야."

　믿을 수 있느냐 없느냐, 그 지침을 원해서 답을 요구했다.

그리고 제시받은 답은 스바루가 요구하던 것 이상이었다. 그렇다면, 결정 났다.

스바루는 플롭 오코넬의 선의를 의심하지 않는다.

세계의 부조리에 항거하기로 마음먹은, 그 존엄한 복수심을 끝까지 믿기로 결단한다.

그렇다면 나머지는──.

"플롭 씨, 이 길은 풍수적으로 별로 좋지 않은 괘가 나왔어. 그러니까, 다른 길을 이용할 수 없을까?"

"괘? 괘가 대체 뭔데? 혹시, 남편 군의 미간 주름과 눈매는 그것 때문이야?"

"길조를 점치는 종류의 아이템이지만, 눈매는 관계없을걸! 하지만 이 길은 좋지 않아. 멀리 돌아가도 되니까, 부탁해."

플롭의 선의에 기대는 형태로, 스바루가 꽤 막무가내로 이야기를 진행했다.

범인은 플롭이 아니라고 믿는다면, 다음 문제는 닥쳐드는 '죽음'의 회피다. 이것이 저격이든 뭐든 간에 공격임은 확실하다.

그 공격의 발생 조건을 회피해 바라지 않는 '죽음'을 피해야 한다.

"애초에, 바란 '죽음' 같은 건 한 번도…… 한두 번밖에 없지만."

그것도, 상황이 절박하던 까닭에 부득이한 선택지였다.

죽는 것으로만 구할 수 있는 상황에 몰리지 않았으면, 그때 역시 스바루는 '죽음'을 선택하지 않았다. 않았지만, 스바루도 세계에 복수하고 싶어졌다.

"그 꽤가 뭔지는 모르겠지만, 자네의 진지한 표정은 마음에 들었어. 조금 멀리 돌아가게 되지만 다른 길을 통해 가 보자고."

"그래 주면 고맙지! 되도록 사람이 많은, 큰길로 지나가자."

"알겠다마다!"

다행히 플롭은 스바루의 부자연스러운 언동에 따지고 들지 않았다.

그의 안내에 따라 술집까지 가는 길을 예정에서 변경한다. 나아갔을 길을 물려서 큰길을 지나, 술집까지 골목은 최소한으로만 지나가는 루트다.

그쪽 루트에서도 스바루가 표적이 되는 것은 변하지 않을지도 모른다. 그래도 술집 앞에서 습격받는다고 알고 있으면 대처할 방법은 있다.

"그럼 남편 군, 이쪽 길로——."

스바루의 옆을 지나가며 플롭이 다른 길로 안내하기 시작하려고 했다.

그 순간이었다. ——플롭이, 무언가를 알아차린 것처럼 그 눈을 부릅뜬 것은.

"——오."

왜 그러냐고 플롭의 반응을 확인하려다가, 그 의도는 성사되지 않았다.

왜냐하면 스바루의 입은 플롭에게 던지는 질문이 아니라, 넘쳐 나온 피를 토해내기 위해서 활짝 열렸기 때문이다.

"어, 컥?!"

한순간의 신속한 재주였다.

무언가가 스바루의 뒤통수를 잡은 감촉이 있고, 억지로 위로 꺾였다. 그리고 훤히 드러난 목을 뜨거운 감촉이 지나가고 피가 튀었다.

넘치는 피와 아픔에 꼬르륵 빠지면서 스바루는 목이 베였음을 이해했다.

"쿠헉……."

스바루는 목의 상처를 두 손으로 막고 격통과 실혈 속에서 타개책을 찾았다.

상처는 깊고 넓어서 중요한 혈관이 끊어져 피가 분출하고 있다. 벗은 웃옷을 목에 감고 지혈을── 아니, 먼저 이 자리로부터, 등 뒤의 적으로부터 도망치는 것을 우선해야.

그리고 플롭이 이 자리에 있다. 의심해서 미안했다. 그다음에 다시 믿었어도, 용서받지 못할지도 모르지만, 이 자리에, 플롭이.

"에, 엠……."

여관에 렘이 있다. 무슨 수를 써서든, 목에서 피를 흘리면서도 그녀에게로 돌아가야.

돌아가서, 데리고 나와서, 위험하니까, 손을 잡고. 미움받아도, 잡아당겨서. 렘이 살아만 있어 주면. 살아 주어야. 그러기 위해서, 목의 피를, 막아서.

피를, 피를, 피피피피피피, 피를, 막으, 막아서, 막아막아아아아아──.

"──으."

아.

4

"──남편 군, 우거지상은 좋지 않아."

"_____."

"웃음과 여유가 없는 사람 곁에는 행운이 찾아오지 않아. 남편 군은 이제부터 여행의 동행자를 찾을 거지? 그렇다면 좋은 인연을 찾아야지."

정면, 자신의 미간에 손가락을 꾹꾹 대면서 플롭이 그렇게 역설했다.

그의 몸짓을 보면서 스바루는 반사적으로 자신의 목에 두 손을 대었다. 뜨거운 감촉과, 흘러나오는 생명의 열기가 느껴지지 않는다. 심장이 뛸 때마다 분출하는 피의 감촉이.

자신의 생명이 흘러나와 '죽음'에 가까워지는 절망의 박동이.

"그렇다면 미간의 주름은 펴고…… 왜 그래, 남편 군, 얼굴이 파래져서."

입을 꾹 다문 스바루를 보고, 플롭이 놀란 것처럼 신경을 써 주었다.

진지한 눈초리가 스바루에게 직전의, 목이 베인 순간을 떠올리게 했다.

그렇다. 목을 베였다.

목을 베여 피가 분출해 도망쳐야만 한다고 본능이 경종을 울렸는데, 하지만 그 경종조차도 들리지 않게 되어서, 이 순간으로 돌아왔다.

즉, 죽은 것이다. 또다시『사망귀환』했다.

그것도 이번에는 처음의 즉사와는 다르다. 더 명확한, 적의가 구체화되었다.

"……푸핫."

자신의 목을 만지면서 스바루는 잊고 있던 호흡을 허겁지겁 떠올렸다.

플롭이 어깨를 들썩이는 스바루를 건드리며 "괜찮아?" 하고 말해 주지만 거기에 응답할 여유가 없다. 단지, 이 자리에 계속 머무를 수도 없었다.

"프, 플롭 씨, 오늘은, 저기, 풍수적으로 위험한 날이야. 일단 돌아가자……!"

"풍수? 하지만, 그 안색은 조금 쉬는 편이…….""

"아니, 쉬어도 소용없어! 렘이 손을 잡아 주지 않으면 잦아들지 않는 발작이라서!"

"그, 그런 건가…… 그건 까다로운 일인걸!"

초조감과 절박감에 애가 타서 지리멸렬한 말을 떠들고 말았지만, 사람 좋은 플롭은 말의 내용이 아니라 분위기 쪽을 중요시해 준 모양이다.

플롭을 데리고 이동을 결의한 스바루. 그러나 앞뒤 어느 쪽으로 나아갈지 망설인다.

앞으로 나아가면 루트대로, 그러나 뒤로 나아가면 조금 전 목을 베인 쪽이다.

어느 쪽으로 나아가도 생명이 위태로운 막다른 곳에 삼켜지는 느낌이 들어 스바루는 앞뒤 어느 쪽도 아닌, 다른 골목을 지나 큰 길로── 인기척이 많은 길로 나가는 쪽을 택한다.

"남편 군! 손이 어마어마하게 차가운데! 빨리 부인 군더러 데워 달라는 편이 좋겠어!"

"그래, 한시라도 빨리, 렘의 얼굴을 보고 싶어."

그 결과, 목적을 달성하지 못한 채로 돌아왔다고 매도당해도 상관없다.

아무튼, 이 자리는 렘에게로──.

"──아니."

돌아가도 되느냐고, 스바루의 뇌리에 의문이 휘몰아쳤다.

아직 상대의 정체를 파악하지 못한 상황인데, 어슬렁어슬렁 여관으로 돌아가도 되는 것인가. 적에게 고스란히 거점을, 렘의 거처를 가르쳐 주는 꼴이 되는 것이 아닌가.

자신의 부족한 생각을 저주하며 스바루가 입술을 깨문 것과 동시에, 시야가 트였다.

스바루와 플롭은 골목을 나와 도시의 큰길로 나가고 있었다. 좌우를 오가는 사람의 수는 대도시에 비할 바는 아니지만 은신처 비슷한 술집이 있는 골목보다 훨씬 나았다.

그렇다고는 해도 인파에 뛰어드는 것은 용기가 필요하다. 그 것을 피하면서 다음 행동의 지침을 정해야 한다.

"거리의 이 위치라면 여관은 건너편에 있을 거야. 그럼, 그쪽으로……"

"안 돼, 플롭 씨! 여관으로는 돌아갈 수 없다. 렘과 만나다니 말도 안 돼!"

"아까랑 하는 말이 다르지 않나?!"

정서가 불안한 인간 그 자체의 언동이지만 조금 전 염려가 스바루를 렘에게 돌아가지 못하게 했다. 그렇다고 플롭에게 정보를 주지 않은 채로 휘두르고 다니는 것도 의리 없는 행위.

그러나 뭐라고 말해서 그를 납득시키면 되는가.

"젠장……!"

상황을 타개하는 데 필요한 카드가, 지금의 스바루에게는 너무나도 부족하다.

소중한 렘과 따로 떨어진 상태에서, 습격받고 있는 장소는 낯선 도시. 함께 있는 것은 선량하지만 전투력이 없는 플롭. 스바루 본인부터 발휘할 수 있는 강점이 아무것도 없다.

누가 노리고 있는지를 몰라서는, 경계할 상대도 알 수 없는 것이다.

"남편 군? 괜찮은 거야? 대체 뭘 고민하고 있어? 내가 힘이 될 수 있는 일이라면 우선 이야기나 해 봐. 눈치가 이상하다고."

"플롭 씨……"

길거리의 좌우를 살피면서 신경줄이 닳아가는 스바루에게 플롭이 말을 건넸다.

바로 정면에서 두 어깨를 붙잡은 플롭, 그 진지한 눈초리와 매

달리고 싶어지는 제의에 스바루는 차라리 그 선량함에 희망을
걸어야 할까 진지하게 고려했다.

플롭이라면, 혹시 스바루를 믿고 힘을 빌려줄지도 모른다.

"플롭 씨, 기대기만 해서 한심스럽지만 말해도 될까?"

"그래, 물론이다마다! 뭘, 나로는 힘이 되지 못하는 일이라도
동생이라면 힘이 될 수 있을지도 몰라. 나와 동생은 서로의 약점
을 메꾸는 관계니까."

"실제로, 따지자면 미디엄 씨 안건일지도 모르겠지만……."

상대가 가차 없는 폭력을 휘두른다면, 더욱 강한 힘을 맞부딪
칠 수밖에 없을지도 모른다. 스바루나 플롭보다 명확하게 강한,
미디엄의 힘을.

그것도 포함해서 스바루는 플롭에게 사정을 설명하려고 했다.
우선, 『사망귀환』에 대해 덮어 두면서 누군가가 자신을 집요하
게 노리고 있다고.

"실은 누군가가 우리를 쫓고……."

"——뭐지?"

"어?"

결의한 스바루가 『사망귀환』의 페널티를 주의하면서 플롭에
게 사정을 설명하려고 했다. 그러나 막상 이야기를 시작하자마
자 플롭의 시선이 엉뚱한 방향을 보았다.

그의 시선에 이끌려 스바루도 반사적으로 그쪽을 보았다가,
눈을 크게 떴다.

길거리에서 터지는 비명과 노호, 그리고 사나운 기세로 돌진

해 오는 거대한 그림자── 크디 큰 수레바퀴가 스바루와 플롭을 노리며 육박해 오는 중이었다.

"뭣──?!"

"남편 군, 위험──"

하다고, 플롭의 목소리가 말을 마치기보다 먼저 충격이 스바루의 온몸을 강렬하게 집어삼켰다. 몸이 크게 날아가고 딱딱한 흙 위를 수없이 튕기며 굴러갔다.

기세가 죽지 않으며 벽에 격돌한다. 하지만 그걸로 끝나지 않는다. ──잇달아서 쓰러진 스바루에게로 무거운 충격이 엄습해 다시 몸이 날아갔다.

"──아, 크."

공중제비를 돌며 나동그라져 지면에 구르면서 스바루의 시야가 검게 물들었다.

갑자기 하늘이 흐려진 것이 아니다. 더 다른, 별개의 이유가 시야를 망친 것이다. 그 원인은 알 수 없고 진상을 규명해 봤자 좋을 일 없음을 알 수 있다.

다만, 할 수 있는 말이 있다면──.

"주, 주……."

'죽는다' 고 온몸의 세포가 스바루의 본능에 호소하고 있다는 점이다.

여태까지 40회 이상의 '죽음' 을 경험해 온 나츠키 스바루는 자신의 육체가 어느 정도까지 대미지를 받으면 생명을 잃는지 왠지 모르게 알고 있다.

이번에는, 이 악물고 버틸 수 있는 한계를 명확하게 오버했다.

지끈지끈, 아프다.

어디가 아픈 것이 아니다. 나츠키 스바루야말로 '아픔'이다. '아픔'이기에 아픈 것은 당연하다. 이곳저곳이 다 아프다. 아픔은, 사라지지 않는다.

아득하게, 머릿속에 메아리치고 있는 이명이나 기차의 기적 같은 소리.

거기에 섞여서 들리는 것은 오가는 사람들의 희비가 섞인──아니, 기쁨은 없다. 아비규환(阿鼻叫喚) 쪽이 적절하다. 아비규환, 웃습다. 무슨 이런 사자숙어가 있단 말인가.

소리의 어감과 달리 일어난 사건이 무겁고 딱딱하기 그지없다.

"아히, 오우, 아……."

발음을 할 수 없다.

말을 꺼내려던 입이 갈가리 찢어졌다. 치아가 없어지고 입이 휑하다. 어딘가가 찢어져서 공기가 새고 있다. 피와, 소리와, '아픔'이 있다.

무언가가, 무언가가, 무언가가──.

"아이, 아."

무언가가, 다시 나츠키 스바루를 죽인 것이다.

5

"──남편 군, 우거지상은 좋지 않아."

"_____."

"웃음과 여유가 없는 사람 곁에는 행운이 찾아오지 않아. 남편 군은 이제부터 여행의 동행자를 찾을 거지? 그렇다면 좋은 인연 을 찾아야지."

자신의 미간에 손가락을 대고서 꾹꾹 피부와 속살을 푸는 플롭.

그의 퍼포먼스를 바라보면서 스바루는 자신의 두 어깨를 안았 다. 그리고 공기가 새지 않는 입과 지워진 『아픔』에 대해서 생각 했다.

──또, 죽은 것이라고.

"심지어…… 심지어 이번에는, 그건, 용차인가……?"

충격에 으깨지며 날아가서 움직이지 못하게 되고, 가늘어지다 꺼진 생명의 촛불.

스바루는 온몸이 호소하는 '아픔'에 지배당한 채로 살해당했 다. 목숨을 잃었다.

"_____."

거머쥔 두 어깨가 떨리고 다리가 후들거린다.

자기 신변에 뚝 떨어진 재난을 몸으로 기억하지 못해도 영혼이 기억하고 있다. 온몸이 찢기는 충격과 아픔이 지워진 지금도 영 혼을 좀먹고 있었다.

마침내 스바루는 자기 신변에 떨어진 살의에 공포를 숨기지 못 했다.

처음에는 즉사, 두 번째는 목을 베어서, 세 번째는 용차에 깔려 죽었다. ──어느 것이나 우연일 수가 없다. 틀림없이 나츠키 스바루를 죽이려는 의지다.

그것이 스바루를 무자비하게 죽였다. 그리고 가장 두려운 것은 세 번이나 『사망귀환』했음에도 불구하고 아직도 스바루는 '적이 있다'는 것 이상의 정보를 얻지 못했다는 사실이다.

상대는 사망하는 스바루에게 정보를 무엇 하나 남기지 않은 것이다.

"그렇다면, 미감의 주름은 펴고…… 왜 그래, 남편 군. 낯빛이 심각한데."

"플롭, 씨……."

또다시 스바루의 안색 변화를 배려하는 플롭.

직전의, 큰길의 아비규환은 용차가 폭주했던 것에 대한 반응이었을 것이다. 그리고 격돌 순간, 플롭은 스바루를 구하려고 손을 뻗고 있었다.

제때 맞추지 못해 스바루는 죽을 정도의 충격을 받았지만, 옆에 있던 플롭이 무사했다고는 도저히 생각할 수 없다. ──그도, 그 피해에 말려들었을 터다.

"애초에, 여태까지도……."

적이, 스바루를 죽이고 그걸로 만족해서 물러날 거라고는 단정할 수 없다.

플롭은 이미 스바루가 처한 상황에 말려든 게 아닐까.

그것은 용납할 수 없다고 스바루는 어금니를 깨물었다.

"──큭! 플롭 씨!"

"뭐, 뭔데?!"

깨문 어금니로 겁을 씹어 삼킨 스바루는 굳세게 앞을 보았다.

그 기세대로 플롭의 손을 잡아 그를 크게 놀라게 했다. 하지만 그 놀람에 상관하고 있을 수는 없다. 이미 죽음으로 가는 카운트 다운은 시작되었다.

가는 길도 지옥, 돌아가는 길도 지옥, 피하는 것도 지옥의 삼중고.

그렇다고 해도, 생존으로 가는 길을 찾아야만 한다. ──스바루와 렘만이 아니라 도와준 선량한 오빠를, 여동생 곁으로 돌려보내야 한다.

"──그러니까 플롭 씨, 뛰자!"

"갑작스러운 말인데?! 무슨 일이야?!"

"무슨 일이고 자시고 없어, 인생은 유한하다고! 1초라도 낭비할 수 없잖아!"

발길을 멈추고 간곡하게 설득하는 것은 이 순간 악수다.

스바루는 그렇게 판단해 여태까지와 마찬가지로 막무가내 논리로 플롭의 저항을 무너뜨리려 들었다. 아니나 다를까 기세에 압도당한 플롭은 "확실히 그렇군!" 하고 끄덕였다.

"인생은 짧지. 나와 동생의 목표를 달성하기 위해서도 시간은 소중히 해야 하지만…….."

"달리자! 바로 술집으로 뛰어드는 거야! 자잘한 건 뒤로 미뤄도 돼!"

"아, 알았어! 알았으니까 잡아당기지 말게나! 앞머리가 흐트러져!"

억지로 팔을 잡아당겨 발이 엉킨 플롭이 비명을 질렀다.

그런 플롭의 비명 같은 목소리를 들으면서 스바루는 한 번은 지나갔던 길을 전진── 당초의 목적대로 호위를 고용하기 위해서 술집으로 서둘렀다.

단, 목적은 여행길의 호위를 부탁하기 위해서가 아니다.

이, 답이 없는 '죽음'의 연속에서 구출받기 위해, 당장에라도 필요한 조력을 얻기 위해서 달리는 것이다.

6

"──여기서 제일 뛰어난 실력자를 고용하고 싶다?"

간신히 도착한 술집의 주인은 숨이 턱까지 차올라 따져 묻는 스바루에게 눈썹을 세웠다.

머리카락에 하얀색이 눈에 띄기 시작한 장년의 주인장은 어깨를 들썩이는 스바루를 머리부터 발끝까지 바라보다가, 왠지 모르게 수상쩍은 인물을 보는 눈빛이 되었다.

──현재, 스바루와 플롭은 원래 목적지였던 술집 안에 있었다.

처음에 술집을 목전에 두고 살해당했기에 여기에 달려오는 것은 꽤 도박이었다. 하지만 갈 길을 서두른 것이 주효했는지 술집에 뛰어드는 데 방해는 들어오지 않았다.

다만 그래서 궁지를 벗어났다고 판단하는 것은 이만저만 지레짐작이 아닐 것이다.

"그러니까, 실력자의 힘을 빌려야만 하는 거야."

"······이 주변에서 제일 뛰어난 실력자라면, 가게 구석에서 엎어져 있는 로우안일걸."

유리잔을 닦고 있는 주인장이 턱짓했다. 그쪽을 보자 어둑한 가게 안, 여러 남자가 술주정하고 있는 가운데, 구석진 테이블석에 엎어져 있는 남자를 발견했다.

긴 더벅머리를 대충 묶고 허리에 무기── 도(刀)를 찬 쉰 살 안팎의 남자다.

그가 엎어진 테이블에는 빈 유리잔이 여럿 놓여 있어 아직 날이 밝을 때부터 꽤 화려하게 마셨음을 알 수 있다.

"호오, 저 사람이 실력자인가. 사람은 겉모습만 봐서 알 수 없는 법인걸!"

"술버릇이 나쁘지만, 실력은 좋아. 술버릇은 나쁘지만."

"두 번씩 들으니 불안만 자욱해지는군."

술집 주인에게 술버릇이 나쁘다고 두 번이나 거듭해서 주의를 받았다.

어지간한 취객이라고 짐작되지만 감수할 수밖에 없다. 지금, 필요한 것은 인간성이나 간이 튼튼한 것이 아니라, 싸움에 강한 것. 임박한 궁지를 벗어날 수 있는, 고수다.

"저기, 로우안 씨, 잠깐 이야기를 들어 주지 않겠어?"

"으엉?"

플롭을 대동해 스바루는 결의하고 로우안이 엎어진 테이블로. 뻗은 남자의 어깨를 흔들고 말을 걸자 얼빠진 목소리로 응답한 로우안이 고개를 들었다.

불콰한 얼굴에 흐느적하게 졸린 듯한 눈매, 그럭저럭 볼 만했을 생김새를 새빨개진 코가 다 망치고 있다.

"뭐시여, 형씨. 이 사람에게 무슨 용무가 있소이이……?"

"곤드레만드레잖아…… 아무튼 내 말 좀 들어 줘. 당신에게 일을…… 술 냄새!!"

"거참, 실례되는 녀석들이구만……."

휘청휘청 몸을 일으킨 로우안이 길게 숨을 내뱉자 스바루는 고개를 돌렸다.

어마어마한 술 냄새가 감돌아 시야가 일그러졌다고까지 착각했다. 대낮부터 마시고 있는 수준이 아니다. 밑 빠진 독에도 한도가 있지 않은가.

돌이켜 보면, 에밀리아 진영에는 술꾼이 없기에 이런 쪽 인간의 대처는 처음 해 본다.

"이럴 줄 알았으면, 만취한 오토를 정원에 던져 두는 게 아니라 좀 더 제대로 상대해 둘 걸 그랬어……!"

"힉, 딸꾹……."

그렇게 한탄하고 있는 스바루 앞에서 로우안은 칠칠치 못하게 의자에 앉은 채로 빈 유리잔을 얼굴 위에서 뒤집고 흔들어 떨어지는 술 방울을 어떻게든 혀로 맛보려 하고 있다.

"쳇, 술이 부족하구만. 이봐, 형씨들, 한 잔 쏴 주라고."

"음, 술을 원하는 건가. 알았어. 주인장, 이 사람에게 술을 한 잔……."

"기다려 봐, 기다려 봐, 플롭 씨! 당신 마음씨에 도움받은 내가 말하는 것도 뭐하지만, 지금은 좀 선의를 지갑에 넣어 둬!"

　요구받은 대로 술을 쏴 줄 것 같던 플롭의 입을 막은 스바루가 입술을 삐죽이고 있는 로우안의 정면으로. 그리고 테이블에 세게 손을 짚고서 제안했다.

　"로우안 씨, 단도직입적으로 가겠어. 우리는 당신에게 술을 사주지 않아. 다만, 당신이 술을 살 보수를 내겠어. 일을 받아줬으면 해."

　"아앙, 일이라고라……?"

　"그래. 부탁하고 싶은 것은 호위야. 그것도, 지금 이 순간부터."

　술 냄새를 지척에 두면서 스바루는 당당히 조건을 제시했다.

　그 이야기를 들은 로우안은 졸린 눈은 그대로 가만히 스바루를 마주 보았다.

　"……유난히 어투가 거칠군. 형씨들, 보아하니 꽤 위험한 처지인가 봐?"

　"그래, 웃을 일이 아니게 말이야. 어때? 낼 수 있는 것은, 이것이 한도액 끝까지인데."

　"남편 군, 그건……."

　플롭이 눈을 동그랗게 뜨고 스바루의 행동을 말리려 했다.

　그러나 스바루는 제지하는 플롭을 도리어 만류하고 테이블 위에 자루—— '마수의 뿔'을 팔아 손에 넣은 금화 전부가 든 것을 쿵 내려놓았다.

　이것은 정말이지 스바루 일행이 가진 전재산이다.

　"이게, 내가 낼 수 있는 패야. 어때, 받아주겠어?"

"_____."

자루 입구를 벌려 안을 힐끔 확인한 로우안이 침묵했다. 여전히 불쾌한 얼굴이긴 하지만 술에 해롱대던 조금 전까지의 눈매는 사라지고 진지한 고민이 엿보였다.

제국의 화폐가치에 밝지는 않지만 자루 내용물은 몇 개월쯤 놀고먹을 수 있는 액수일 터.

"이 사람의 실력은 비싸다……고 말하려 생각했던 참이지만, 첫수부터 이래서야 말이지."

"말해 두지만, 값을 올려치려는 교섭에는 응할 수 없다고."

"의심은 안 해. 장난이 아니라는 이야기도, 진담 같군."

붉어진 코를 손가락으로 문지른 로우안이 천천히 그 자리에서 일어섰다. 그는 스바루가 내민 금화 자루를 주워 들고 슬쩍 자신의 품에 갈무리했다.

"돌려달라고 그래도 못 돌려주거든?"

"아깝지만, 돌려달라고는 하지 않아. 일만 제대로 해 준다면."

"후핫." 하고 술 냄새 나는 웃음을 지은 로우안이 스바루가 의뢰한 일을 받아들였다.

그 답을 들은 스바루는 내내 어깨에 들어가 있던 힘이 빠졌다. 긴장을 풀 수 없어 마냥 불안이 가슴속을 지배하고 있었지만──.

"남편 군, 괜찮았던 거야? 저 돈은……."

"괜찮아. 지금, 이 순간의 안전과는 대신할 수 없어. 플롭 씨를 놀라게 한 것은 미안하고, 소개해 주어서 고맙습니다."

"──자네가 좋다고 한다면 나야 상관없어. 다행히 여관비는 미리 지불했으니까!"

여관비에 관해서는 같은 방이 된 플롭과 미디엄 몫도 스바루 일행이 부담한다는 꼴로 이미 지불을 마쳤다.

앞뒤 생각하지 않고 로우안을 고용해 여관비를 대신 부담하게 하는 의리 없는 짓은 하지 않는 모양새다.

"그래서, 고용주님. 아직 이 사람이 그쪽 이름도 여쭙지 않았습니다만?"

"아, 그런가. 미안. 그만 서두르다 보니. 내 이름은——."

"——잠깐."

이름을 묻는 말에 스바루는 벌써부터 로우안에게 무례한 짓을 하고 있었다고 당황했다. 이름을 대려던 순간, 로우안이 제동을 걸었다.

그는 스바루의 얼굴 앞에 손을 내밀고, 날카로운 시선을 술집 창문으로 보내고 있었다.

"로우안, 씨?"

"……묘한 기척이군. 보아하니 형씨, 꼬리를 달고 왔군?"

나지막이, 가라앉은 로우안의 목소리에 스바루는 숨을 집어삼켰다.

옆에서 플롭이 "무슨 소리지?" 하고 곤혹스러워하지만, 로우안이 알아챈 기척의 존재를 스바루만은 짚이는 곳이 있었다.

설마가 아니라 역시라고 해야 할 것이다. 로우안이 감지한 묘한 기척, 스바루를 따라온 존재라는 것은 골목에서 스바루를 습격한 적이다.

세 번, 스바루를 살해한 적은 이번에도 스바루를 포기하지 않았다.

"대체 누구에게 쫓기고 있지?"

"……장난이 아니라, 상대를 모르겠어. 다만 밖에 있다간 공격하겠다 싶었지. 그래서 서둘러 당신을 고용한 거야."

"오호라. 조금 더 바가지 씌워도 괜찮을지도 몰랐다는 말이군."

거꾸로 뒤집고 털어도 나올 게 없는 것이 사실이지만, 로우안은 가벼운 투로 말했다.

그러나 로우안의 어조에 희미한 긴장과 진지함은 있어도 불안은 없다. 그것은 자신의 기량에 그만한 자신감이 있다는 표현일 것이다.

실제로 눈에서 술기운이 흐려진 로우안에게서는 강자 특유의 분위기가 느껴졌다.

"_____."

로우안의 무기는 그 왼쪽 허리에 차고 있는 한 자루의 도다.

새삼스럽지만 무기로서 도를 목격할 기회란 이세계에서는 드물다. 기본은 서양검이 눈에 띄는 와중에, 로우안의 그것은 명확하게 이질적이었다.

잘 뜯어보면 산발한 분위기도 포함해 로우안의 모습은 왠지 모르게 사무라이가 연상된다. 다만 매서운 느낌이 부족하니까 낭인이 고작일까.

"로우안 씨, 상대는……."

"흠칫거릴 필요는 없어. 상대가 누구든 간에, 이 사람의 정면에

선다면 두 동강 낼 뿐. 술도 들어와서 이 사람의 검은 절호조야."

"취권도 아닌 취검이란 건가? 들은 적도 없다고."

그러나 그것이 허세로도 들리지 않아 스바루는 로우안의 자신감을 믿었다.

그가 노려보는 창문과 반대쪽으로 돌아가 상황을 이해하지 못하고 있는 플롭의 소매를 끌었다.

"플롭 씨, 로우안 씨에게 맡기자."

"맡기고 자시고, 나는 상황을 잘 모르고 있는데 말이지! 남편 군과 호위분은, 대체 무엇과 싸우고 있는 거야?"

"그건 나도──."

모르겠다고 플롭에게 대답하려던 순간, 그보다 먼저 상황이 움직였다.

단, 상대가 정면으로 쳐들어온 것은 아니다. 더, 눈에 보이는 이변이다.

"푸헥……."

그렇게 신음을 흘리면서 술집 밖에서 덩치 큰 남자가 쓰러지며 들어온 것이다.

그 갑작스러운 사태에 스바루는 말 그대로 펄쩍 뛸 만큼 놀랐다. 그러나 가게 안의 다른 이들은 그 모습을 보아도 흔히 봤다는 양 담담한 반응이다.

쓰러진 남자에게 달려가려던 것은 플롭과 술집 주인뿐이었다.

물론, 남자를 걱정한 것은 플롭뿐이고 주인은 바닥이 더러워지는 것을 싫어하는 기색이 얼굴에 훤히 드러나고 있었지만.

"이봐, 자네! 괜찮나, 정신 차리게나!"

"흐, 흐어, 흐어……."

"흐어흐어?! 그게 자네 이름인가? 정신 차리게나, 흐어흐어 군!"

"아, 아니, 플롭 씨, 그 사람은……."

플롭이 쓰러진 남자를 안아 일으키려 하지만, 남자의 답변은 신음성이지 초면의 상대에 대한 예의 바른 자기소개일 리는 없으리라.

그에 더해 이 상황에서 술집으로 쳐들어오는 남자라니──.

"후가……."

"──윽! 플롭 씨! 떨어져!"

앞으로 엎어진 남자가 몸을 굽힌 플롭의 팔을 잡고 몸을 일으키려고 했다.

순간, 불길한 예감이 든 스바루는 플롭을 뒤로 당겨 쓰러뜨려서 남자로부터 떼어냈다.

──그 직후였다.

"으으──!"

흐어흐어 하고 신음하던 남자의 몸이 팽창하다가 순간, 새빨갛게 빛났다.

그리고 팽창한 남자의 몸이 파열해 어마어마한 폭발이 가게 안에서 미쳐 날뛰었다.

"끄악──?!"

비명이 가게 안에 메아리치고 새빨간 빛이 이곳저곳에 옮겨붙었다. 곧장 그것이 타오르는 불이며 날아간 남자의 몸이 인간 폭탄이었다고 납득이 갔다.

"플롭 씨!"

"무, 무사해, 남편 군! 하지만, 이건……."

폭풍에 시달리던 스바루와 플롭은 아비규환으로 변한 가게 안의 모습에 눈을 부릅떴다.

남자의 몸이 날아간 내막은 아마 불의 마석을 쥐여 주었기 때문이다. ──그 고통스러워하던 모습을 보면 불의 마석은 남자의 체내에 있었을지도 모른다.

그것이 폭발해 불이 이곳저곳에 옮겨붙었다. 게다가 그게 다가 아니라──.

"콜록! 뭐, 뭐야 이건?! 눈이, 눈이이이이!"

불길이 넘실거리는 가운데, 가게 안의 소란이 휘말린 취객 중한 명이 얼굴을 가리고 외쳤다. 정신이 들고 보니 비명을 지르고 있는 것은 그 한 사람만이 아니라 주위 남자들도 그러했다.

싹 날아가 폭심지가 된 가게 중앙, 거기에서 나부끼는 연기를 뒤집어쓴 남자들이 그 눈과 코를 가리고 어마어마한 고통을 맛본 절규를 지르고 있다.

"가, 가게 안에 있으면 안 돼! 전원, 빨리 밖으로 나가!"

"잠──."

엄청나게 눈물을 흘리는 남자가 외치자 얼굴을 가린 남자들이 일제히 입구로 쇄도했다. 엎치락뒤치락하는 남자들을 본 스바루는 반사적으로 제지하는 소리를 지르려고 했다.

그러나 뒤늦었다.

"——억?!"

두 번째 폭발이 발생해 입구로 쇄도한 남자들이 한꺼번에 날아갔다.

두 번째의 그것은 첫 번째 폭발보다 더 커서, 말려든 남자들은 서로 감싸지도 못한 채로 폭염에 정면부터 불타 숯덩이가 되었다.

그 폭열과 폭풍이 밀어닥쳐 스바루는 처참한 현장에 굳어 버렸다.

잇달아 일어나는 악몽 같은 광경, 그것이 현실 같지가 않아서.

"이런, 일이……."

"정신 차려, 고용주! 여기서 쓰러지면 이 사람도 곤란하다고!"

굳어서 얼이 나간 스바루의 목덜미가 잡혀서 억지로 딸려 올라간다. 스바루를 잡아당긴 것은 얼굴을 옷소매로 가린 로우안이었다.

로우안은 남자들에 고통을 선사한 연기를 마시지 않게 자세를 낮추라고 손으로 지시했다.

"주인장! 뒷문으로 나가자! 정면은 감시받고 있어!"

"아, 알았어! 이쪽이야……!"

로우안의 지시에 이마에서 피를 흘리던 주인장이 순순히 끄덕였다.

그대로 바닥을 기듯이 이동하는 주인장 뒤를 손으로 가리킨 로우안이 "가!" 하고 스바루의 등을 쳤다.

"고용주와, 그쪽 형씨도! 죽기 싫으면 바로 움직여!"

"주, 죽을 수는 없다마다! 아직, 나도 동생도 앞길이 멀어⋯⋯!"

"젠장⋯⋯!"

로우안의 질타를 받은 스바루와 플롭도 앞서 가는 주인장의 뒤를 쫓았다. 쫓아가면서 스바루의 머리는 혼란과 자신과 적에 대한 분노로 가득 찼다.

이만한 소행을 거듭한 적에 대한 분노는 당연히 있다. 하지만 적이 있는 줄 알면서도 그 위험도를 잘못 잰 자신에게도 분노를 느끼고 있었다.

애초에 적은 큰길에서 용차를 폭주시키는 짓까지 한 판국이다.

그것도 상당한 수의 사람이 말려들었을 터다. 그렇다면 주위의 피해를 감안하지 않는 상대라고 더 진지하게 생각해야 했다.

그 바람에 술집에 있었을 뿐인 남자들이 말려들어서——.

"——! 뒷문이 열리지 않아!"

자책하는 스바루 앞에서 먼저 뒷문에 도달한 주인장이 비명을 질렀다.

그는 문을 열려고 애쓰지만 중요한 문이 그 부름에 부응하려고 하지 않는다. 폭발의 피해가 문을 찌그러뜨렸는지, 아니면——.

"위험해! 정면 입구는 박살 나서 막혔어! 이대로는⋯⋯."

"에잇, 비켜 봐라! 이까짓 문——."

불길의 기세가 강해지는 가게 안, 플롭의 외침을 덧칠하듯이 로우안이 뛰쳐나왔다. 그는 허리의 도에 손을 얹고는 열리지 않는 문을 향해 번뜩 휘둘러 베었다.

"좋아! 열렸다! 전원, 자세를 낮추라!"

닫힌 뒷문을 개방한 로우안이 뒤의 다른 일행에게 외쳤다.

펼쳐진 혼란은 터무니없는 수준이었지만 타오르는 술집이라는 절체절명의 상황에서 일단 도망칠 수는 있을 것 같다. 로우안의 전황 판단과 기량이 확실한 것도 알 수 있었다.

나머지는, 바로 이 자리를 떠나 이 살의를 품은 상대를──.

"────."

거기서 불현듯 스바루는 숨을 죽였다.

무언가가 걸린 것이다. ──이, 주도면밀하고 가차가 없는 적의 생각을 예측한다.

인간폭탄으로 화한 남자를 가게 안에 던져 넣고, 자극물을 품은 연기로 가게 안의 사람을 꾀어내어 입구에 설치한 마석으로 단숨에 날려 버린다. 그리고 입구를 막고 뒷문도 모종의 방법으로 봉쇄. 스바루 일행은 그 봉쇄를 돌파해서 뒷문을 통해 도망치는 바지만──.

"로우안──."

이상하다고, 그렇게 스바루는 희미한 위화감을 언급하려고 했다.

주도면밀한 상대라면 공격의 수를 늦출 리가 없지 않느냐고. 그 위화감을 전하고자 스바루는 로우안을 불렀다. 대답은 없었다.

"────."

기우뚱, 뒷문을 통해 몸을 내민 로우안의 몸이 뒤로 기울며 쓰러졌다.

스바루와 플롭, 주인장이 아연히 쓰러진 로우안을 보았다. 로우안의 머리가, 이마부터 위가 찌부러져 밀려 나온 안구가 덜렁거리고 있었다.

머리가 찌부러진 로우안은 누가 봐도 죽어 있었다.

"힉."

처참한 죽음을 본 주인장이 눈을 부릅뜨고 절규하려고 했다.

하지만 그것도 불가능했다. 불꽃 너머에서 휘두른 일격이 주인장의 가슴에 박혀서 화려하게 내장을 뿌리며 즉사시켰다. 불꽃 속에 쓰러진 주인장의 탄 냄새가 났다.

"_____."

자욱한 검은 연기, 불길 너머로 천천히 무언가가 모습을 드러낸다.

그것은 얼굴에 적신 천을 두르고 한 손에 도끼를 잡은 남자였다. 그 남자가 로우안의 머리를 깨고 주인장을 즉사시켰다고 이해한다. 하지만 이해는 그게 한계다.

"자, 자네는 대체, 누구야. 왜 이런 짓을."

아연실색하며 움직이지 못하는 스바루 옆에서 비슷하게 로우안과 주인장의 죽음을 지켜보던 플롭이 목소리를 떨었다. 그는 공포에 압도당하면서 진지한 눈으로 불꽃 속의 인영을 노려보았다.

"이런 짓이 용서받을 거라고——오."

의연하게 그 악행을 규탄하려던 플롭의 머리가 남자의 도끼에 직격당했다.

날을 돌려 칼등으로 치는 무의미한 짓을 하지 않는다. 남자는 날 쪽으로 플롭의 긴 앞머리가 드리운 이마를 때려 그 내용물을 밖으로 쏟아냈다.

뇌수가 튀고 피의 붉음이 불의 붉음에 섞이며, 플롭이 죽었다.

귀에 거슬리는 물소리와 함께 플롭의 몸이 허물어졌다. 스멀스멀 흐르는 피가 바닥에 주저앉은 스바루의 엉덩이를 더럽힌다. ──아니, 스바루의 바지는 이미 더 다른 것으로 더럽혀져있었다. 공포로, 실금한다.

불꽃 속, 피로 젖은 도끼를 늘어뜨린 남자의 무시무시한 모습에 스바루는 공포를 느꼈다.

그 집념에, 집요함에, 두려움에, 영혼이 떨린다.

"어, 째서……."

그것은, 지독하게 얼빠진 질문이었다.

비슷한 질문을 한 플롭이 가차 없이 살해당했다. 당연히 스바루에게만 남자가 자비를 보낼 이유라곤 없다. 스바루도 죽는다. 살해당한다.

뒷걸음질 칠 힘도, 기어갈 용기도 없다. 이 순간, 남자로부터 눈을 뗄 수 없다.

남자를 보고 있는 것이 무섭지만, 눈을 떼는 것도 역시 무서워서 불가능하다.

"어째서…… 어째서!"

그저, 다른 말을 잊은 것처럼 스바루는 필사적으로 외쳤다.

그 외침 소리를 들어도 남자는 아무 대답도 하지 않는다. 얼굴을 숨긴 채로 천천히 그 도끼를 들어 올려 주저앉은 스바루의 머리 위에 곧게 내세웠다.

그리고——.

"어째서어!"

"——당신에겐 아무것도 가르쳐 주지 않을 거라고? 또 도망쳤다간 곤란하잖아?"

피를 토하는 듯한 스바루의 절규에 마지막으로 남자가 대꾸했다.

그, 당연한 선고를 하는 것 같은 음성과 어조를 듣고, 스바루는 숨을 죽였다.

그 목소리를, 어디서 들은 것과 조합하려다가.

"푸."

그보다 먼저, 내려찍은 도끼의 일격이 스바루의 두개골을 쪼갰다.

작고 단단한 소리가, 났다.

났다.

제3장 『성곽도시 과랄 공방전』

1

──눈을 감으면 스바루의 뇌리에 되살아나는 광경이 있다.

울창한 나무들이 우거진 숲속, 질퍽이는 흙과 삼엄한 남자들의 분위기.

그것을 가르듯이 울려 퍼진 마수의 포효와 싸움의 시작에 솟구치는 전의. 그리고 그것을 초래한 나츠키 스바루에게 쏠리는 격렬한 살의──.

그것은 스바루가 손수 의식하고, 자각해서, 결의하고는 해 버린 행위다.

자기 안에 저울을 놓고, 소중한 것과 그렇지 않은 것을 비교해 실행했다.

해를 끼치려고 결심하고 한 행동이었다.

마수와의 싸움에 익숙하지 않은 자들이 마수와 싸우면 어떻게 될지는 알 수 없다.

한순간에 제압했을지도 모르고, 심하게 다친 사람이 생겼을 가능성도 있다.

생각하고 싶지 않은 일이지만 그것만으로는 그치지 않고 목숨을 잃은 자가 있었을지도 모른다.

——아니, 있었다고 가정해야 했다.

자신이 한 짓을 정당화하고, 결의하고서 한 이상은 인정해야 한다.

나츠키 스바루는 저울을 기울여 상대가 죽을지도 모르는 작전을 실행했다고.

마녀교도나 대죄주교가 아니라, 악의 때문에 타인을 해치는 사악의 종사자가 아닌 사람들.

상부의 명령에 따라 살기 위한 일로써 무기를 들기를 선택한 상대를, 대화도 가능하며 입장에 따라서는 우호 관계를 쌓을 수 있던 상대를, 공격했다.

그렇다면 이것은 당연, 필연, 자연스러운 사건일 것이다.

나츠키 스바루의 행동에 대한 대가는, 나츠키 스바루가 치러야만 하는 것이라고.

"——남편 군, 우거지상은 좋지 않아."

"_____."

"웃음과 여유가 없는 사람 곁에는 행운이 찾아—— 나, 남편 군?!"

두개골에 도끼 끝이 박힌 직후, 단단한 소리와 함께 시야가 깨끗해진다.

그 선명해진 시야, 날아든 것은 미간에 손가락을 누르고 있는 플롭의 모습이었다.

앞머리가 긴 갸름한 미청년, 그 머리가 깨진 십여 초 전의 사건이 회상되어 스바루는 순간적으로 자신의 입을 막고 그 자리에 무릎 꿇었다.

치솟는 구토감과 자기 몸에 떨어진 흉악한 사건의 연쇄──심장이 폭발할 듯이 뛰고 옥죄는 내장과 시끄러운 이명이 스바루를 괴롭혔다.

스바루를 걱정하는 플롭의 목소리도 아득해서 소리가 전혀 머릿속에 들어오지 않았다.

"──토드."

거센 이명과 오장육부의 비명을 들으면서 스바루의 입술이 짧은 소리를 냈다.

그것은 볼라키아 제국에서 안면을 튼 상대의 이름이며, 나츠키 스바루가 처음으로 순수한 적의를 보낸 상대이자, 그리고──.

그리고 직전의 무시무시한 참극을 실행에 옮긴 살의 어린 습격자다.

"───────."

불타오르는 술집과 자욱한 검은 연기.

많은 취객이 폭발의 먹잇감이 된 것은, 연기에 포함된 자극성 물질이 원인이다. 아마도 자극이 강한 향신료를 섞은 간이 최루탄 같은 물건이겠지만 효과는 직통이었다.

마석을 사용해 화재를 일으키고 입구를 막아서 생존자를 뒷문으로 유도. 문을 막고 그것을 깨트린 안도감을 틈타 제일가는 실력자를 기습으로 처리한다.

그리고 본인은 적신 천으로 연기로부터 몸을 지키고 직접 확실하게 스바루를 죽였다.

마지막 말과 목소리, 무엇보다 천 너머로 보인 눈이 남자의 정체를 설명하고 있었다.

그것은 토드다. ——바드하임 밀림에서, 죽었을 터인 남자였다.

"아니……."

그것도 어디까지나 미확인 정보였다.

아벨이 이끌던 『슈드라크의 민족』의 공격으로, 제국병의 야영지는 괴멸 상태에 빠졌다. 많은 희생이 나왔다고 들은 스바루는 상처를 입는 것을 두려워한 나머지, 그 이상의 정보를 의도적으로 차단했다. 그렇게 눈을 돌린 약함의 대가가 이것이다.

"여기사 밀림에서 가장 가까운 도시라고 한다면, 생존자가 도망쳐 온 것은 당연해."

그런데 스바루는 그런 사실에도 생각이 미치지 못해 어슬렁어슬렁 자기 발로 적이 기다리는 도시로 들어섰다. 그것도, 렘을 데리고.

무엇보다 이 '적'은, 다름 아닌 나츠키 스바루가 자신의 행동으로 만든 '적'이었다.

"——윽."

스바루는 딱 하고 단단한 소리를 울리며 세게 어금니를 깨물었다.

볼살이 씹히고 날카로운 아픔과 피 맛으로 의식의 멱살을 잡아

현실로 억지로 끌어냈다. 부족하다면 입 안의 살을 전부 물어뜯어도 상관없다.

지금은, 살의와 공포에 거꾸러져 있을 때가 아니다.

"정신차리게나, 남편 군! 물을 마시겠어?"

"──아, 괜찮아. 미안해, 플롭 씨, 걱정 끼쳤어……!"

전혀 괜찮지 않은 낯빛과 목소리였다고 생각하지만, 스바루는 자신에게 그렇게 타이르면서 천천히 일어섰다.

무릎의 떨림과 움츠러든 내장의 불쾌감은 남아 있다. 그러나 마냥 무릎 꿇고 있을 수는 없다. 스바루가 그렇게 나약함에 기대고 있는 중에도 시간은 진행되고 있다.

이사이에도 토드의 습격 계획은 호시탐탐 진행 중일 테니까.

"저기, 부탁이 있어, 플롭 씨. 여관으로 돌아가 렘에게서 내 지병의 약을 받아와 줄 수 없을까?"

"약? 남편 군, 어디 안 좋은 병이 있어?"

"그래, 지병인 복사뼈 매끈매끈 병이 꽤 심해졌거든."

"이럴 수가! 미지의 병명이군!"

대충 지은 병명을 듣고 눈을 크게 뜨며 놀라는 플롭.

그의 선량함을 이용하는 것은 기분이 좋지 않지만, 이 상황은 어쩔 수 없다고 눈을 감는다. 지금은 한시라도 빨리 플롭을 스바루로부터 떼어내는 것이 우선이다.

토드의 목적이 복수라면, 따로 행동함으로써 플롭의 안전은 확보할 수 있을 터. 표적이 된 것이 자기 혼자라면 스바루도 몸을 지키는 데 집중할 수 있다.

아직, 어떻게 하는 것이 정답인지는 선택이 끝나지 않았지만
──.

"술집에서 로우안과 합류하고, 기습을 피하기 위해서 술집을
나간다. 그다음은⋯⋯."

꽤 임기응변인 행동이 될 수밖에 없다.

그러나 발을 멈추고 천천히 사색할 시간도 없는 이상, 떠오른 최
선의 수를 실행에 옮기고 요행을 얻으러 갈 수밖에 없는 판이다.

"렘이라면⋯⋯."

플롭이 여관에 정체 모를 병명의 약을 받으러 돌아가면, 스바
루의 신변에 모종의 이변이 일어났다고 알아차릴 것이다. 그러
리라 생각하고 싶다.

그러면 플롭을 현장에 돌려보내지 않고 말려 줄 것, 이라고 믿
고 싶다.

희망적 관측뿐이지만 이것이 지금의 스바루가 떠올릴 수 있는
한계다.

"플롭 씨, 부탁해!"

"아, 알았어! 여기서 기다리게나! 마음을 강하게 먹어야 해, 남
편 군!"

연기가 아닌 스바루의 필사적인 언행에 플롭이 왔던 길을 돌아
간다. 그런 플롭을 배웅하며 스바루는 대신에 술집으로 서두르
기로 했다.

하지만──.

"우, 아아아악──!!"

달리려던 순간, 막 헤어진 플롭의 비명이 스바루의 마음을 깨 트렸다.

반사적으로 뒤돌아본 스바루는 길 앞에서 나자빠진 플롭을 발 견했다. 위를 보고 넘어진 플롭이 든 오른다리, 그 허벅지에 소 형 나이프가 꽂혀 있었다.

깊숙이 칼날 밑동까지 박힌 그것이 플롭에게서 달릴 힘을 앗아 갔다.

"플롭 씨!"

달리는 자세로부터 허둥지둥 몸을 틀어 지면에 발을 미끄러뜨 린 스바루는 입술을 깨물었다. 그대로 지면을 박차 다리를 당한 플롭에게로 달려간다.

또, 갑자기 상정을 벗어났다.

두 갈래로 갈라지면 당연히 우선적으로 스바루를 노릴 거라고 만 생각했다. 그런데 플롭을 노린 것은 상정 밖이다. 기습도 예 측보다 지나치게 빠르다.

"플롭 씨! 바로 치료할 수 있는 곳으로 데려갈게!"

여러 후회와 반성을 떠안은 채로 스바루는 플롭에게로 달려간 다. 발의 아픔에 몸부림치는 플롭이지만 바로 치료할 여유는 없 다.

어깨를 부축해서 사람이 있는 곳으로── 아니, 또 대로에서 치어 죽은 것과 같은 상황을 부를 수도 있다. 무리를 해서라도 술 집으로 끌고 가는 것이 최선수인가.

"_____."

거기까지 생각한 순간에, 스바루의 머리에 갑자기 의문이 솟았다.

플롭의 생명에 지장이 없는 것은 낭보다. 하지만 왜 그런 것인가. 술집에서의 학살 수법을 보아, 적은 살인의 수완에 정통하다.

그런데도 플롭에 대한 공격을 다리로 그친 것은 어째서인가.

"아뿔――."

불길한 예감이 스친 순간, 쓰러진 플롭 바로 옆의 골목에서 어두운 빛이 번뜩였다.

직후, 반사적으로 머리를 감싸듯이 팔을 든 스바루를 날카로운 일격이 날려 버렸다.

"꺼억?!"

단단한 충격을 정통으로 맞아 쓰러진 스바루가 땅바닥에 뒤통수를 찧었다. 시야가 하얘지고 또다시 이명이 시끄럽게 우는 가운데, 스바루는 구르는 기세에 맡겨 더욱 뒤로 한 바퀴 회전.

충격의 정체와 거리를 벌리면서 완전히 죽이지 못한 일격으로 열기를 호소하는 이마에 손을 뻗었다. 아마도, 단단한 일격으로 이마가 찢겨졌다고 짐작――.

"――아?"

이마를 만지려던 오른손이, 손목과 팔꿈치 사이의 앞팔 부분에서 날아가 있었다.

"끼, 아아아악――!"

지저분한 절단면을 드러낸 오른팔은 하얀 뼈와 분홍색 근섬유가 엿보이며 심장 박동에 맞춰 힘차게 피를 뿜어내고 있었다. 허겁지겁 상처를 눌러 지혈하려고 하지만, 왼손 쪽도 손바닥이 세로로 찢어지고 찌그러진 손가락이 각각 다른 방향을 보고 있다.

볼품없게 상대의 일격을 맞아 실수했다. 애초에, 플롭에게 무방비하게 달려간 것도 실수다. 실수, 실수, 실수실수실수실수미스미스미스미스미스——.

"——흠."

철철 쏟아지는 피를 막으면서 아픔과 상실감으로 패닉에 빠지는 스바루.

그런 스바루 앞에 작게 목을 꿀럭인 것은 내린 한 손에 도끼를 든 남자—— 골목에서 모습을 드러낸 것은 주황색 머리에 머리띠를 한 청년, 토드였다.

이번에는 얼굴을 숨기지 않았다.

술집에서 목격한 것은 살의가 어린 눈, 그것의 정체는 착각도 뭣도 아니었다.

역시 토드가, 스바루를 죽이기 위해서 공격을 시도했던 것이다.

"으기, 기이이이……!"

악다문 어금니가 깨진다. 스바루는 핏발 선 눈으로 토드를 노려보았다.

담긴 감정은 분노인지, 미움인지, 아니면 더 한심한 목숨 구걸인지, 자기 자신도 답을 알지 못하는 눈초리지만 토드의 반응은 싸늘하다.

그는 감정이 딱히 느껴지지 않는 표정으로 스바루의 두 팔을 파괴한 도끼날을 손가락으로 쓸었다.

"더 잘 갈아야 하겠는걸. 거참 실수했네."

그리고 담담한 투로 다음에 대한 반성을 언급했다.

"자."

눈을 부릅뜨고 떨리는 혀로 말을 꺼내려는 스바루. 하지만 토드는 그런 스바루의 말에 집착하지 않으며 덤덤한 몸짓으로 바로 도끼를 들어 올렸다.

마치 스바루의 말에도 내력에도, 아무 흥미도 없다는 듯이――.

"우, 아아아――!!"

"우웃."

그러나 토드가 들어 올린 도끼를 내리치기 전에, 그 몸에 누군가가 달려들었다.

팔이 망가져 고통에 신음하는 스바루가 아니다. 그, 일격으로 전투 불능이 된 스바루를 지키고자 플롭이 토드에게 달려들었다.

오른다리에 나이프를 맞고 격통과 싸우고 있어야 할 선량한 상인은 토드의 등에 물고 늘어지듯 매달려 어깨 너머로 스바루를 보았다.

"남편 군! 도망쳐! 당장 도망――."

갸름한 얼굴에 절실함을 담아 강하게 호소하는 플롭의 턱이 튕기듯 솟구쳤다.

잡혀 있던 토드가 팔꿈치로 플롭을 때려 폭력과 무관한 청년은 싱겁게 떨어지고 말았다. 그런 플롭 쪽으로 돌아선 토드가 도끼를 쳐들었다.

"그만……."

"하나, 둘!"

막을 틈도 없이 가벼운 구령 뒤에 날카로운 물소리가 울렸다.

팔꿈치에 맞아 고개를 위로 꺾은 플롭의 안면이 도끼날을 맞고, 얼굴째로 머리가 쪼개진 청년이 맥없이 시체로 변했다. 피가 흐르고 뇌수가 쏟아지며 팔다리가 경련했다.

스멀스멀 골목에 피가 침범하는 광경을 보자 스바루는 입을 쩍 벌렸다.

단지, 아픔과 혼란과 되살아난 공포가 스바루로부터 정상적인 사고를 앗아갔다.

눈앞의 이 남자는, 대체, 무엇인가.

"나를……."

"응?"

"나를, 나를 원망하는 건, 이해해……."

죽은 플롭의 피를 피하면서 돌아본 토드에게 스바루가 말했다.

주룩주룩 눈물과 콧물이 힘차게 흘러나온다. 어금니가 깨진 입에서는 피가 흐르고, 나아가서는 자신의 오른팔에서 분출된 피를 뒤집어써서 스바루의 온몸은 끔찍한 몰골이다.

하지만 그 이상으로 괴로운 것은, 또 플롭을 죽게 만들었다는 사실이었다.

"하지만, 주위를…… 주위를! 끌어, 들이지 말라고……!"

원한을 살 이유는 있다.

그러니까, 스바루를 노리는 것은 필연이다. 하지만 그 때문에 주위를 끌어들이는 것은 규칙 위반이다. 비겁한 행위다. 정정당당과 거리가 멀다. 그런 건, 나쁘다. 악이지 않은가.

스바루의 호소를 들은 토드는 "아〜." 하고 작게 신음하다가.

"당신, 원망하다니 뭔 소리 하는 거야?"

그렇게, 피 범벅의 골목에서 뺨에 튄 피를 닦으면서 이상하다는 듯이 갸우뚱했다.

그 의뭉스러운 태도와 대답에 스바루는 순간 숨을 집어삼켰지만, 바로 견디기 어려운 격정이 치밀어 올라서 "웃기지 마!" 하고 침을 튀겼다.

"매복해서, 함정을 깔고…… 나를, 집요하게……!"

집요하게, 집요하게 몰아넣었다.

스바루가 어떤 행동을 해도, 확실하게 죽일 수 있도록 미리 앞질러서 주도면밀하게 준비를 갖추고 함정을 쳐 두고 있었다.

그 정도까지 스바루를 노리고, 여기서 잡아떼다니 무의미한 시치미다.

플롭의 죽음에 대한 모독이다. 스바루를 욕보여 울분을 풀 작정인가.

"너는……!"

"뭘 착각하고 있는지 모르겠지만, 내가 당신을 죽이는 데 원한이고 뭐고 없거든. 거리에서 위험한 놈을 발견했잖아. 당연히 다 짜고짜 죽여야지."

"＿＿＿＿＿."

"독사를 죽이는 건 원한이 아니고 무서워서다. 그러기 위해서라면 써먹을 수 있는 건 다 써서 죽일 거야."

그 이상도 이하도 아니라고, 토드는 도끼에 묻은 머리털과 피부를 꼼꼼하게 떼었다. 그것은 플롭의 깨진 머리 일부겠지만 스바루는 아연할 수밖에 없었다.

웃음까지 띠며 태연히 대답하는 토드의 태도에 거짓은 없다.

원래부터 토드가 지금까지 스바루에게 가한 공격이, 그 말이 진심이라고 증명하고 있다.

토드는 스바루를 위험하다고 간주해서 죽일 생각밖에 없다.

그러니까 아무것도 묻지 않고, 아무것도 하게 두지 않으며, 아무것도 말하게 두지 않았다.

그리고 그 밀림에서 한 소행을 증오하지도 않고 있다. 그 행위로 토드가 스바루에게 품은 것은 스바루가 위험인물이라는 인식뿐.

따라서 토드는 감정적으로도 되지 않으며 담담히 스바루를 죽이려고 한다.

"당신은 나와 동류야. ──시간은 주지 않아."

말하면서 토드가 스바루의 가슴을 밟고, 그대로 뒤로 차서 넘어뜨렸다. 저항하지 못한 채 뒤로 쓰러진 스바루, 그것을 다리 사이에 두고 토드가 도끼를 쳐들었다.

눈을 부릅뜨고 정답이 될 말을 찾았다.

『사망귀환』을 해서, 온갖 상황에서 다음 길로 이어질 가능성을 찾아내는 것이 스바루의 승리를 잡아채는 요령. 그러나 대죄주교에게도 통한 그것이 통하지 않는 상황도 있다.

그것은──.

"──기."

"안 기다려."

──그것은, 상대가 냉혹한 살인귀였을 경우다.

2

"──남편 군, 우거지상은 좋지 않아."

"──윽."

"웃음과 여유가 없는 사람 곁에는…… 왜, 왜 그래? 갑자기 낯빛이 시퍼래졌는데?"

자신의 얼굴을 노리고 도끼가 곧게 떨어지는 것을 지켜보고 있으면 웬만한 사람의 얼굴에서는 핏기가 싹 빠지기 마련이리라.

무심결에 자신의 얼굴에 손을 짚은 스바루는 핏기가 가신 얼굴의 차가움과 그 차가움이 느껴지는 두 손이 건재하다는 사실을 확인해 안도와 공포로 감정이 어지러워졌다.

시간으로 따져 보면 스바루의 신상에 일어난 사건은 불과 20분쯤 사이에 있던 일이다.

그 20분간에, 스바루는 이미 다섯 번이나 목숨을 잃었다.

플레아데스 감시탑의 최종국면, 그때도 승산을 찾아내기 위해서 15회 이상이나 '죽음'의 경험을 거듭했지만, 그것은 한 걸음씩 전진하고 있다는 확신이 있었다.

그것이, 이번에는 없다.

쌓인 나츠키 스바루의 시체가, 승리에 공헌하고 있다는 실감에 이르지 못한다.

단 하나, 할 수 있는 말이 있다면——.

"——지금도, 보고 있어."

이미, 토드는 플롭과 함께 있는 스바루를 감시하고 있다.

따라서 플롭과 두 갈래로 갈라진 순간, 토드는 가차 없이 플롭을 유인책으로 이용했다.

스바루에게 플롭을 미끼로 삼을 냉혹함이 있다면 이야기는 다르지만, 그럴 수 없는 이상 플롭과 따로 행동하는 작전은 실행할 수 없다.

동시에 스바루는 여관으로 돌아가는 선택지도 빼앗겼다.

토드가 어느 시점에서 스바루의 존재를 발견했는지는 알 수 없다. 하지만 술집에 가기 위한 이 이동 중에 발견했다면 여관의 위치는, 렘의 소재지는 들키지 않았다.

그렇다. 렘의 위치는 들키지 않았다. 이것은 꽤, 신뢰가 간다.

만약 렘의 소재지를 들켰더라면 토드는 렘을 써먹어 더 계획적으로 스바루를 죽이기 위해서 이용했을 것이다. 토드의 교활함에 대한 신뢰가, 반대로 렘이 그의 손아귀에 떨어지지 않았다는 증거가 되는 것은 얄궂은 이야기였다.

"아무튼……."

스바루는 입술을 깨물고 손바닥으로 얼굴을 가리면서 필사적으로 머리를 회전시켰다.

시간이, 좌우지간 시간이 부족하다.

플롭과 두 갈래로 갈라지면 토드는 즉시 공격을 시도한다.

반대로 공격해 오기를 기다려서 반격—— 아니, 첫 공격을 피한다고 이길 수 있는 상대도 아니다. 스바루에게 무기가 없는 이상, 일격으로 상대의 전투력을 빼앗아야만 한다. 무리다.

큰길로 도망치면 토드는 용차를 폭주시켜 치어 죽이려 든다.

폭주 용차를 피해내도 큰길의 혼란을 틈타 다음 수단을 쓸 가능성이 높다. 거기에다 용차의 폭주에는 무관계한 주위 사람들이 말려든다. 무리다.

다른 길을 선택해서 가려고 하면, 곳곳에 존재하는 골목 전부가 놈의 사냥터다.

사방팔방 모든 방향에 주의를 기울이다니 불가능하고, 가령 첫 공격을 피했다 쳐도 결국 반격안과 똑같이 전투력의 부족이 문제시된다. 무리다.

역시 최선인 것은 플롭과 함께 황급하게 술집으로 가서, 토드가 술집을 습격할 준비를 갖추기 전에 이쪽 전력을 갖추어 요격하는 것인가.

주정뱅이 로우안을 얼마나 진지하게 만들 수 있을지가 난관이지만 당장 떠오르는 패턴은 이것이 제일 승산이 높을, 터. 다른 수단이 떠오르지 않는다.

"제길, 제길……."

이렇게 성가신 상대를 적으로 돌렸다니.

이것이 대죄주교라면, 권능에 의존하는 녀석들에게는 강점이 약점이 되는 귀여운 맛이 있었다. 권능의 내막을 풀면 반대로 약점이 드러나는 것이 녀석들이기 때문이다.

그러나 토드에게는 그것이 없다. 써먹을 수 있는 거라면 뭐든지 써먹는다. 자기 입으로 말한 대로.

무언가에 의존하지도 않고, 주위에 미치는 피해도 감안하지 않는다.

스바루를 죽인 뒤 대체 주위에 뭐라고 변명할 셈인지 그조차도 완전히 미지수. 뒷일 따위 일절 고려하지 않는다.

죽일 상대를 죽이기 위해서, 쓸데없는 사고를 끼워 넣지 않는 무서움이 있다.

"남편 군? 괜찮아? 어딘가 아프다면 여관으로 돌아가는 편이……."

"아, 아니! 그건 안 돼! 그러면 안 된다고."

거세게 대답하는 바람에 플롭의 눈이 동그래졌다.

그런 짓을 저지르고서야 스바루는 자신의 정신적인 나약함을 진심으로 저주했다. 이상한 거동을 보이면 토드가 수상쩍게 여긴다.

그렇게 되면 기껏 『사망귀환』한 이점이 사라진다.

이미 포착당한 이상, 스바루가 토드에게 파고들 수 있는 구석은 자신의 존재가 드러나지 않았다고 생각하는 그 선입관밖에 없다.

스바루가 알아차린 것을, 토드가 알아차리지 못하게 해야 하는데──.

"──잠깐."

문득, 필사적으로 토드 대책을 고민하던 스바루의 뇌리에 어느 생각이 스쳤다.

어느 한 가지 방식을 고집하지도 않으며, 주위에 미치는 피해도 감안하지 않는 토드. ──하지만 그가 감안하지 않는 것은 '주위'에 미치는 피해다. '자신'에게 미치는 피해가 아니다.

오히려 '자신'에게 미치는 피해를 극단적으로 줄이고 싶어하기에 시도하는 기습.

말하지 않았던가, 토드 본인이, 자기 입으로.

'독사를 죽이는 것은 원한이 아니라 무서워서다'라고.

그렇다면──.

"──토드! 네가 있는 건 알고 있다!"

"와와와?!"

전격적으로 치달은 생각에 따라 스바루가 그렇게 언성을 높였다.

그 즉시, 갑작스러운 행동에 플롭이 펄쩍 뛰며 놀랐다. 하지만 놀란 것은 플롭만이 아닐 것이다. ──스바루 일행을 미행하던 토드도 놀랐을 터다.

그 놀람을 믿고 스바루는 눈매를 날카롭게 세우고 흉악하게 볼을 일그러뜨려 가능한 한 악인상을 꾸미면서 주위를 빙 깔아보았다.

"정말이지 끈질긴 자식이군! 그런 꼴을 당해 고스란히 죽은 줄 알았는데, 살아 있었다니 악운이 강해! 하지만 이번에는 못 도망쳐! 쳐죽여 주마!"

최대한 으름장을 놓는 목소리로 악의와 적의를 물씬 바르면서 욕설을 날린다.

골목 어디에 토드가 숨어 있었다고 해도 확실하게 목소리가 닿도록, 나츠키 스바루가 너의 존재를 알아차렸다는 사실이 전해지도록.

"네가 나에게 이기기라도 할 것 같냐? 웃기고 자빠졌군! 웃어주겠다고, 핫핫핫핫핫! 또 보고 싶은걸, 네가 꼴사납게 도망치는 모습을 말이야!"

도발과 조롱의 간판 두 장을 내세우며 스바루가 골목 한복판에서 홍소했다.

무대 배짱이 있는 편이라 다행이라고, 이때만은 자신의 뻔뻔한 성격에 진심으로 감사했다. 그렇지 않으면 목소리에 떨림이, 표정에 겁이, 눈에 공포가 나타났다.

그것이 나오지 않고 끝난 것은 나츠키 스바루의 못된 심성 덕분이다.

"나, 남편 군……?"

"쉿. 플롭 씨, 조용히 해 줘."

스바루의 표변에 곤혹스러워하는 플롭의 입을 막고, 스바루는 그의 팔을 끌고 걷기 시작했다.

온 길은 돌아가지 않는다. 일단, 토드가 그쪽에 숨어 있는 것은 확실, 할 터.

그러니까 걷는 도중에 발길을 멈추고 고개만으로 뒷골목을 돌아보면서 말했다.

"아아, 덤빌 거라면 언제든지 오라고. 바라는 대로 갈가리 찢어 주지."

통할지 불명이지만, 일부러 중지를 세워서 마지막 도발을 더해 둔다.

스바루는 그렇게 심장의 폭음을 숨기면서 자신만만한 웃음을 띠고 골목 앞으로.

솔직히 완전히 도박이었다.

어쩌면 스바루의 도발에 흥분해 골목에서 뛰쳐나온 토드가 도끼를 휘두를 시나리오도 충분히 고려되는 상황이다. ──하지만 스바루는 그럴 일은 없다고 믿었다.

토드는 흥분하지 않는다. 그 남자는 담담히, 최선의 수를 모색하는 타입이다.

그렇기 때문에 지금 허세가 토드에게는 통할 거라고 스바루는 생각했다.

거리 안에서 발견한 스바루의 배제가 토드의 목적이라면 기습이라는 전제가 무너진 시점에서 방식을 바꾸어 다음 수단을 모색하기 시작할 터다.

토드는, 수법에 구애되지 않았다.

대죄주교와는 그 점이 다르다. 그리고 그 때문에 존재하는 유연성을 이용하기로 하겠다.

"나머지는……."

창졸간에 떠오른 작전을 실행했지만, 이다음 행동은 미지수다.

토드가 스바루에 대한 경계심을 강화했다면, 다음 공격까지 시간이 빌 터다. 이 틈에 스바루는 싸울지 도망칠지 선택해야만 한다.

싸운다면, 술집의 로우안을 끌어들일 필요가 있다. 다른 수단이 떠오르지 않는 이상, 그의 힘을 빌리는 것이 가장 베터한 선택지다.

 도망친다면, 여관으로 가서 렘의 손을 잡고 도시를 뛰쳐나갈 필요가 있다. 미안하지만 오코넬 남매도 동행을 청하지 않으면 이 둘도 위험할 것이다.

 그리고 도시에서 도주할 경우, 스바루가 도망갈 장소는——.

 "——그런, 뜻인가."

 "남편 군?"

 배후의 골목을 경계하던 스바루는 그 순간 눈에 핏발을 세웠다.

 이때만은 토드에 대한 공포도, 플롭에 대한 미안함도, 렘에 대한 걱정도, 에밀리아에 대한 사랑도, 베아트리스의 그리움도, 싹 잊었다.

 잊고, 떠오른 감각을 움켜쥐며 스바루는 굳게 눈을 감았다.

 그리고——.

 "——당장, 과랄에서 나가겠어. 내 허세가 간파되기 전에."

3

 다음 방침을 결정한 뒤에 스바루의 행동은 빨랐다.

 골목을 나가 행동을 시작해도 토드가 공격해 오지는 않았다. 스바루의 그 도발이 경계심을 강화하도록 작용한 것은 확실할 것이다.

하지만 그런 허세는 임시방편에 불과하다.

"당연히 금방 간파되겠지. 빨리, 도망쳐야 해⋯⋯!"

그렇게 결심하고 스바루는 설명도 대충 한 채 플롭을 데리고 아까 나왔던── 다섯 번의 죽음을 맞이하기 전에 떠난 여관으로 돌아가 계단을 뛰어 올라갔다.

그리고 렘을 비롯한 여성진이 있는 방문을 두드리고 급히 뛰어들어갔다.

"렘! 무사⋯⋯ 우오?!"

"오와아! 뭐야, 오빠들인가! 하마터면 죽일 뻔했어!"

문을 활짝 연 스바루의 목에 찰싹 닿은 것은 만도의 차가운 칼날. 그 만도를 잡은 미디엄이 "미안쓰 미안쓰." 하고 사과하면서 무기를 거두었다.

그런 미디엄의 뒤에, 방 안쪽에 있는 렘은 그 공방에 눈을 동그랗게 뜨면서 물었다.

"가, 갑자기 뭔가요. 나간 줄 알았더니 이렇게나 빠르게⋯⋯."

"렘!"

"──우."

놀라고 있던 렘이 낯빛이 바뀐 스바루의 귀환에 타박한다. 그러나 스바루는 그것을 다 듣지 않고 빠르게 렘에게 달려가 그 몸을 끌어안았다.

여린 몸을 정면으로 껴안긴 렘이 어깨를 움츠리며 숨을 죽였다.

"⋯⋯놔주세요."

"⋯⋯으, 미안. 그만 감정이 복받쳐서⋯⋯."

"그건, 알겠습니다. 지금 상태를 보면 심상치 않은 사태인 건 알겠어요."

그녀의 무사를 확인해 감정이 복받친 스바루를 램이 냉정하게 떼어냈다.

철석같이 기세에 맡긴 행동을 램에게 매도당할 거라 각오했었지만, 램은 길게 한숨을 쉬고는 "그래서?" 하고 방금 무례를 언급하지 않았다.

"무슨 일이 있었던 건가요?"

"……위험한 녀석에게 발견됐어. 지금은 어떻게 시간을 벌었지만 오래는 못 가."

"도시를 나가겠다는 말인가요. 알겠습니다. 루이, 짐을 가져와 주세요."

설명할 시간을 아까워하는 스바루의 뜻을 알아차린 듯이 램이 순순히 상황을 수용했다. 급기야 램의 지시를 받은 루이마저도 "우─!" 하고 말하면서 짐을 휙 짊어질 정도다. ──아니, 이상하다.

"왜, 짐을 풀지 않은 거야? 여관에 들어왔는데……."

"─────."

"설마, 램, 너……."

침묵한 램은 스바루의 의혹 어린 눈초리에 아무 말도 하지 않는다.

다만 그 침묵을 관철하는 자세가 스바루의 의심을 긍정해 주거나 마찬가지였다.

"그런 뜻인가······. 어쩐지 순순히 따라와 준다 했어······."

"남편 군. 마음이 복잡한 것 같지만, 그럴 상황이 아닌 거지?"

"플롭 씨."

렘의 태도에 모호한 감정을 맛보아 이마를 감싼 스바루의 어깨를 플롭이 두드렸다. 그 진지한 플롭의 표정에 스바루는 행동을 재촉받았다.

기껏 일생일대의 연기가 만들어낸 시간을 낭비해서는 안 된다.

"동생아, 이 세 사람과 같이 우리도 도시를 나가자. 듣자니, 이 남편 군을 노리고 있는 위험한 샛서방이 있는 모양이야! 부인 군과 조카를 피신시켜야 해!"

"으에에, 그런 거야, 오빠! 하지만, 나, 벌써 부츠 벗었는데?!"

"다시 신도록, 동생아! 신발은, 신으면 몇 번이든 쓸 수 있어! 그것이 강점이야!"

"오오오! 굉장하다, 오빠! 신발의 천재냐!"

플롭의 과감한 설득에 납득한 미디엄이 허둥지둥 부츠를 다시 신었다.

남매 간의 대화이기에 외부인은 참견하지 않지만, 그걸로 이야기가 통했는지 심히 미심쩍다 느끼면서 스바루는 렘의 몸을 안아들었다.

"잠깐! 최소한 등에······."

"지금은 긴급피난이야! 플롭 씨! 수레는 어디 있어?!"

"여관 구사(廏舍)에! 말해 두겠지만 팔로인 보테크리프는 우리의 세 번째 남매라고 해도 과언이 아니야! 두고 갈 수는 없는 귀여운 남동생이다!"

"오빠! 보테칭은 암컷이야!"

"귀여운 여동생이다!"

"우―! 우―!"

절박한 상황임에도 불구하고 무지무지 소란스러운 이들을 끌고서, 스바루는 황급하게 렘을 안은 채로 1층으로 뛰어 내려갔다.

"소란스럽게 해서 미안해! 여관비는 그냥 받아 둬!"

스바루 일행은 여관의 접수를 지나 숙박하지 않은 몫의 환불도 요청하지 않고 뛰쳐나갔다.

그대로 구사로 향해, 묶인 우차 중에서 오코넬 남매 것을 찾아냈다.

"팔로는, 전력으로 달리면 어느 정도 속도지?!"

"하하하, 전력으로 달리게 한 적은 한 번도 없는걸. 동생아, 어느 정도라고 생각해?"

"모르겠지만, 아마 오빠보다는 빠를걸!"

믿을 데가 없는 답변을 들으면서 스바루는 우차의 짐칸에 렘을 밀어 넣었다. 그대로 렘 옆에 달려든 루이를 던져 넣고 구사 입구를 개방했다.

차부석에 플롭과 미디엄이 타면 탈출 준비는 완료다.

나머지는――.

"저기, 샛서방이 뭔가요. 플롭 씨에게 어떤 설명을 한 거죠?"

"지금은 그럴 때가 아니라고! 플롭 씨, 보테크리프를 전력으로 몰아 줘!"

"그래! 알았다마다! 달려라, 보테크리프!!"

짐칸에 탄 스바루의 소매를 게슴츠레한 눈의 렘이 잡아당기지만 스바루는 그녀의 의문에 대답하지 않은 채 플롭의 등에 말을 던졌다.

그 말에 플롭이 채찍을 휘둘러 세게 용우—— 보테크리프의 등을 때렸다.

그리고 우차가 달리기 시작했다. 천천히.

"완전 느려! 걷고 있어!"

"보테크리프! 달려 줘! 오빠가 하는 말을 들어줘, 보테크리프!"

"오빠가 아니라고 여기고 있는 게 아닌지……."

렘의 한마디가 진리라는 느낌이 들지만, 보테크리프가 달리는 속도—— 아니, 걷는 속도는 변함이 없다. 이대로는 스바루가 렘을 업고 다 같이 달리는 편이 훨씬 낫다.

그렇게 스바루의 절박감이 심화되던 중——.

"보테칭! 달려—! 안 그러면, 저녁밥으로 삼을 거야—!"

"무우——!!"

미디엄이 뽑은 두 자루 만도를 머리 위에 들고 살벌하게 맞대면서 외쳤다.

다음 순간, 보테크리프가 크고 굵은 울음소리를 내고 사납게 길을 달리기 시작했다.

"우오오오오아아아!!"

무시무시한 가속과 진동에 휘둘려 짐칸 위에서 스바루가 비명을 질렀다.

구사를 뛰쳐나가 큰길로 달려간 보테크리프가 슛제 드리프트같이 방향을 전환, 하마터면 짐칸에서 나가떨어질 뻔한 스바루, 그 손을 순간적으로 렘이 잡았다.

"위, 위험해라! 덕분에 살았어, 렘! 손 매끈매끈하네——."

"뭐?"

"갑자기 놓지 마!"

기세 타고 쓸데없는 감상을 흘렸다가 잡은 손이 풀린 스바루가 짐칸에 머리를 찧었다. 하지만 다행히 떨어지지 않고 끝나 달리는 팔로 수레에 전원이 탄 상태다.

그대로 팔로 수레는 힘차게 길을 달려 사람들의 이목을 모으면서도 우측으로 좌측으로, 다른 용차와 우차, 견차를 피하면서 대정문으로 향한다.

"이대로 큰길을 빠져나가면, 검문이 있던 정문에……."

"아뇨, 그렇게 쉽게 풀리진 않나 봐요."

"뭐? 응? 야야야야!"

힘차게 달리는 팔로 수레 앞, 렘의 손가락이 가리킨 쪽을 본 스바루가 눈을 부릅떴다.

진로 위, 큰길을 막듯이 전개된 것은 검랑의 문장이 새겨진 갑옷을 두른 남자들—— 제국병들이 모여서 스바루 일행을 저지하려고 하고 있다.

"토드인가……! 방침을 바꿔서 동료를 불렀군!"

대기하는 제국병의 대열에 토드의 모습은 보이지 않지만, 그들이 스바루 일행의 길을 막으려고 하는 것은 틀림없이 토드의 관여가 있었기 때문일 것이다.

골목에서의 도발을 받고 혼자서는 불리하다고 생각한 토드는 동료를 모았다. 실로 합리적이고 필연적인 판단이다. 밉살맞을 만큼, 적절——.

"——이 자식들! 도망칠 수 있다고 생각하지 말라고!!"

그리고 부재중인 토드를 대신해 전개한 병사들의 선두에 선 것은 아는 얼굴이다.

조야함과 난폭함을 그림으로 그린 것 같은 풍모의, 오른쪽 눈에 안대를 찬 남자—— 자말이다. 토드와 동행해 역시 밀림에서 스바루가 함정에 빠트린 남자였다.

토드가 살아 있던 이상, 그가 살아 있는 것도 이상하지는 않지만——.

"잘도 마수 따윌 끌어왔겠다! 쳐죽여 주마!"

"……저 녀석은 심플하게 나를 원망하고 있나. 그편이 안심이 되는군."

눈에 핏발을 세우고 분노를 토해내는 자말의 태도 쪽이 인간적이라 안심된다.

그렇다고는 해도 그래서 자말의 존재가 위협이 아니게 되는 것은 아니다. 자말을 포함해 제국병들의 포진은 순수하게 위협적이다. 그것을, 어떻게 돌파할까.

"오빠, 고삐 잘 잡고 있어. 부탁한다."

"그래, 갔다 와, 동생아!"

그러나 한정된 시간 속에 스바루가 다음 행동을 선택하기보다 먼저 차부석 쪽에서 플롭과 미디엄의 오코넬 남매가 답을 냈다.

그리고 말릴 새도 없이 차부석의 끝부분에 발을 올린 미디엄이 앞으로 쓰러지며──.

"──콰~앙!"

차부석을 박차더니 마치 화살 같은 속도로 그녀의 몸이 사출되었다.

그대로 곧게, 만도를 뽑은 미디엄이 정면의 적 대열로 돌진했다.

"이얍차!!"

지면을 발꿈치로 파헤치면서 억지로 적진에서 정지한 미디엄이 두 팔을 휘둘렀다.

만도가 바람을 베면서 미쳐 날뛰고 무시무시한 충격파가 발생해 갑주를 걸친 제국병들이 피를 뿌리면서 드높이 날아갔다.

"세, 세다아아아아──!!"

"그것이 여성에 대한 칭찬인가요?"

"달리 무슨 말을 하란 거야! 이건 칭찬 맞잖아! 미디엄 씨, 세다아아!"

솔직한 감상에 렘의 차가운 지적을 받으면서 스바루는 생각지 못한 전력에 목소리를 높였다.

스바루의 목소리를 듣고 차부석의 플롭은 자랑하듯 손가락으로 코를 문질렀다.

"저것이 동생의 실력이다마다! 나는 싸움은 젬병이라서 말이야! 동생과 함께 서로 메꾸며……"

"약점을 없애고 있는 거지! 그 의미를 이해했어!"

"이해해 주나!"

스바루의 대답이 마음에 들었는지, 플롭이 눈을 빛내고 하얀 이를 보였다.

플롭의 말을 고스란히 따라 한 것이었지만, 그것이 사실이라고 이 눈으로 보았다.

날뛰는 미디엄이 길을 막은 제국병을 잇달아 격파하고 팔로 수레가 빠져나갈 진로를 뜯어 열었다.

"이거라면……."

"──까불지 말라고, 망할 년."

"꺄앙?!"

광명이 보였다고 스바루가 주먹을 쥔 순간이었다.

그 순간, 번뜩인 칼날이 미디엄을 엄습해 만도로 그 공격을 막은 그녀의 몸이 훌쩍 날아갔다. 충격에 놀라는 미디엄. 그녀를 튕겨 날린 것은 그녀와 비슷하게 양손에 검을 움켜쥔 남자── 자말이었다.

"됐으니까 당장! 네놈들은! 내 발밑에! 엎드리라고!!"

"꺄우! 와와! 오빠, 이 녀석 강해!"

"진짜냐!"

자말이 분노에 맡겨 욕을 퍼부으면서 쌍검을 휘두르며 미디엄을 공격한다. 미디엄은 그 공세를 받아내지만 옆에서 봐도 열세임을 알 수 있는 무력 차.

패배자 역할이나 들러리로만 보이던 자말의, 예상치 못한 전투력이다.

"위험해! 거리가 없어!"

미디엄의 분전 덕에 길을 막는 제국병의 수는 줄었다.

팔로 수레의 기세라면 돌진으로 돌파하는 것은 가능할 성싶지만, 그것도 길 중앙에 버티고 서 있는 자말이 없을 때의 이야기다. 이대로는 저 남자 한 명에게 저지된다.

"──동생아!"

그 순간, 플롭이 외쳤다.

몰리던 미디엄이 오빠의 높은 목소리에 힐끔 눈길을 주었다. 어쩌면 기사회생의 조언이 튀어나올까 기대했지만──.

"──힘내라!!"

튀어나온 것은 대책 없는 근성론이었다.

그 말에 스바루의 사고가 공백을 낳고, 자말도 어안이 벙벙해졌다.

그러나 피의 유대로 맺어진 미디엄 오코넬은 달랐다.

"힘낼게──!!"

오빠의 성원을 받아 외치는 미디엄의 만도가 울부짖었다.

방어에 전념하던 자세에서 일변하고, 사납게 공격으로 이행해 휘두른 만도의 폭풍이 자말의 온몸을 엄습했다.

"제국 군인에게, 이판사판의 맹진이 통할까 보냐……!"

그러나 그 맹렬한 공격을 쌍검으로 받아 흘린 자말의 반격이 미디엄에게 박혔다.

미디엄은 팔과 다리에 열상을 입고 피를 흘리면서 아픔에 얼굴을 찌푸리지만, 그럼에도 방어로 돌릴 여유를 공격으로 돌려 자말의 저지를 감행했다. 설마, 이대로 자말을 저지하려고 남을 셈인가 싶어 스바루는 '그건 안 된다'고 필사적으로 외치려다가——.

"——안대 찬 사람!"

그보다 먼저, 일어선 렘이 짐칸에 쌓인 나무상자를 들어 호쾌하게 자말을 향해 던졌다. "아아?" 하고 뒤돌아본 자말이 귀찮다는 듯이 팔을 휘둘러 닥쳐드는 나무상자를 손쉽게 두 동강으로 베었다.

그리고 나무상자 안에 들어 있던 향신료를 온몸에 뒤집어썼다.

"끄오아?! 뭣, 이건……."

날리는 분말에 시야가 막힌 자말이 괴롭게 팔을 휘둘렀다. 그 순간, 발생한 빈틈을 틈타고자 미디엄이 만도로 그 등짝을 노리려 하지만——.

"미디엄 씨!"

그 공격보다 앞서서 스바루가 창졸간에 뽑은 채찍을 미디엄을 향해 던지고 있었다. 그것을 본 미디엄은 공격보다 채찍을 잡는 쪽을 우선했다.

"잡았다!"

"접수했다!"

미디엄의 목소리가 들린 순간, 스바루는 채찍에 걸린 하중에 온몸으로 버텼다. 짐칸을 단단히 밟으며 미디엄의 체중을 지탱해 귀환을 거들었다.

채찍을 잡고 도약하는 미디엄을 회수하고, 정문을 돌파——.

"그러니까 도망칠 수 있다고 생각하지…… 풉?!"

"이건, 강변에서 있었던 일의 복수입니다!"

도약한 미디엄의 등을 노려 가속한 자말의 안면을 렘의 일격이 요격했다.

자말의 콧잔등을 박살 낸 것은 짐칸에 실었던 지게였다. 오코넬 남매에게 양도했던 지게는 분해되어 이번에야말로 그 역할을 완전히 끝마쳤다.

자말이 벌렁 뒤집어지고 미디엄이 팔로 수레로 귀환한다. 그녀는 들고 있던 만도를 짐칸에 던지더니 그 자리에 대자로 드러누웠다.

"위위위, 위험! 위험했어—! 오빠, 위험했어—!"

"오오, 그렇구나, 동생아! 남편 군과 부인 군도 많이 힘냈어! 덕분에 살았다!"

"진짜진짜, 고마워! 살았어—!"

"다, 당치도 않아. 도움받은 건 완전히 우리라고."

짐칸으로 돌아온 미디엄과, 거기에 갈채를 보내는 플롭. 하지만 남매의 감사는 번지수가 틀리다. 아무튼 이 도시에서는 오코넬 남매에게 처음부터 끝까지 도움만 받고 있었다.

끝내는 그들을 스바루 일행의 사정에 끌어들이고 말았으니, 뭐라고 사과해야 할지.

"멈춰——! 멈춰! 멈…… 우오오?!"

거세게 달리는 팔로 수레를 세우려고, 막아서려던 문지기 병사가 앞으로 펄쩍 뛰었다.

스바루 일행을 태운 우차는 기세를 죽이지 않고 그 옆을 지나쳐 과랄의 정문으로. 검문의 행렬을 혼란에 빠트리면서 그대로 단숨에 도시 밖으로 뛰쳐나가고자 한다.

과랄에서의 체류 시간, 불과 세 시간 미만이라는 터무니없는 사태다.

하지만 어떻게든 검문을 돌파해 정문을 빠져나가야 한다. 보테크리프의 힘을 빌려 한동안 달려서 추적의 손길을 뿌리쳐야만 한다.

그리고 오코넬 남매에게 이후 상담을——.

"———."

격렬한 진동 속에서 보테크리프의 머리가 정문을 돌파해 도시 밖으로.

시야가 트이고 휑뎅그렁한 평원과 지평선이 보여서 드디어 탈출하는 순간이었다.

——문 바로 위에서, 도끼를 쳐든 인영이 스바루를 노리고 떨어진 것은.

"오오오오아!"

내려찍은 일격이 스바루의 정수리를 쪼개려 떨어진다.

그것은 렘도, 미디엄도, 물론 플롭도 루이도 반응할 수 없는 일격. 예측하고 있지 않았더라면 막을 수 없었던, 악몽의 일격이었다.

하지만——.

"——올 줄 알았지."

내리찍은 도끼의 일격을, 스바루는 미디엄이 짐칸에 떨어뜨린 만도로 막았다.

스바루 일행의 탈출이 성공하는 순간, 가장 긴장이 풀릴 타이밍을 노려 표적인 스바루의 머리에 일격을 처박으러 온다고, 그렇게 짐작하고 있었다.

──토드라면 그렇게 할 거라고 다섯 번의 공포가 스바루에게 확신을 주었다.

"당신, 역시 죽여 두어야 했었군!"

"으윽……!"

살의가 눈에 서린 토드가 억지로 도끼를 밀어붙여 스바루를 쪼개려고 했다.

스바루도 만도로 막기는 막았지만 충격에 두 손이 저려서 떨어뜨리는 것도 시간문제다.

렘도 미디엄도, 이 목숨 건 코등이싸움에 낄 새가 없다.

기껏 치명적인 일격을 회피했는데, 이대로 토드에게 죽을 것이다──.

"아─ 우─!!"

"우오!"

그, 밀어붙이는 토드의 도끼에 서린 힘이 갑자기 약해졌다.

얼굴을 찡그린 스바루가 쳐다보니 토드의 몸에 루이가 엉겨 붙어 있었다. 루이가 토드의 폭거를 막으려고 금발을 흩뿌리며 필사적으로 발버둥 치고 있다.

"방해하지 마, 꼬맹이!"

"아욱."

루이의 방해를 뿌리친 토드가 팔꿈치로 가차 없이 소녀의 얼굴을 때렸다. 팔꿈치로 찍힌 루이가 비명을 지르고 쓰러졌다.

"──익, 빌어먹을 자식이!"

그 광경을 본 스바루는 이를 악물고 토드를 세게 밀쳤다.

순간적인 사태에 토드가 헛다리를 짚고, 날을 맞댄 힘겨루기 자세에서 거리가 벌어졌다. 하지만 그것은 도리어 토드의 사정거리다. 장병기를 쳐들어 다음 일격이 온다.

그 전에──.

"──보고 있겠지! 해 버려, 쿠나! 홀리!!"

토드의 일격이 오기 전에, 스바루가 피를 토할 기세로 절규했다.

그 목소리가, 어디까지 평원에 울려 퍼졌을지는 알 수 없다.

알 수 없지만──.

「잘 가라, 스바루. 잊지 마, 너를 보고 있어.」

「그래~!」

그 목소리가 대답처럼 스바루의 두개골에 울리고, 순간, 바람을 가르는 소리가 허공을 꿰뚫었다.

그리고 바람을 가르는 소리는 일직선으로 토드의 옆구리에 빨려 들어가──.

"컥."

희미한 신음을 남기고, 토드의 몸이 맹렬한 기세로 옆으로 휘청거리며 날아갔다.

토드는 몸을 짐칸에 남겨 두지 못하고 맹렬하게 옆으로 회전하며 팔로 수레에서 딱딱한 땅바닥 위에, 낙법도 취하지 못한 채로 굴러떨어졌다.

두 바퀴, 세 바퀴 구르다가, 멀리, 멀리 떨어진다.

"바, 방금 그건……?"

토드가 사라진 우차의 짐칸, 스바루는 만도를 그 자리에 떨어뜨리고 무릎을 꿇었다. 렘도 팔꿈치를 맞은 루이를 안아 일으키면서 눈이 휘둥그레졌다.

렘은 무슨 일이 일어났는지 모르겠다는 표정을 짓고 있지만, 스바루는 문밖에 뛰쳐나올 수 있으면 조력이 있을 거라는 확신이 있었다.

그 확신의 근거는──.

"그 성격 더러운 망할 황제…… 돌아가면 꼭 패 주겠어……."

힘없이 짐칸에 엎어진 스바루는 전부 다 알고 있었을 악질 남자의 얼굴을 떠올리면서 밉살스럽다는 듯이 내뱉었다.

4

──딱딱한 흙의 감촉 위, 남자는 대자로 드러누워 움직이지 않았다.

"_____."

죽은 것도, 자고 있는 것도 아니었다.

그저 눈을 감고 흐트러진 호흡을 공들여 정돈하면서 사고를 조용히 정리한다.

조립하고, 조립하고, 조립해서——.

"이봐, 살아 있는 거냐?"

"——그래, 살아 있어."

바로 위에서 들린 목소리에 눈을 뜨니 눈에 비친 것은 낯익은 남자의 얼굴이었다.

거꾸로 봐도 조야한 인상이 흐릿해지지 않는 것은 희귀한 재능이 아닐까. 화려하게 코피를 흘린 자국이 있지만, 색이 풍부해져 도리어 잘생겨졌다고도 할 수 있다.

"코피, 어떻게 된 거야? 뭐 좋은 거라도 맞았어?"

"시끄러. 살짝 코가 피로 막혔을 뿐이야. 쓸데없는 소리 하지 마."

지적받자 언짢아진 상대가 코에서 핏덩이를 푸는 모습에 작게 쓴웃음 지었다.

"기분 많이 상하셨어. ……녀석들은?"

"우리를 돌파하고, 너를 떨어뜨린 뒤에는 쏜살같이 내뺐다. 너는…… 배의 그거나 빨리 어떻게 해. 보는 쪽이 아파 죽겠다."

"그거? ……아아, 이거 말인가."

머리를 긁으면서 일어나 상대에게 지적받은 자신의 옆구리를 쳐다보았다. 그러자 거기에는 굵직한 화살 한 대가 깊숙하게 꽂혀 있었다.

왼쪽 옆구리에 파고든 그것은 위치가 조금만 더 위라면 심장을 뚫었겠지만.

정말로 위험할 뻔했던 부상이지만 그 사실에 대한 감개는 별로 없다. 시각적인 것만이 아니라, 자신의 체내가 뚫린 것에 대한 감개도.

"실은 보기만큼 아프지 않다고? 한동안 움직이기 어려워지겠지만……."

"바보냐. 누가 네 걱정을 했다고 그래. 보는 내가 더 아프다고 하는 거야. 얼른 뽑아."

"부상자 상대로 난폭한 말을 하네, 당신도. ——여차."

얼굴을 찌푸린 상대의 말에 어쩔 수 없겠다고 꽂힌 화살을 잡았다. 살이 오그라지기 전에 뽑지 않으면 못 뽑게 되는 것이 화살의 골치 아픈 점이다.

다행히 금방 박힌 화살이라 꾹 힘을 주니 뽑을 수 있었다.

흐르는 피는 찢어진 옷조각을 상처에 쑤셔 넣어서 억지로 지혈해 두었다.

"그렇게 됐으니, 화살 쪽은 주문한 대로야. 다음은 어쩐다."

"상처가 깊으면 물러나서 쉬고 있어. 도망친 놈들은 내가 몇 명쯤 끌고 때려잡는다. 놈들에게 자신들이 사냥감이라는 사실을 가르쳐……."

"——그건 악수지, 자말."

"뭐?"

이후 방침을 읊던 남자—— 자말을 손으로 제지했다.

바보 취급당한 복수로, 도망친 상대를 추격하고 싶다는 생각은 이해한다. 하지만 짧은 생각으로 공격의 수를 진행하면 쓴맛을 보는 것은 이쪽이다.

"생각이나 해 봐. 어째서 놈들은 당당히 과랄에 들어온 거지? 자신들이 한 짓을 감안하면, 이 도시에 우리가 있는 건 자명한 이치야."

"……생각이 모자란 얼간이라는 게 아니라면."

"──일부러 쳐들어왔다고. 도시 밖에 복병까지 숨기고서."

힐끔, 자말이 갓 뽑은 화살을 보고 목을 그르렁거렸다.

이래 봬도 제 몫하는 무인인 자말에게는 이쪽을 포착한 화살의 위력과 정확도가 어느 정도 대단한 것인지를 헤아릴 안목이 있다.

자연히 자신과 같은 결론에 이르렀을 터다.

"그렇다면, 놈들의 목적은……!"

"과랄에 들어와 있는 우리 제국병을 꾀어내어서, 사냥한다. 이쪽의 전력 전부로 쫓아간다면 또 몰라도, 적은 수로 추격하는 건 상대에게 놀아나는 거야. ──사냥감은, 어느 쪽일까."

"_____."

자말이 분하게 이를 갈고, 상대가 달아난 방향을 노려보았다.

자말은 내심 창자가 뒤집어질 격노에 지배당하고 있는 모습이지만, 그 심정은 쓰라리도록 이해한다. ──라고는 말하지 않는다. 분노보다 감탄이 가슴속을 차지하고 있었다.

자기 몸을 당당히 미끼로 이용해 방심을 틈타 고스란히 어리석은 적을 낚는다.

틀림없는 난적, 전쟁의 총아다.

"……미처 못 죽인 거, 본격적으로 실수했는데 이거."

자말과 같은 방향을 바라보면서 뼈저리게 뇌까렸다.

그러고 나서, "뭐." 하고 기분을 회복한 것처럼 한숨 돌리고 말을 이었다.

"보복할 기회는 있을 테지. ──놈들은 어차피 또 올 거야."

"그때는, 절대 봐주지 않아."

분노를 억누른 맞장구에 찬동을 표하듯 말없이 끄덕였다.

그리고 일단 이 일전을 패배로 판단한다. 그리고 나서──.

"자말."

"엉. ……뭐야, 그 손은."

땅바닥에 다리를 팽개친 채로, 두 팔을 뻗은 모습에 자말이 눈썹을 모았다.

그 느린 눈치에 고개를 갸우뚱하면서 "보면 알잖아." 하고 말을 이었다.

"어부바."

"혼자서 죽어!"

참으로, 친구 삼을 보람이 없는 대답이라고 어깨를 으쓱였다.

제4장 『황제/상인/나츠키 스바루』

1

 단단한 지면을 강하게 밟고서 어깨로 바람을 가르면서 성큼성큼 전진한다.

 목적지가 가까워짐에 따라 우차에서 몸을 내밀 만큼 성급해지는 기분을 자제할 수 없어지다가, 급기야 그 순간을 목전에 두자 몸은 힘차게 뛰쳐나가고 있었다.

 주위의, 여러 가지로 만류하는 목소리가 들린 느낌이 들었지만 귀에 들어오지 않는다.

 그것들을 뿌리치고 일직선으로 목적한 건물로. 촌락 중앙, 유달리 큰 목조 건물로 쳐들어가자 안에 있던 여러 사람의 눈길이 집중되었다.

 그리고——.

 "——돌아왔나. 생각 외로 빨랐군."

 뻔뻔스럽게 그렇게 지껄인 것은 귀면을 쓴 거만한 남자였다.

 그, 당연하다는 듯한 태도에 아무 말도 하지 않고 곧장 앞으로 돌진했다. 그 기세를 타고 내려다보는 남자의 귀면을 뻗은 손으로 가차 없이 벗겨냈다.

　별다른 저항도 없이 가면이 벗겨지고 남자의 수려한 얼굴이 드러났다.

　역겨울 만큼 마력적인 용모를 가진 자의 멱살을 잡고 일으켜 세웠다. 그리고 그 안면에 쳐든 주먹을 꽂아 넣으려다가──.

　"잠깐, 스바루."

　후려치기 직전, 당긴 오른팔을 뒤에서 억지로 제지되었다.

　머리카락을 붉게 물들인 장신, 이 촌락의 족장인 미젤다의 제지였다. 이 마당에 뭐냐고 그 행동에 항의하고자 입을 벌리려 했다.

　하지만 그보다 먼저 미젤다는 "잘 들어." 하고 서두를 깔고서.

　"얼굴은 그만둬라. 다른 데라면 허락한다."

　"차압──!!"

　변함없는 미젤다의 회답을 얻어 한 박자 뒤에 쭉 뻗은 몸통으로 주먹을 처박았다.

　안면을 맞을 각오가 있었는지, 그 예상이 빗나간 남자가 "욱." 하고 신음을 흘리고 뒤로 물러났다. 그것만으로 쌓인 울분 전부가 풀린 것은 아니지만──.

　"이걸로 땡 쳤다고 생각지 마라, 개자식아……!"

　"──흥, 욕심이 철철 흐르는 남자로군."

　옆에 떨어진 귀면을 주워 다시 쓰면서 입은 살아 있는 남자──아벨.

　쌓이고 쌓인 울분의 원인이기도 한 남자에게 일격을 처박은 스바루는 거친 숨을 내뱉었다.

이 한 방을 처박기 위해서만, 3일 이상의 여정을 역주해서 돌아
온 것이니까.

2

"보게나, 동생아! 이것이, 그 유명한 『슈드라크의 민족』의 촌
락이라고 한다! 소문과 다르지 않는 비경의 오지에 있군! 대발견
이야!"

"오오! 굉장하네, 오빠! 봐, 봐! 다들, 나처럼 복근이 쩍쩍 갈라
졌어, 쩍쩍! 오빠, 쩍쩍!"

"쩌걱쩌걱이다!"

장소를 가리지 않는 태평한 남매의 감상이 촌락의 하늘에 메아
리쳤다.

기탄없는 감상을 교환하는 것은 어영부영 『슈드라크의 민족』의
촌락으로 초대받은 셈이 된 플롭과 미디엄의 오코넬 남매였다.

광장 한복판, 신기해서 모여든 슈드라크에게 우차째로 둘러싸
인 남매지만 위기감이 없는 대화는 평소대로라 남매의 거물감이
두드러졌다.

"꽤 소란스러운 무리를 데리고 돌아왔군그래. 저것이, 네놈의
여로에 필요한 요원인가? 그렇다면 나와 네놈은 가치관이 다르
군."

"가치관이 다르다는 건 부정하지 않아. 하지만 그 태도는 아무
리 그래도 탐탁지 않은걸."

"호오?"

집회장의 바닥에 앉아 며칠 전과 비슷하게 정면으로 대치한 스바루와 아벨.

조금 전, 스바루의 제재하는 일격을 배에 맞은 아벨이지만 그 언동에는 반성의 의사가 보이지 않는다. 사죄가 필요하다고도, 한다고도 생각하지 않았던 상대다.

하지만 오코넬 남매에 대한 언급은 들어 넘길 수 없었다.

왜냐하면——.

"아벨 씨, 저분들은 우리가 말려들게 한 겁니다. 도시 앞에서 오도 가도 못하던 저희를 친절하게 대해 주셨지요. ……단지 그 뿐인 이유로."

스바루가 화낸 이유, 그것을 렘이 대신 설명했다.

지난번과 다르게 집회장의 사람은 무르지 않아서, 스바루와 아벨 외의 이들도 대화에 참가하고 있다. 스바루 옆에는 정좌한 렘과 동행자라 할 수 있던 쿠나와 홀리가 앉았으며 아벨 옆에는 미젤다와 타리타 자매가 각자 동석하고 있었다.

참고로 루이 말이지만, 그녀는 나이가 가까운 우타카타가 돌보아 주고 있다. 지금쯤은 광장의 우차에서 슈드라크에 둘러싸인 오코넬 남매 곁에 있을 것이다.

어쨌든——.

"두 분의 협력이 있어서 저희는 무사히 돌아올 수 있었습니다. 대신에 두 분도 도시의 병사들에게 쫓기는 처지가…….."

"아니지, 정정해 주마. 우리나 밖의 놈들을 노리고 있는 것은

도시의 병사가 아니다. 제국의 병사다. 이 나라를 섬기는 자들이
네놈들의 적이 된 것이다."

귀면 너머로 아벨의 차가운 말이 스바루와 렘에게 꽂혔다.

그 메마른 지적을 들은 렘은 힘없이 연청빛 눈을 내리깔 뿐이
다. 확실히, 그것은 부정하기 어려운 사실이라고 스바루도 이해
는 하고 있다.

그러나 그것을 이해하는 것과 감정이 수긍하는 것과는 별개 문
제다.

"진지의 제국병에게 찍힌 것은 내 실수야. 적대 행위도, 내가
선택한 행동의 결과이기도 해."

"그렇지. 『슈드라크의 민족』과 접촉하기 이전부터, 네놈이 맺
었던 인연이다."

"그 인연에 변명하진 못해. 적을 만든 것은 틀림없이 나이기 때
문이야. ──하지만 그 인연의 대가를 치르는 것은 나 혼자면 충
분할 거잖아."

실수의 태반이 스바루에게 있음은 사실이지만 여기서 문제인
것은 아벨의 자세다.

그는 처음부터 스바루 일행이 과랄에 들어갔을 때의 위험성을
이해하고 있었을 터. 살아남은 제국병과 조우해 공격당할 가능
성을 깨닫고 있었을 것이다.

"그러니까 너는, 사전에 쿠나와 홀리에게 우리를 도시 밖에서
기다리라고 지시해 두었어. 우리가 쫓겨서 도시에서 도망치면
그것을 지원하게끔."

"진짜, 진짜, 위험한 상황이었어~. 나랑 쿠나가 없었으면, 지금쯤 스바루의 머리가 도끼로 두 동강 났을 거야~."

털썩 책상다리로 앉아서 동그란 경단을 입에 문 홀리가 태평하게 말했다. 그 옆에서 어색한 표정의 쿠나와 다르게 그녀는 자리 분위기를 이해하지 못하고 있다.

물론 스바루는 홀리와 쿠나의 조력에 감사하고 있다. 두 사람의 협력이 없었더라면 머리가 쪼개지는 피해는 현실이 되었을 가능성이 높다.

"쿠나의 눈으로 감시하고, 홀리의 실력이 우리를 구한다······ 활의 원거리 저격, 두 사람이 가진 기능의 합체기인 셈이지."

"······그렇게까지 위험한 상황이라고는, 나는 듣지 못했지만."

보충하는 쿠나의 말에 힘이 없는 것은 스바루 일행에 대한 부채감이 있다는 증거다.

그렇다고는 해도 쿠나가 품고 있는 죄책감은 번지수를 잘못 찾은 셈이다. 과랄에 들어가기 전, 헤어질 적에 건넨 말이 스바루에게 힌트를 주었다.

그 충고가 없었으면 홀리가 말한 조력을 얻을 수 없었을 것이다.

단——.

"그 생각이 적용되는 것은 쿠나와 홀리까지야. ——이렇게 될 것을 완벽하게 예측하던 너에게, 나는 부드럽게 대할 생각은 없어."

그렇기 때문에 돌아오자마자 처음 한 행동이 아벨에게 갈기는 제재의 일격이었다.

그 제재를 받은 아벨이 반성의 빛을 보이면 그나마 이야기도 달랐을 것이다. 하지만 대체적인 예상대로 아벨은 반성은 고사하고 찔리는 기미도 없다.

그러기는커녕 그는 '그래서 어쩌라고.'라는 듯이 콧방귀를 뀌었다.

"사납게 돌아와 나에게 한 방 날렸나 했더니, 늘어놓는 말은 시시한 원망뿐이냐? 애초에 나는 처음부터 네놈에게 충고했을 텐데. ──쉬운 길은 아니라고."

"윽……."

"눈앞의 안녕에 달려들어 머리를 쓰지 않은 대가라고 알아라. 불태운 진지의 가장 가까운 도시라면 패잔병이 목적지로 삼을 가능성이 가장 높아. 자명한 이치지."

"그렇다면…… 그렇다면 처음부터 그렇게 말하면 되었을 거잖아!"

한쪽 무릎을 세운 아벨의 말은 일일이 스바루의 미숙함을 쑤셔 대었다.

그러나 위험이 있다고 알면서도 그것을 못 본 척한 아벨의 행위는 심플한 이적행위── 피아구분을 떠나서 생각해 보면 함정에 빠트린 거나 마찬가지다.

"너는 처음부터 전부 알고 있었어. 우리가 과랄에서 살아남은 제국병과 맞닥뜨릴 가능성도, 도시에서 거품 물고 도망칠 가능성도, 그 난장판 중에 렘이……."

"────."

"아무튼! 너는 전부 알고 있었어. 그런데도 입을 다물고 있었던 거야."

기세에 맡겨 입을 여니 해야 할 말이 아닌 말도 나올 뻔했다. 순간적으로 자제하고 스바루는 옆에 있는 렘의 얼굴을 보지 않도록 아벨에게 분노를 집중했다.

분노의 불길을 태우는 스바루. 아벨은 그 모습을 서늘하게──아니, 싸늘하게 보고 있다.

그 꿰뚫어 보는 눈길로 이 남자는 대체 어디까지 세계를 내다보고 있는 것인가.

그리고 내다보고 있으면서도 무엇 때문에 스바루 일행을 희롱하는 것인가.

"대답해, 개자식아. 왜 우리를……."

"쓸데없는 수고를 덜었을 뿐이다."

"쓸데없는 수고……?"

물어뜯을 듯한 스바루의 서슬에 아벨은 탄식과 구별이 가지 않는 소리로 말했다.

그 대답에 스바루가 눈을 깜빡이자, 아벨은 느릿하게 집회장의 바닥을 손으로 문질러 손바닥에 메마른 흙을 건져 올렸다.

"네놈 같은 작자는, 현자의 충고보다 우자인 자신의 눈으로 본 것을 중시하지. 내 입으로 무엇을 설명하는 것보다 떨어지는 거센 빗방울이 효과가 있다."

"────."

"덕분에 통감했을 테지. ──네놈들에게, 도망칠 곳은 없다고."

말하는 아벨의 손바닥에서 흙이 후두둑 떨어졌다.

그 동작만으로도 스바루는 자신들이 사면초가라고 저절로 자각하고 말았다.

신성 볼라키아 제국의 황제쯤 되면 말솜씨로 타인을 조종하는 것도 쉽기 마련. 산전수전을 겪은 강자인 황제 앞에서는 스바루의 호소일랑 우리 속의 원숭이 울음소리나 다름없다.

"……결국, 너는 뭘 어쩌고 싶은 거야."

"내 목적은 이미 전한 바와 같다. 빼앗긴 것을 되찾는다. 그러려면 지금 있는 제국은 내 적이다. 그것은 너의 적이기도 하지."

"──나더러, 너에게 협력하라고?"

"일단, 나에게 네놈을 해칠 이유는 없다고 설명했다."

머리를 감싸 쥔 스바루에게 아벨의 말이 독처럼 스며들었다.

명료한 답을 잡지 못하게 하는 아벨의 화술은 스바루를 현혹시키는 노회함을 갖춘 것 같으며, 한편으로 스바루를 시험하는 것처럼도 느껴졌다.

아벨은 여러 번 스바루에게 명언하지 않은 채, 그럼에도 말을 거듭했다.

자신의 머리로 사고하고 선택하라고.

"……전부 네 손바닥 위라는 거냐? 마음에 안 들어."

"──공교롭게도, 내 손바닥에서 놀아나는 것은 일부 인간뿐이지. 그렇지 않은 일부를 제어하지 못했기에 지금 나는 맨땅에 앉아 있다."

내뱉은 스바루의 말에 대한 대답은 아벨의 자조로도 들렸다.

그의 표정은 보이지 않으며 어조에도 변화는 없었다. 하지만 자조 같았다. 그것은 드물게―― 아니, 스바루가 처음 들은 아벨의 자조였다.

"――――――."

그런 아벨을 정면으로 응시하면서 스바루는 조용히 생각에 잠겼다.

이후 자신의, 자신들의 방침에 대해서도 그렇지만 아벨의 진의를 모르겠다. 또다시 그의 의도에 놀아나 비슷한 불행을 맞는 것은 사절이다.

실제로 아벨은 도대체 무엇을 생각하고 있는가.

스바루도, 설마 아벨이 이것저것 수단을 강구해서까지 자신을 한편으로 끌어들이려고 획책한다고는 생각하지 않는다. 아벨은 그만한 가치를 스바루에게서 찾아내지 못했을 것이다.

그런데도 아벨이 스바루를 수중에 두고 싶어하는 이유가 있다면, 그것은 스바루 본인이라기보다, 다른 부속물에 대한 관심――.

"――남편 군! 여기 사람들은 실로 유쾌하고 속이 넓은걸! 감탄했어!"

"우오와아?!"

스바루가 숨을 죽이며 진지하게 사색하고 있을 때였다.

집회장 입구로 발길을 옮긴 플롭이 그 또랑또랑한 미성과 함께 모습을 보였다. 그는 집회장 안, 모인 이들의 얼굴을 바라보면서 인사했다.

"이거 참, 인사가 늦어서 미안하군! 아무래도 이쪽에 계시는 것이 이 촌락의 대표 여러분인 듯하다고 판단하겠어. 여어! 쿠나 양과 홀리 양을 쏙 빼닮은 분들도!"

"본인이다." "그래～."

"그랬었나! 이거 실례!"

플롭이 긴 앞머리를 손을 매만지며 시원시원한 움직임으로 집회장 한복판에 오더니, 거기서 사람 좋은 웃음을 띠면서 인사했다.

"소개합니다, 나는 플롭 오코넬! 여동생 미디엄과 보테크리프와 함께 행상을 하고 있는 사람이지. 여러 가지로 이유가 있어서 남편 군과 부인과 조카의 별난 여행길에 동행하는 입장이 된 모양이야. 앞으로, 여러분에게 잘 부탁하겠어!"

"예절을 알고 있는 것 같기도, 모르는 것 같기도…… 언니, 어쩌겠습니까?"

플롭의 힘찬 인사를 들은 타리타가 머리가 아프다는 표정을 지었다. 그녀는 힐끔 언니 미젤다의 눈치를 살피며 족장으로서의 판단을 요구했다.

"그렇지……. 아니, 잘생긴 남자야. 방에 놔두자."

"언니……."

팔짱을 낀 미젤다는 플롭에 대한 대우를 얼굴로 판단했다.

매우 심플한 이유라 알기 쉬운 미젤다의 판단이지만, 족장으로인 언니를 보좌하는 타리타의 마음고생이 짐작된다. 물론 그것만이 미젤다의 판단 기준이었을 경우 스바루가 촌락에 남을 수 없게 되기에 그 밖에 무언가 있다고는 생각하지만.

"그렇지, 미젤다 씨. 한 가지 확인하고 싶어. 플롭 씨는 내 손님 이랄까, 내 독단으로 데려오고 말았어. 하지만 『혈명의 의식』을 받게 하지는……."

"『혈명의 의식』? 혹시 이 촌락에 전해지는 전통적인 환영의 의식이라도 되나?! 그것은 꼭 나도 체험해 보고 싶은데!!"

"전통적인 의식이지만, 환영치고는 거칠거든."

플롭은 의식에 도전하는 데 긍정적이지만 아무리 그라도 마수와 싸우게 될 가능성을 제시받으면 꽁무니를 뺄 것이다. 어쩌면 그 말을 들어도 태도가 변하지 않을 가능성도 있는 것이 무섭지만, 아무튼 그런 짓을 하게 두고 싶지 않다.

"──벽 한 장 사이에 두고 있을 때부터 알고 있었지만, 소란스러운 작자군."

그리고 그런 플롭을 환영하지 않는 것이 귀면을 쓴 냉혹한 황제였다.

햇살의 따스함이 있는 플롭과, 차가운 피가 흐르는 아벨은 실로 대조적이다. 적어도 아벨이 플롭을 좋아할 이유가 없을 것 같다고 스바루 쪽의 피가 얼어붙었다.

"여어! 신기한 가면인데…… 혹시, 촌락의 우두머리일까. 특별한 복장을 하고 있는 사람이란, 특별한 입장에 있는 자라고 어디서 읽었지!"

그런 두 사람의 첫 조우는 플롭이 아벨의 기발한 복장을 언급하며 시작되었다.

눈에 띄는 귀면을 보고 플롭이 그렇게 판단하는 것도 무리는 아니지만, 아벨을 슈드라크 사람이라 간주하기는 어렵다. 여하튼, 귀면 외의 부분이 문화적으로 다른 슈드라크와 동떨어졌다. 새삼 보면 뒤죽박죽이기 짝이 없는 복장이다.

"사고방식은 나쁘지 않지만 주의력과 사려가 부족하군. 조금 전, 행상이 생업이라고 말하던데……."

"음, 그렇지! 우리 여동생 보테크리프가 끄는 수레에 물건을 싣고, 제국 각지를 돌며 장사를 한다…….우리는 바람과 함께 떠도는 유랑의 남매야!"

플롭에 가슴에 손을 얹고서 노래하듯이 대답했다.

그러자 건물 밖, 광장 쪽에서 "역시 오빠야—!"라는 목소리가 들렸다. 벽 한 장 사이에 두고 있어도 유대가 깊은 남매였다. 그러나 그런 흐뭇한 관계성의 증명도 아벨에게는 싸늘하게 식은 마음을 데울 요인이 되지 못했나 보다.

아벨은 플롭의 답변을 듣자 "흥." 하고 작게 콧방귀를 뀌었다.

"──나츠키 스바루, 네놈은 이것들을 도시에서 주웠다고 했었지."

"사람을 물건 취급하지 마. 애초에 정확하게 상황을 표현하자면, 우리가 플롭 씨에게 주워졌다는 표현 쪽이 정확해."

"중요한 것은 본질 쪽이다. 사소한 일에 매달리고 있을 겨를은 없다. 하지만 이렇게 네놈이 돌아온 것을 처음으로 칭찬해 주마. 애썼도다."

"칭찬받는 기분이 안 드는데…… 뭘 꾸미고 있냐."

솔직히 스바루는 플롭과 아벨의 궁합은 나쁘리라 봤다.

그 때문에 플롭에게는 광장에서 기다려 달라 하고 때를 보아 소개할 심산이었는데, 아벨의 반응은 스바루의 예상 밖이었다.

하긴, 아벨의 관심은 플롭의 인간성이 아니다. 물론 목소리 크기밖에 모르는 미디엄의 존재도 아닐 것이다. 그렇다면 답은 명확하다.

"상인, 네놈은 과랄에 어느 정도 친숙하지?"

"그건 좋은 질문이군, 촌장 군! 나는 과랄에서 제법 발이 넓은 편이라고 자부하고 있어. 여하튼, 너무 멀리 나가면 목숨이 남아나지 않는 것은 눈에 선해! 행상을 한다 쳐도 고정된 지역을 오가며 여행에 익숙해져야 하니까!"

"신중과 새가슴의 종이 한 장 차이라는 느낌이군……."

항상 긍정적인 자신감으로 넘치는 플롭의 회답에 쿠나가 기가 막힌다는 듯이 한숨 쉬었다.

하지만 그런 플롭의 답변을 듣고 귀면 너머로 아벨이 침묵했다. ——아니, 스바루의 귀는 희미하게, 침묵 외의 소리를 포착했다.

그것은 아벨의 목이 작게 꿀럭인 소리다.

"요행이군. 횡재했구나, 나츠키 스바루. ——도시에 친밀한 행상인이라면, 샛길 한둘쯤 짚이는 곳이 있겠지."

"이봐, 잠깐, 아벨. 샛길? 무슨 말을 하는 거야?"

"또 타인에게 답을 요구하는 것이냐? 나의 거듭된 질문의 의미를 이해하지 못했다고 보겠다. 그런 몽매한 자에게 내가 내 줄 말은 없다."

일일이 화가 치미는 말투지만 아벨의 말을 받아칠 수 없었다.

이 자리에서 대화를 깨고 뒤돌아 떠나기에는, 고립무원을 실현 중인 나츠키 스바루의 상태가 좋지 않다. 따라서 지긋지긋해도 생각에 잠겼다.

——아니, 생각에 잠기지 않아도 아벨의 생각은 대강 파악하고 있었다.

지금 막, 플룹에게 던진 질문을 들으면 그것은 명백하다.

"아벨, 너, 설마……."

"굼뜬 머리라도 써먹으면 답은 찾을 수 있겠지. 그래, 네놈의 생각이 맞다."

입술을 달싹이며 뺨이 굳은 스바루를 마주 보며 귀면 너머로 투철한 아벨의 시선이 냉혹한 방침을 이야기한다.

그리고 스바루 말고 다른 자들에게도 알리도록, 아벨은 말했다.

"——성곽도시 과랄을 함락시킨다. 다음 거점으로 그 도시가 필요해."

3

——성곽도시 과랄의 함락, 그것이 아벨이 계획하는 다음 한 수.

당당히 그렇게 선언한 내용을 뇌가 곱씹고서 스바루는 바로 결론을 내렸다.

그것은 너무나도 무모한 계획이라고.

"……샛길을 이용해 도시에 쳐들어가겠다는 뜻입니까?"

무모한 계획에 이를 가는 스바루 옆, 그렇게 조용한 음성으로 램이 중얼거렸다.

무릎을 접고 옆으로 앉은 램은 연청빛 눈으로 아벨을 빤히 쳐다보고 있다. 노려본다기보다 들여다보는 눈초리다.

그 눈길에 아벨은 "말할 필요도 없지." 하고 어깨를 으쓱였다.

"네놈들도 보았겠지만 도시는 사방을 방벽으로 둘러싸고 유일한 출입구인 정문에는 검문이 깔려 있다. 그것을 돌파해 시내로 들어갈 방책이 필요하지."

"가령 잠입에 성공했어도, 도시 안에는 제국 병사들이 다수 있는 것처럼 보였습니다. 검문을 무시할 수 있어도 적이 너무 많다고 봅니다."

과랄의 함락을 위한 장해를 정리하는 아벨에게 램이 논리정연하게 반론했다. 그 자세에 아벨은 콧방귀를 뀌었지만, 한편으로 스바루의 곤혹감은 더욱 깊어졌다.

원인은 물론, 아벨과 정면으로 논의하는 램의 모습이다.

논의 내용상 램의 위치는 과랄의 공격에 반대하는 스바루 쪽이라고 할 수 있다.

그러나 그 지적 내용이 참으로 적절하기 그지없다. ──마치 과랄에 체류한 짧은 시간에 그 점을 확실하게 확인했던 것처럼.

"──나츠키 스바루, 네놈은 싸움에서 공수의 병력 차를 어떻게 알지?"

"아? 공수의 병력 차라니…… 공격 3배의 법칙 같은 거?"

"공격 3배의 법칙…… 과연, 절묘한 표현이군."

스바루의 반사적인 답변에 아벨이 감탄한 것처럼 끄덕였다.

'공격 3배의 법칙'이란 싸움에서 병력을 고려할 때, 공격하는 쪽은 방위하는 쪽에 비해서 3배의 병력을 가진 것이 바람직하다는 생각이다.

이것은 공수의 목적의식 차이로, 공격 측은 상대를 쓰러뜨려야 하지만 방어 측은 상대를 쓰러뜨릴 필요는 없고 쫓아내거나 공격을 막기만 해도 끝난다는 이유가 크다.

이번 예로 들면 아벨이 이끄는 『슈드라크의 민족』은 과랄을 손에 넣기 위해서 도시를 점거해야만 하지만, 도시에 주둔한 제국병 및 경비병은 이 공격을 물리치고 궁극적으로는 도시에 틀어박히기만 해도 목적을 달성할 수 있다.

이 목적 달성률의 차이를 메우는 데, 그만한 병력이 필요하다는 생각이지만──.

"도시의 3배 병력은 도저히 모을 수 없을 테지. 미젤다 씨, 이 촌락 사람들의 인원은 어느 정도야?"

"다 합쳐서 82명이다. 아벨과 그 남자…… 플롭을 넣어서 백 명인 셈일까."

"잘생긴 남자를 어떻게 계산하고 있는지 모르겠지만, 꼴랑 백 명이란 뜻이군. 하지만 그 도시에는 대충 어림잡아도 그 3배 이상의 전력이 있었잖아."

미젤다의 계산식은 옆으로 치워 두고, 스바루는 과랄의 전력을 그렇게 어림잡았다.

도시의 규모는 1만 명에 미치지 않을 만한 크기였지만, 도시의 치안을 지키는 경비병은 그만한 수를 갖추고 있을 터다. 거기에다 진지가 불탄 제국병이 합류했다.

──그, 토드를 포함한 제국병들이.

"최소한도로 기초적인 지식은 머리에 있는 모양이군. 하지만 네놈이 입을 다문 이유는 전력 차이에 대한 염려보다 다른 두려움 탓으로 보인다."

"……내가 쫄고 있는 것은 사실이라도, 전력 차이가 위험한 것도 사실이잖아."

속마음을 적중당해 겸연쩍은 기분을 맛보면서 스바루가 혀를 찼다.

실제로 과랄을 공략한다고 듣고 스바루가 처음으로 떠올린 장해가 토드다. 그 남자와 다시 상대하다니, 생각만 해도 내장이 비명을 지른다.

애당초 '공격 3배의 법칙'에 따라서 생각하자면, 더 이야기할 여지도 없다.

"이 전력 차이를 뒤집을 수단은 일기당천의 병사가 동료로 들어오든가, 적의 지휘관이 죽도록 무능한 패턴 말고 떠오르지 않는다고."

"공교롭게도 양쪽 다 기대하기 어렵겠군. 슈드라크의 실력이라면 어중이떠중이 병사는 쓸어 버릴 수 있겠지만 그래도 다수에 포위되면 밀리지. 거기에 적의 지휘관은 지크르 오스만이라고 들었다. 견실하고 재미없는 장수지만, 빈틈이 없어."

"지크르…… 들었던 이름인데."

그 이름을 들은 것은 아직 관계가 나빠지기 전에 토드의 입을 통해서였을 것이다.

이미 불사른 제국의 야영지지만, 그 작전을 지휘하던 것이 지크르라고 불리는 인물이었다고 기억한다. 진지가 불타서 그 인물도 전사한 줄 알았지만.

"진지에 있던 것은 잡병이다. 원래부터 군사 행동의 진짜 목적을 감추기 위해 놈들에게 주어진 정보는 최소한……. 숲의 소수 부족 상대로 이장(二將)이 전선에 출장할 일은 없어."

"그럼, 처음부터 지휘관은 도시에 잔류하고 있었다는 거냐."

"실제로 아무 일도 없었으면 그걸로 충분한 성과를 얻었을 테지. 그 계획에 일그러짐이 발생한 것은 나의 지휘와…… 그래, 네놈의 존재 때문이었지, 나츠키 스바루."

심보 고약하게, 아벨은 스바루가 눈을 돌리고 싶어하는 책임과 마주 보도록 끌어당긴다.

그 사실에 "윽…….." 하고 이를 갈면서 스바루는 입가에 손을 짚었다.

아무튼, 과랄에는 그 지크르 이장이라는 작자가 주둔하고 있을 가능성이 높다.

제국의 계급은 위에서 일장, 이장, 삼장으로 이어진다는 이야기는 들었지만 위에서 두 번째의 계급이라는 것은 상당한 실력자임을 엿볼 수 있다.

"즉 뭔데? 이쪽은 전력으로도 밀리는 데다가 상대 지휘관도 위에서 세는 편이 빠른 실력자. 심지어 우리가 벌집을 들쑤신 탓에 경계까지 받고 있다고?"

"그런 거지. 책임의 무게를 이해했나?"

"나는 논할 여지도 없다고 말한 거야!"

아벨이 쿡쿡 스바루의 얕은 생각을 나무라지만, 문제는 별개 부분에 있다.

이만큼 승산이 없는 상황에도 여전히 싸움을 그만두려고 하지 않는 아벨의 자세다. 스바루는 단호하게 도전해 봤자 헛수고라고 계속 주장한다.

애초에 따지고 보면——.

"나는 싸우는 것 자체에는 단호히 반대하겠어. 일단, 여기서 나갔을 적에도 분명히 말했을 텐데. 나는…… 나는, 렘과 함께 돌아가고 싶을 뿐이야."

"하지만, 그것이 어렵다는 것은 이미 증명되었지. 네놈의 적이 과랄에 들어간 제국병뿐이라고 생각하나? 다른 마을이나 도시라면 안전하다고, 그렇게 장담할 수 있나?"

"_____."

"어디에 가든 간에 네놈의 안녕은 이미 살 수 없다. 그 사실을 통감하고 피에 찌들 시간은 주었다고 생각하는데. 아니면 아직 독이 부족한가?"

농락하는 듯한 아벨의 시선이 스바루의 나약한 정신을 쪼아 댄다.

스바루는 그 시선에 몸이 갈리는 아픔을 맛보면서 길게 숨을 내뱉고, 부아가 치밀어도 아벨의 말이 사실이라고 인정할 수밖에 없었다.

성곽도시에서 맛본 고난은, 스바루 안에 정신적인 벽을 만들었다.

앞으로 렘을 데리고 국외 탈출을 꾀하려 해도, 과랄 외의 어디로 가든 비슷한 불안과 경계는 흐려질 리 없다.

스바루의 방심은 다섯 번의 죽음과 맞바꾸어 사라진 것이다.

"──그렇다면 차라리, 내가 너를 적에게 팔아치운다면 어때."

도망칠 길이 막히고 짧은 생각을 매도당한 경험을 거쳐 스바루가 뺨을 일그러뜨리며 물었다.

한순간, 스바루가 뱉은 말에 집회장의 분위기가 긴장에 빠졌다. 옆에서 렘이 눈을 부릅뜬 것이 확실하게 시야 끝에 비쳤다.

그러나 팔겠다는 말을 들은 아벨 본인은 작게 웃었다.

"흥. 이제야 제대로 머리가 잘 돌아가기 시작한 것 같군. 하지만……."

"그건 불가능한 제안이다, 스바루."

눈으로도 좇지 못할 속도로 단도를 뽑은 미젤다가 스바루의 목에 칼날을 겨누었다.

그 빠른 재주에 스바루는 숨을 집어삼키고, 한순간에 움직인 장신의 족장의 얼굴을 올려다보았다. 미젤다는 안력이 강한 미모 속에서 냉혹한 수렵자로서의 자신을 눈동자에 드리우고 있었다.

"이미 우리는 아벨과 함께 싸우기로 결정했다. 그것이 『혈명의 의식』의 결과, 동포라고 인정한 자의 바람이라면 다른 길은 없다."

"……미젤다 씨네 힘을 빌려서 렘을 되찾은 내가 말하는 것도 뻔뻔한 걸 알고서 하는 말이야. 정말로, 다들 그래도 되는 거야?"

미젤다에게서는 단호한 결의가 느껴지지만 스바루는 그녀를 뛰어넘어 질문을 던졌다.

족장으로서, 『슈드라크의 민족』의 자세를 체현해야만 하는 미젤다는 설득할 수 없다. 그래도 다른 슈드라크는 다른 의견이 있어도 되지 않은가.

이 자리에 있는 타리타와 쿠나, 홀리에게는 다른 의견이.

"아까 이 녀석도 말했었잖아. 전력 차이는 역력하고, 상대도 역전의 맹장. 싸운다고 해도 승산이 없는 걸 처음부터 아는데……."

"스바루는 아마 착각하고 있어~."

"착각……?"

다른 의견을 요구하는 스바루, 그 물음에 처음으로 대답한 것은 뜻밖에도 홀리였다.

집회장 구석에서 건육을 씹으면서 이야기를 듣던 홀리는 움직임이 막힌 스바루 쪽을 동그란 눈으로 바라보면서 말했다.

"승패 이야기를 한다면, 여기서 물러나도 우리의 패배야~. 동포를 위해서 싸우지 못한다면, 영혼이 부정 타~."

"영혼이 부정을 타다니…… 긍지라거나, 조상님을 볼 낯이 없다거나, 그런 이야기야?"

"그래그래, 스바루도 알고 있네~."

홀리는 웃음까지 띠며 스바루의 말을 긍정했다.

하지만 그것은 서로 이해했다는 증명이 아니라 서로 이해할 수 없다는 증명이었다.

스바루도 그런 사고방식이 있음은 안다.

긍지나 집안의 명성 같은, 직접 육체에는 기여하지 않는 보이지 않는 증거——그것을 중요히 여겨 무엇보다 소중히 다루는 자세가 존재하는 것은 확실하다고. 그러나 그것은 아무리 해도 생명보다 중요한 것은 없다고 생각하는 스바루와는 공존할 수 없는 사고방식이다.

"쿠나! 타리타 씨! 두 사람도, 같은 의견이야?!"

"……나는 홀리나 족장만큼, 생각이 극단적이진 않지만."

"——언니의 결정에 따릅니다. 그것이, 저의 의사니까."

"그, 러냐……."

의중을 질문받은 다른 두 사람도 스바루에게 바람직한 답을 돌려주지 않았다.

슈드라크다운 모습과 조금 어긋난 쿠나라면 혹시 모른다고 생각했지만 그것도 스바루의 헛다리였던 모양이다. 미젤다에게 절대복종하는 타리타는 말할 것도 없고.

그대로 교착 상태가 길게 이어질 줄 알았지만——.

"……미젤다 씨, 무기를 거두어 주세요. 그 사람에게, 아벨 씨를 상대에게 넘길 의사는 없습니다."

바로 다름 아닌 렘이 미젤다에게 단검을 거두라고 말했다.

그녀의 시선에 미젤다가 그 눈을 가늘게 떴다.

"나에게 지시하는 것이냐, 렘. 너는 『혈명의 의식』을 받지 않았다. 스바루의 소원으로 촌락에 있는 것은 허락하지만 참견을 들을 이유는 없다."

"그럼 더더욱 무기를 거두어야 합니다. 그 사람은 의식을…… 그『혈명의 의식』이라는 것을 받고 동포가 되었지요. 그것을 상처 입히는 것은 좋지 않은 행동입니다."

"음……."

미젤다는 눈에 더욱 힘을 주어 렘을 위압하려고 했지만, 의연한 대꾸에 도리어 말문이 막혔다. 결국 그녀는 단검을 허리의 칼집에 날렵하게 꽂았다.

그렇게 스바루를 해방하고 렘을 지그시 응시하다가 말했다.

"지금은 네 말이 옳았다. 하지만 또 아벨과 스바루의 의견이 갈라지면, 나는 아벨 쪽에 붙겠어. 그 점을 잊지 마라."

"그건 이 사람의 눈매가 체취만큼이나 극악하기 때문인가요."

"다소 날카로운 눈매도 애교가 있다. 하지만 나는 미형을 좋아해."

일촉즉발의 상황이 진정되지만 그 마지막 대화로서는 힘이 쭉 빠지는 대화였다.

어쨌든 스바루도 하마터면 목이 절단될 상황에서 해방되어 칼이 닿고 있던 자신의 목을 슬쩍 어루만졌다. 그리고 렘을 쳐다보았다.

"──뭔가요."

"……아니, 나를 감싸 준 거랑, 얼굴을 형편없이 헐뜯기는 중 어느 쪽에 반응하면 될지 알 수 없어서 난감해하고 있는 거야."

"얼굴에 대해선 말하지 않았습니다. 눈매 이야기입니다. 그리고 체취. 코가 삐뚤어지겠습니다. 더 멀찍이 앉아 주세요."

"이제 와서……?!"

렘의 태도가 빙하기를 맞이하고, 앉은 거리를 벌리라 요구받자 스바루가 상처 받았다.

하지만 속으로는 더 복잡한 혼란이 스바루를 괴롭히고 있었다. 실제로 그녀가 어째서 스바루를 감싸는 발언을 해 주었는지 그 진의를 모르겠다.

왜냐면, 그녀는 과랄의 여관에서 짐을 풀지 않았으니까.

"말허리가 끊겼군. 하지만 가령 네놈이 슈드라크의 눈을 피해 냈다고 해도 나를 팔아넘기겠다는 생각은 소용없을 거다."

"……끊어진 허리를 잇느라 수고하신다. 그 김에 물어보지. 어째서야."

"짧은 시간이라고는 해도 네놈 역시 도시에서 보냈지. 그렇다면 지금의 제도가 어떻게 통치되고 있는지 주워듣지 않았나?"

"제도가 어떻다니…… 아아! 그래, 그랬었지! 너……."

스바루가 무릎을 치고 무심코 일어섰다. 그리고 주위의 시선을 한 몸에 모으면서 "플롭 씨!" 하고 불렀다.

상황의 변천에 따라가지 못해 눈이 팽팽 돌던 플롭은 "응?" 하고 돌아보았다.

"뭐지, 남편 군. 솔직히 지금 나는 곤혹과 혼란이 극에 치달았어! 대화에 조금도 따라가지 못한 채로, 여러 가지로 화제가 가경을 맞이한 분위기만 느끼고 있으니까!"

"방치해서 미안하지만, 확인 좀 할게. 과랄에서 플롭 씨가 말하던, 제도의 포고…… 아니 황제의 성명에 대해서 말이야."

"황제의 성명…… 제도의 분규 이야기 말이야?"

손가락을 딱 튕긴 플롭, 그의 이해에 스바루는 끄덕였다.

과랄에서 플롭과 그런 이야기를 주고받기도 했었다. 직후 토드와 여섯 번이나 반복한 치열한 공방의 인상이 뇌에 강렬하게 새겨졌긴 해도.

"제도의 분규 이야기가 밖에 퍼져서, 그걸 해결하느라 황제가 친히 나섰다는 이야기였지? 그런 건 이례적인 발표라고……."

"그렇지. 실제로 현재의 황제 각하가 옥좌에 앉은 뒤로 처음 있는 일이야. 그렇다고는 해도 여태까지 제국을 잘 운영하던 실적이 있지. 불안은 없다마다! 볼라키아 제국 만세!"

플롭이 두 손을 들고 스바루의 옛 상처를 무의식중에 후벼팠다.

어쨌든 문제는 그 찬미가 아니라 직전에 거론한 황제의 움직임이다.

"만약 많은 사람들 앞에 황제가 직접 나온다면, 너는 어떤 입장의 누구인 게 되는 거지? 너, 자신이 머리가 이상한 정신 나간 자식이 아니라고 증명할 수 있는 거냐."

"증명이라고? 그럴 필요가 어디에 있나."

"뭐?"

한쪽 무릎을 세운 자세로 앉은 아벨이 스바루의 의심을 코웃음 쳤다. 곧장 그는 가슴에 손을 짚고는 자신의 존재를 과시하듯이 선언했다.

"적으로 돌아선 생각 짧은 자들이라면 몰라도, 일이 여기에 이르러서까지도 날 망상병에 걸린 발칙한 자 취급할 거라면, 네놈은 이 상황에 무슨 설명을 달 작정이지?"

"그건……."

"안녕만을 바라고 자신도 속이지 못하는 안이한 발상에 달려드는 것을 그만둬라. 상황과 부합하지 않는 가능성을 배제하다 보면 남는 것은 단순한 사실이다."

아벨의 주장은 엄격하지만 스바루도 지금의 논리가 궁색하다는 자각은 있었다.

눈앞의 귀면을 쓴 남자가 황제를 사칭하는 가짜이며 스바루도 『슈드라크의 민족』도 전원이 그 허언에 속고 있다. 그것은 구제할 도리 없는 전개인 데다가, 생각하기 어렵다.

실제로 아벨은 슈드라크의 힘을 이용해 스바루로부터 캐낸 정보를 구사해서 제국병과의 전투에 승리했다. 이것은 허언증으로는 치부할 수 없는 사실이다.

"하지만 그렇다면 제도의 이야기는 어떻게 되지? 직접 지휘를 잡는다는 이야기를 할 거라면 황제가 사람 앞에 나오지 않을 수는 없잖아."

"그렇다면 나오고 있겠지. 나와 닮게 한 가짜를…… 황제의 부재를 깨닫지 못하게 하기 위해, 가장 질이 좋은 그림자를 쓸 거다. ──치샤 골드다."

"치샤……?"

들은 적이 없는 이름이지만 그자가 아벨── 아니, 황제의 대역이라는 말인가.

제국주의라고 해야 할 약육강식의 생각이 숨 쉬는 국가라면, 암살에 대비해 황제가 대역을 이용하는 상황도 과연 쉽게 상상이 간다.

하지만 그 대역이 적에게 이용당해 황제가 지위를 빼앗기다니 본말전도다.

"닥쳐라, 자각은 있다."

"그러시냐, 이쪽은 덕분에 보통 민폐가 아니야. 적어도 제국만 안정적이었으면……."

스바루가 떠안은 문제는 기억이 없는 렘에게 매몰찬 대응을 받는 것만으로 끝났다.

에밀리아 일행과 합류하려 볼라키아 제국을 고생하면서 탈출하는 여행을 펼치면 되었을 터. 그것이, 무슨 팔자인지 이런 상황이다.

"저, 저기 저기 말이야, 남편 군."

그렇게 씁쓸한 표정을 지은 스바루를 플롭이 불렀다.

그는 단정한 이목구비의 미간에 주름을 잡고 꽤 급격한 각도로 목을 기울이며 물었다.

"아까부터 들으면서 생각했는데, 왠지 촌장 군과 이상한 이야기를 하고 있잖아. 솔직히, 과랄을 함락시키겠다는 농담도 놀라긴 했지만……."

"농담…… 아니, 그 점은 됐어. 저기, 플롭 씨, 설명할 생각이 었는데."

"그래, 꼭 설명해 줬으면 좋겠어! 그렇지 않으면, 나는 들은 이야기를 적당히 믿어 버리고 이렇게 결론을 내릴 수밖에 없어!"

그렇게 말한 플롭이 손가락을 척 아벨에게 겨누었다.

그리고——.

"저기 가면을 쓴 촌장 군이, 황제 각하가 아니냐는 말도 안 되는 발상으로!"

"————."

"어라, 어라, 어라? 거기서 입을 다물면 난감한 기분이 들고 만다고, 남편 군. 다행히 나는 지레짐작하는 데에 정평이 나서 말이야. 그러니까 바로 생각을 철회할 수도 있는 유연함을 갖추고 있는데……."

"네놈, 불성실을 그림으로 그린 듯한 짓을 다 하는군."

숨길 작정이라면 배려가 부족한 대화였다.

따라서 옆에서 듣고 있던 플롭도 자연히 옳은 결론으로 당도하고 만다. 그리고 플롭이 자력으로 진실에 당도한 것에, 다름 아닌 아벨이 불쾌감을 보였다.

귀면 속 아벨의 시선에 '불성실' 하다고 매도당한 스바루지만 그도 분개했다.

"내가 불성실하다고? 네가 그런 말을 할 처지냐! 애초에, 그렇게 나불나불 퍼뜨려도 될 게 아니라는 것쯤이야 나도 알아!"

"그렇다면 판단은 데려오기 전에 끝내 둬라. 네놈, 아직 상황 파악이 부족한 모양이군. 과랄에서 적에게 쫓기며 생각할 시간은 충분히 주었을 텐데."

"_____."

"옆에 자기 몸보다 소중한 것을 두고서 왜 사고에 타협하지? 자기 옆에 세울 생각이 없다면 처음부터 데리고 돌아오는 것이 잘못이다."

자기 몸보다 소중한 것이라는 말에 스바루는 옆의 렘을 생각했다.

그 뒤에 이어진 말도 스바루에게는 몸을 베는 것처럼 아팠다.

──아벨의 주장은 단순명쾌, 렘을 지켜야만 하는 입장인데 왜 대충 하느냐는 말이다.

물론 스바루에게는 대충 할 생각도, 타협한 기억도 전혀 없다.

그러나 스바루보다 훨씬 깊고 멀리 사고하는 아벨의 눈으로 보면, 스바루의 생각 따위 전혀 충분치 못하다. 부족하다. 이야기도 되지 않는다.

사정을 털어놓을 수 있을 만큼 신용하지 못하는 상대를 데려오지 말라고, 그렇게 탓하고 있다.

플롭과 미디엄을 끌어들이지 않겠다고, 그렇게 생각한 스바루의 무른 생각을 폭로해 그것이 웃기지도 않는 생각이라고 아벨은 차갑게 잘라내고 있었다.

"나는……."

"──잠시, 나도 말허리를 끊어도 괜찮을까, 촌장 군!"

스바루의 말문이 막혔지만 대신에 힘차게 플롭이 손을 들었다.

플롭은 스슥 앞으로 나서서 그 자리에 털썩 책상다리로 앉고 아벨과 마주 보았다.

"아니면, 촌장 군은 아닌 것일까. 뭐라고 부르면?"

"지금의 나에게 직함은 없다. 아벨이라고 이름 대고 있지만 좋을 대로 부르도록."

"그런가! 그럼 분위기가 있으니 촌장 군인 채로 가 보겠어."

밝게 웃은 플롭이 자신의 두 무릎을 손으로 세게 쳤다.

"내내 부정해 주지 않아서 무섭지만, 아까의 아까 이야기를 하고 싶어. 촌장 군은 나에게, 도시로 들어가는 샛길에 관해 물었는데……."

"그래, 물었다. 짚이는 곳은 있나, 상인."

"있어! 라고 대답하고 싶지만, 미안해. 그것이 과랄을 공격하기 위해서 이용된다면 대답할 수 없겠군!"

플롭이 정면으로 손바닥을 내밀고 당당한 표정으로 단언했다.

그 딱 부러지는 말투에 옆에 듣던 스바루도 눈을 크게 떴다. 귀면 너머, 아벨도 희미하게 실눈을 뜬 것이 아닐까.

그만큼 플롭의 말에는 어조로 드러나지 않는 진지함이 있었다.

"_____."

플롭은 꽤 엉뚱한 언동이 눈에 뜨지만 머리가 나쁜 것은 아니다.

그도 눈앞의 아벨의 정체가 지엄한 입장에 있는 인물이라고 추측하고 있다. 긍정도 부정도 받지 않아서 확신에 가까운 추측이라고 할 수 있을 것이다.

즉, 그는 황제로 추정되는 상대에게 'NO'를 들이댔다는 뜻이다.

"……그것이 어떤 의미를 띠는지, 네놈은 알고 있는 것이냐?"

"물론이다마다, 그 누구도 아닌 촌장 군이여. 나는, 싸움이 된다면 그것을 거부하겠어. 나 자신의 지식으로 누군가를 해치는 일도 피하고 싶어."

"몽상이군. 현실적으로 해칠 뜻이라는 것은 네놈의 사정일랑 감안하지 않고 덮쳐든다. 그 전부에 손바닥을 내밀고 물러나라고 청할 건가?"

"필요하다면!"

"실행한다 해도, 성과는 없다. ——여기는 늑대의 나라다."

그렇게 단언하는 아벨의 온몸에서 차갑고 찌르는 듯한 귀기가 흘러나왔다.

그것은 힘이 많고 적음이 아니라 존재로서의 크기 차이에서 발현하는 무시무시한 압박감이었다. 싸우면 아벨을 압도할 수 있을 렘도, 슈드라크의 민족들도 숨을 집어삼키며 몸을 굳혔다.

당연히 스바루도 호흡이 위태로워질 만큼 위압당했다. 플롭도 예외가 아니다.

그러나 플롭은 황제의 귀기를 받으면서도——.

"늑대의 나라라고 해도, 양도 살고 있지. 나는 늑대가 엉덩이를 물려고 들면 수레에 타고 여동생과 같이 도망칠 거야. 오늘까지 그것을 반복해 왔다네, 촌장 군."

얼굴을 푸들거리지만 그럼에도 웃음을 잃지 않은 플롭의 항변.

그 말을 들은 아벨로부터 뿜어지던 귀기가 갑자기 풀렸다. 곧장 집회장을 휘어잡던 압박감이 소실되고 스바루도 호흡할 자유를 되찾았다.

하지만 숨을 돌릴 여유가 생겨도 스바루에게 마음의 여유는 돌아오지 않았다.

"프, 플롭 씨……."

스바루가 갈라진 숨결로 부르자 힐끔 시선을 주는 플롭의 웃음이 눈부시다.

쓴웃음에 가까운 뉘앙스지만 플롭의 옆얼굴에 후회는 없었다. 하지만 그에게 후회가 없었다고 해도 그를 데려온 스바루의 가슴에 후회는 격화될 뿐이다.

여하튼 플롭은 정면으로 볼라키아 황제에게 반론한 것이다.

그것을 구실로 노염을 사면, 슈드라크를 관장하는 아벨은 플롭의 신병을 어떻게든 할 수 있다.

그러나 그런 스바루의 불안과 정반대로──.

"──실실거리는 말투와는 달리 심지가 굳어 보이는군. 성가신 작자구나, 상인."

"그럴까. 이래 봬도 호감을 사는 생김새라고 자부하고 있는데 말이야!"

"공감해."

귀기를 거둔 아벨은 플롭에게 그 분노의 창끝을 겨누지 않았다.

그에 대해서 플롭도 위험한 줄타기를 했다는 자각이 있는지 없는지 모를 대답을 하고 있다. 미젤다의 발언에는 노코멘트.

어쨌든 간에, 놀랄 만한 대화였다. 플롭의 강심장도, 그것을 좋게 받아들인 아벨의 태도도. 철석같이──.

"──아벨 씨는, 좀 더 자기 뜻이 강한 분일 줄 알았습니다."

"잠깐, 렘?!"

스바루의 가슴속을 반영한 듯한 렘의 한마디에 무심코 눈을 부릅떴다.

뜻밖이라 생각한 것은 사실이지만, 그 점을 언급해도 얻을 것은 없다는 생각에 하지 않은 말이었다. 그것을 렘이 거론하자 아벨의 귀면이 그녀를 보았다.

"얕보였나 보군. 애초에 너는 내가 뭘 하리라고 생각한 거지?"

"……틀림없이 고통을 주어 캐내는 정도는 하지 않을까 했습니다."

아벨의 물음에 그렇게 대답한 렘은 자기 인상에 지나치게 정직했다.

하지만 스바루도 생각이 없지 않던 선택지다. 아벨이 플롭을 자기 뜻에 따르도록 하려면, 슈드라크에게 명령해서 고문 같은 짓을 해도 이상하지 않다.

하지만 아벨은 그 말에 어깨를 으쓱이고 "헛수고다." 하고 대답했다.

"확실히, 때로 고통은 최상의 교섭 수단이 되지만 그런 식으로 캐낸 정보의 확실성은 무섭도록 연약하지. 인간이란 눈앞의 고통에서 벗어나기 위해서라면 태연하게 거짓말을 한다."

"———."

"그리고 그 경우, 자신이 목숨 걸고 방패가 되겠다는 듯한 눈빛이군."

아벨은 빤히 자신을 응시하는 렘의 시선을 그렇게 평가했다.

처다보니 렘의 굳은 표정에는 사랑스러움을 덧칠할지도 모를 비장함이 있었다. 그 옆얼굴은 아벨의 촌평이 사실이라고 여실히 설명하고 있었다.

"확실성이 낮은 정보를 얻기 위해서 세력을 줄이는 우행은 무릅쓰지 않는다. ──따라서, 교섭이다."

"교섭?"

"상인, 네놈이 가진 지식을 사겠다. 그걸 위한 교섭을 해 보지."

세운 무릎을 내리고 털썩 책상다리로 고쳐 앉은 아벨이 말했다. 그 말에 눈이 동그래진 플롭이 웃음을 머금은 채로 아벨과 마주 보고──.

"교섭이라고 들으면 상인의 피가 끓는 법이지! 하지만 분명히 말해 두겠어! 나는 아주 고집이 세. 설령 머리를 쪼개도 승복할 수 없는 일이라면 승복하지 않아!"

그렇게 호언장담했다.

4

"머리가 쪼개진다는 말은 조금도 웃을 수 없어. ……웃을 수 없다고, 플롭 씨."

직전의, 교섭 전쟁을 시작한 플롭의 큰소리를 떠올린 스바루가 쓸쓸한 표정을 지었다.

플롭에게 그럴 의도는 없었겠지만 실제로 그 머리가 쪼개지는 모습을 두 번이나 본 스바루에게는 기습과 같은 말이었다.

"———."

눈을 가늘게 뜬 스바루가 조금 떨어진 언덕에서 집회장 쪽을 바라보았다.

집회장 안에서는 지금도 아벨과 플롭의 '거래 상담'이라는 이름의 교섭이 이루어지고 있다.

과랄 함락을 위한 실마리를 원하는 아벨과, 그러기 위한 지식을 밝히려고 하지 않는 플롭의 구도다. 스바루가 집회장을 떠나 있는 것은 사실상의 전력 외 통보를 아벨에게 전달받아서였다.

분하기는 했다. 하지만 스바루는 그 자리에 머무를 이유를 제시할 수 없었다.

"——교섭, 오래 끌고 있나 보네요."

"———."

수치스러운 마음을 품은 스바루, 그 등에 낯익은 소녀의 목소리가 닿았다. 낯익긴 해도 얼마든지 듣고 싶어지는 목소리.

그러나 그것은 스바루가 평시의 심경이었을 때의 이야기다.

"렘……."

뒤돌아보니 완만한 언덕의 비탈에 지팡이를 짚은 렘의 모습이 있었다. 바라보는 그녀의 눈길에 스바루는 꿰뚫린 것처럼 어깨를 움츠렸다.

이렇게 렘과 마주 보고 있는데, 마음은 들뜨기는커녕 차갑게 식어간다.

이유는 명백해서, 『슈드라크의 민족』의 촌락에 돌아올 때까지의 며칠 동안 아벨에 대한 분노를 구실로 눈을 피하던 사실——

과랄에서의, 납득이 가지 않는 렘의 행동에 있었다.

싫은 것으로부터 눈을 돌려 임시방편으로만 때우는 데에도 한계가 있다. 결국 언젠가는 그에 따라잡혀 속수무책으로 마주 보는 처지가 되는 것이다.

이렇게 지금 렘의 절실한 눈과 마주 볼 수밖에 없는 것처럼.

"아벨 씨가 무슨 말을 해도 양보하지 않더군요. 플롭 씨는 뜻밖에 완고한 사람이네요."

"……그래, 훌륭한 사람이야. 자신의 지식으로 누군가를 상처 입히는 데 일조하고 싶지 않다고, 슈드라크의 사람들에게 포위당하고서 그렇게 말할 수 있는 배짱도 대단해."

교섭의 추이를 한동안 지켜보았지만, 플롭의 완고함에 대화는 평행선이었다. 아벨도 가능한 한 인적 피해를 줄이겠다고 양보하지만 결정타가 되지 않는다.

하지만 플롭의 고집스러운 태도에 스바루는 안도도 하고 있었다.

싸움을 꺼려 아벨에게 정면으로 반론하는 사람이 자신 말고도 있어 주어서.

그러나——.

"훌륭한 사람이라고, 그렇게 단순하게 말할 수 있는 상황은 아니라고 생각합니다."

"……뭐?"

플롭을 긍정적으로 보는 스바루와 대조적으로, 렘은 조용히 그렇게 말했다. 얼떨결에 눈을 크게 뜬 스바루 앞에서 렘은 표정을 바꾸지 않은 채로 고요한 눈초리로 말을 이었다.

"자신의 지식으로 누군가를 상처 입히고 싶지 않다. 그 마음은 이해합니다. 하지만 플롭 씨가 지식을 밝히지 않아 결과적으로 생기는 피해는? 그것도, 지식이 상처 입혔다고 할 수 있지 않을까요?"

"그것은…… 궤변인 셈이잖아. 플롭 씨가 말하지 않아서 생긴 피해까지 전부 플롭 씨에게 뒤집어씌우는 건 그냥 트집이야."

"그러네요. 하지만 어디까지고 도망친다는 것은 현실적이지 않다고 생각합니다."

여기가 늑대의 나라라고 선언한 아벨에게 양은 도망친다고 선언한 플롭.

그것이 몽상이라고 렘은 비관적으로──── 아니, 현실적으로 논했다. 렘도 과랄에 발길을 옮긴 사람. 제국병의 집요함은 몸에 사무쳤다.

그 가혹한 추적을 앞으로도 뿌리칠 수 있느냐 렘은 묻고 있는 것이다.

"그래도 잠깐. 잠깐만, 렘. 네가 하는 말은 엉망진창이야. 너도 싸움은 싫다고 그랬었잖아. 그런데 너의 그 말투는……."

"────────."

"마치, 싸우는 것을 받아들인 것 같은 말투야."

목이 떨려서 스바루는 말이 제대로 나오지 않았다.

하지만 눈은 입만큼 웅변한다는 말이 있듯이, 이때 스바루와 렘이 나누는 위태로운 대화는 말만이 아니라 그 눈길도 심정을 설명하고 있었다.

스바루에게는 거기에 깃든 비장한 기색이 아벨에 대해서 플롭을 감싸듯이 반론했을 때와 같은 것처럼 보였다.

"……너를 이해할 수 없어서, 나는 힘들어."

렘의 태도를 본 스바루는 가슴속에 떠오른 감정을 그대로 토로했다.

렘이 깨어나서 진심으로 기쁘다.

기억이 돌아오지 않는 슬픔은 어떠한 해결 수단이 발견될 거라고 믿고 있다.

하지만 누구든 진심으로 기댈 수 없는 제국 내에서, 에밀리아 일행에게로 데리고 돌아가야만 하는 렘의 비협력적인 태도는 스바루의 발을 칼날처럼 찌르는 것이다.

그때마다 아픔에 무릎을 꿇어 버릴 것만 같다.

"……너는 과랄의 여관에서 짐을 풀지 않았었지. 덕분에 도망칠 때까지 시간을 단축할 수 있었지만 내내 마음에 걸렸었어."

"그건……."

"여관에 도착하면 대부분의 사람은 몸을 쉬거나, 짐을 정리하는 법이라고 생각해. 그야, 네가 거기에 해당하지 않을 가능성도 있긴 하지. 하지만……."

그 뒷말은, 입에 담고 싶지 않았다.

눈을 돌린 채로 있을 수 있다면 그러고 싶었지만, 이해할 수 없는 렘의 태도에서 언급하는 것을 피할 수 없다고 느낀 지금, 마냥 눈을 돌릴 수 없었다.

그러니까——.

"하지만 너는 또, 내게서 도망치려고 했던 거구나."

"＿＿＿＿＿＿."

렘의 침묵이 꽂혀서 스바루는 자신의 마음이 피를 흘리는 것을 느꼈다.

하지만 한 번 뜯은 딱지는 이미 쓸모가 없다. 피가 흘러 상처가 노출되는 것도 개의치 않으며 완전히 벗길 수밖에 없다. 아픔을, 참고서.

"나를…… 나를 믿을 수 없는 것은, 됐어. 괴롭지만, 이해해. 기억이 아무것도 없는 상태에, 너에게 나는 용서할 수 없는 녀석의 냄새가 나고 있고, 믿으라고 말할 수 있는 근거가 아무것도 없잖아. 나를 믿을 수 없어서 멀리하고 싶은 이유는 이해할 수 있어."

"＿＿＿＿＿＿."

"하지만 네가 돌아오길 기다리는…… 너를 소중히 여기는 사람이 있는 것은 정말이야. 내가 밉다면, 말하지 않아도 돼. 손을 뿌리쳐도 참을게. 하지만 멀리 가려고 하진 말아 줘."

"＿＿＿＿＿＿."

"부탁이니까 나를……나를, 너의 인생에서 틀어막지 말아 줘."

그렇게 애원하는 목소리는 떨고 있고, 눈은 솟구친 눈물로 흐릿했다.

——렘 앞에서는 어쩔 수도 없이 한심한 모습을 드러내고 있다.

에밀리아와 베아트리스, 다른 동료들에게는 결코 보여 줄 수 없는 모습이다.

적어도 스바루는 그것을 의도적으로 동료들에게 보여주지 않으려 노력해 왔다. 실제로 그것이 이루어졌는지는 몰라도, 그래왔다.

자신이 약한 모습을 보여 주는 것은 렘 앞뿐이라고, 그렇게 결심했었으니까.

하지만 그것은 기억이 없고 기댈 곳이 없는, 낯선 땅에서 불안한 마음을 하고 있는 렘에게 나츠키 스바루라는 무거운 짐을 지우고 싶다는 의미는 결코 아니다.

"_____."

볼썽사나운 스바루의 애원을 듣고 렘은 아무 말도 해 주지 않았다.

그럼에도 스바루는 맺힌 눈물로 뿌예진 시야를 그녀에게서 떼지 않았고, 그녀 또한 스바루로부터 시선을 피하려 하지 않았다.

그리고 잠시간의 침묵이 둘을 감싸다가───.

"───당신을."

"_____."

"당신을, 단념하려고 했던 것은, 아니에요."

그렇게, 렘은 더듬더듬 말을 가리면서 입을 열었다.

그것은 여기까지 렘이 스바루에게 한 번도 보여 주려고 하지 않던 태도였다.

경계할 대상인 스바루를 배려해 상처를 주지 않으려는 발언.

그것도 궁색하게 둘러대는 말이 아니라는 믿음을 주는 어감이었다. 어쩌면 그것도 스바루의 단순한 희망일지 모르지만.

"너는……."

그 가냘픈 희망, 매달려서는 안 될 실가닥을 의존해 말을 가리려던 스바루.

렘이 무엇을 생각하고, 무엇을 희망해, 무엇을 믿고 그 말을 입에 담았는가.

그 답을 알아야 하는지도 모르면서, 그저 렘과의 대화를 끝내고 싶지 않은 한마음으로 스바루는 말을 이으려 했다.

그러나——.

"아—우—!!"

"끄억?!"

그보다 먼저 허리를 충격이 덮쳐서 스바루의 몸이 언덕에 나뒹굴었다.

직전의 분위기가 박살 나고 정신을 차리지 못하는 스바루가 무슨 일인지 고개를 내저었다.

"루! 스 위에 올라타는 거 좋지 않아! 우는 말렸다. 루가 멋대로 했다."

"우, 우타카타……? 그렇단 말은, 이건……."

악의 없는 표정으로 그렇게 변명한 것은 슈드라크의 소녀, 우타카타였다. 그리고 그녀가 보는 쪽, 스바루의 가슴 위에 올라탄 금발 소녀는——.

"이쪽은 중요한 이야기 중이야. 당장 내려와."

"아—?"

스바루 위에 엉덩이를 실은 채로 루이가 볼을 찰싹찰싹 때렸다. 스바루는 그 손을 귀찮은 듯 쳐내고 코앞에서 루이를 노려보았다.

"아는 무슨 아야. 우타카타, 부탁해."

"스의 부탁이니까 듣겠어. 우, 현모양처."

말뜻을 알기나 있는지, 우타카타가 루이의 팔을 잡아 일으켜 세웠다. 단지 루이는 심히 불만스러운 눈치라, 몸을 일으킨 스바루는 깊은 숨을 내뱉었다.

"결국, 네가 대체 뭐냐는 답도 나오지 않았는데……."

대죄주교, 사악한 존재, 『폭식』 루이 아르네브.

눈앞의 소녀를 수식하는 말은, 악담과 험담이라면 얼마든지 떠오른다. 하지만 그 전부가 맞아떨어지는 존재였던 그녀와 눈앞의 소녀는 겹치지 않는다.

그 사악한 소녀는 스바루를 구하거나, 염려하거나, 천진하게 웃어 주지 않았었다.

하지만──.

"루이."

"우─!"

그렇게 불린 루이가 활짝 얼굴을 펴고 렘에게로 달려갔다.

지팡이를 짚은 렘에게로 뛰어드는 요령을 배웠는지, 기세가 과하지 않은 루이의 돌진을 받아낸 렘은 그녀의 머리를 다정하게 쓰다듬고 있었다.

복잡한 기분이다. 렘이 이렇게 된 이유의 일부를 담당하는 『폭식』의 대죄주교인데.

"당신의 그 눈이……."

"앙?"

"당신의 이 아이를 보는 눈이 저를 혼란하게 합니다. 이 아이는 당신을 이렇게나 따르고 있는데, 당신은."

루이를 허리에 매단 채로 중얼거린 렘의 말에 스바루는 침묵했다.

그것은 아까 이어지지 않던 말의 뒷부분인가. 밝혀지려던, 렘의 진의.

하지만 아무리 기다려도 렘에게서 그 뒷말은 나오지 않아 스바루는 눈을 감고——.

"……너는, 내가 어떻게 해 줬으면 하는 거야."

간신히 내뱉은 말은, 끝내 추태의 극치라고나 해야할 소리였다.

그것은 답을 렘에게 떠넘기는 비겁한 말이다. 하지만 스바루가 선택한 말과 행동을 전부 렘이 쳐낸다면 이것밖에 없었다.

렘이 무엇을 바라고, 어떻게 해 주길 바라는가. 그것을 직접 묻는 것이다.

그러고서 렘이 끄집어낸 답이 스바루에게 이룰 수 없는 일이라면 그때야말로 관계의 단절일지도 모른다고, 그렇게 겁내면서 물었다.

그런 스바루의 물음에 렘은 잠시 숨을 죽였다.

"……싸움이 나는 것은, 싫어요."

그리고 그렇게 말했다.

그것 자체는 스바루도 이해할 수 있다. 실제로 렘은 제국의 야영지가 불탔을 때도, 그것을 스바루가 주도했다고 생각해 아주 매섭게 덤벼들었다.

렘은 싸움을 바라지 않는다. 좋아하지 않는다. 그 점은 분명하다.

그러니까 그 주장은 아무것도 변하지 않았다고 잘 이해할 수 있었다.

그러나 그렇게 수긍하려던 스바루에게 렘의 말이 다시 이어졌다.

"하지만 계속 도망칠 수는 없다고도 생각합니다. 플롭 씨의 말은 현실적이지 않다고. 그리고……."

"아벨의 의견도 긍정할 수 없다?"

"……네."

렘이 살짝 끄덕여 스바루의 물음에 수긍했다.

그, 쭈뼛거리는 긍정. 그것은 렘 자신도 본인이 황당한 말을 하고 있다고 자각한다는 증거다. ——당연한 노릇이다.

싸우고 싶지 않다는 플롭의 의견을 긍정하면서, 싸울 수밖에 없다는 아벨의 의견에도 찬동한다. 그것은 기회주의자의 화신이라고 할 만한 사상이다.

솔직히 스바루도 그런 줏대 없는 의견이 통한다면 얼마나 좋을까 생각한다.

싸우고 싶지 않다. 하지만 싸워야만 한다.

사람의 생명을 빼앗고 싶지 않다. 그래도 빼앗을 수밖에 없는 싸움을 목전에 두고 있다.

그런, 생명을 둘러싼 양면성과 부딪쳐야만 한다면.

"당신이라면……"

"엉?"

쓸쓸한 표정을 짓고 렘이 품고 있는 상반된 생각에 찬동하는 스바루. 하지만 그렇게 고뇌를 품고 있는 스바루에게 렘은 루이를 안은 채로 연청빛 시선을 보냈다.

그리고 숨을 집어삼키는 스바루에게 다시 한번 작게 결의를 굳힌 것처럼——.

"——당신이라면, 어떻게 할 수 없나요?"

마치 매달리듯이 물었다.

그 말을 들은 순간, 스바루는 마치 벼락에 맞은 것처럼 몸을 굳혔다.

그것은, 그것은 너무나도, 너무나도 말도 안 되는 물음이었다.

자신을 비겁하다고, 겁쟁이라고, 그렇게 정의한 스바루와 비교해도 지독한 물음.

싸우고 싶지 않은 마음과, 싸울 수밖에 없다고 알고 있는 마음, 그중 어느 한쪽의 선택지도 아닌 제3의 답. ——렘은 그것을 스바루에게 바라고 있다.

어째서인가. 모든 것을 잊어 나츠키 스바루에 대한 신뢰와 사랑을 잃고, 스바루를 에워싼 악취를 이유로 경계와 혐오를 품은 그녀가, 어째서 스바루에게 그것을 묻는다는 말인가.

어째서, 렘은 스바루에게 애원하는 눈길을 보내는 것인가.

"_____."

그렇게, 지독하게 일방적인, 이기적이라고도 할 수 있는 물음이 나츠키 스바루를 뜨겁게 달구었다.

분노를 느끼고, 목청 높여 욕하며, 그녀의 어리광을 규탄해도 분명히 용납될 것이다.

그만큼 렘이 고른 선택은 자기중심적인 것이었다.

하지만 그 순간의 스바루에게 움튼 것은 영혼 밑바닥에서 샘솟는 사명감이었다.

"나는……."

싸워야만 한다. 저항해야만 한다.

지금 있는 현실을 쳐부수어야만 한다고, 그렇게 느꼈다.

싸움을 기피해 지식의 공개를 거부한 플롭 오코넬.

피할 수 없는 싸움을 대비해 생존을 쟁취하고자 하는 빈센트 아벨쿠스.

처한 상황 속에서 필연적이라고 할 수 있는 선택지를 움켜쥔 두 사람.

그 두 사람과 다른 답을, 길을 찾아내야 하는 나츠키 스바루.

그것은 어째서인가. 그것은——.

"——내가, 렘이 믿은 영웅이기 때문이지."

그리고 포기할 줄 모르는 것만을 무기로 삼아 이 이세계에서 싸워 온 남자이니까.

오늘까지 나츠키 스바루를 걷게 한 것은 고작해야 국경을 넘은 정도로 통하지 않게 되는 철학이 아니다. 그렇게 믿는다.

에밀리아와 만나서 구원받고, 에밀리아를 구원하기 위해서 달려온 나날이.

베아트리스의 손을 잡고 금서고에서 데리고 나와 함께 있겠다고 결심한 맹세가.

렘을 구원하고 구원받아서, 사랑받아서, 그 믿음과 사랑에 부응하겠다고 자기 자신을 정의한 지금이.

──이 제한된 상황을 바꾸어 보라고 나츠키 스바루의 피를 뜨겁게 달구었다.

무언가, 무언가가, 무언가가 있는 것이 아닌가.

루그니카 왕국에서 보낸 나날이, 볼라키아 제국에 날아온 뒤의 나날이, 만난 사람들이, 대치한 적이, 옆에 선 누군가가, 저 너머에서 기다리는 누군가가 재료가 된다.

생각해라, 사고해라, 상상하고 있을 수 있는 가능성을 거머쥐어라.

이, 존재하는 모든 인간이 자신보다 뛰어난 세계 안에서 나츠키 스바루에게 유일하게 남겨진 싸울 수단── 그것은 아득바득 살려는 근성과 약아빠진 머리뿐이다.

그렇다면, 그렇다면, 그렇다면, 그렇다면──.

"──아."

무력감에 얻어맞고 패배감에 지배당해 속수무책으로 집회장을 떠났던 스바루.

그런 스바루의 뇌리에 전격적으로 떠오른 발상이 있었다.

그것을, 질 나쁜 장난 같은 가능성을 더듬더듬 끌어당기고. 스바루는 확고한 계획으로 승화할 수 있을지 진지하게 음미한다.

"_____."

그렇게 침묵하는 스바루를 렘의 눈이 가만히 바라보고 있다.

그녀는 떠들려고 하는 루이의 입가에 손을 대고, 옆에서 갸우뚱하는 우타카타가 쓸데없는 말을 흘리지 않게 억누르면서 스바루를 바라본다.

기억이 없을 터인 그녀가, 기억이 있었을 적과 같은 눈초리로.

나츠키 스바루가, 다른 사람이 다다를 수 없는 해답에 다다를 거라고 믿는 것처럼.

그리고——.

"——렘."

입가에 손을 짚은 채로 중얼거린 스바루의 말에 렘이 자세를 바로 했다.

대답은 없다. 그것을 바라고 있지 않다는 점을 어째선지 그녀도 이해해 주고 있었다.

하지만 그런 렘의 반응을 깨닫지 못한 채로, 스바루는 조용히 숨을 죽이고 말을 이었다.

"나라면 어떻게 할지, 그 답을 찾아냈어."

5

성큼성큼 딱딱한 흙을 밟으면서 나아가 집회장의 문을 밀어젖혔다.

그리고 모습을 보인 스바루를 본 귀면의 남자가 불쾌하다는 듯이 콧방귀를 뀌었다. 마치 부르지도 않았다는 듯한 태도로.

"뭐냐, 나츠키 스바루. 건설적인 의견을 내지 못하는 네놈이 나올 차례는 없다."

실제로 부르지도 않았다는 말을 들었음에도 스바루의 발은 멈추지 않았다.

플롭의 불경을 허락해도 신념이 없는 스바루의 불경은 허락할 것 같지 않은 아벨. 그에게로 가서 그 두려운 귀면을 정면으로 내려다보았다.

"이야기에 진전은 있었냐, 오만한 자식."

스바루는 손을 뻗어 억지로 아벨의 얼굴에서 귀면을 벗겼다.

그 망설임 없는 행동에 미젤다와 다른 슈드라크도 눈을 크게 떴다. 처음으로 아벨의 민낯을 목격한 플롭 또한 말할 필요 없다.

하지만 그 반응들은 눈에 들어오지 않는다. 스바루의 물음에 아벨은 등줄기에 한기마저 치닫는 마의 용모를 매몰차게 일그러뜨리고 "아니." 하고 작게 고개를 가로저었다.

"교섭은 난항 중이다. 생각 외로 이 상인은 완고하더군."

"그러냐. 그렇다면 꼬시는 재주가 형편없는 너를 대신해 내가 꼬셔 주마."

"뭣이?"

고운 눈썹을 찌푸리고 그렇게 중얼거린 아벨의 얼굴을 스바루는 고소한 기분으로 내려다보았다.

그리고 스바루는 플롭 쪽으로 돌아섰다.

단정되지는 않았다고 해도 황제로 추정되는 자와 정면으로 겨루고 있던 플롭은 스바루의 표정과 태도의 차이에 당황하면서도 "남편 군?" 하고 스바루를 불렀다.

그리고 각자 다른 모양의 의혹을 띤 두 사람에게 스바루는 선고했다.

그 내용은——.

"——과랄에 무혈입성할 계획이 있어. 피가 흐르지 않는 싸움이라면, 서로 타협할 방안이 생기지 않을까?"

막간 『지크르 오스만』

1

──볼라키아 제국 이장, 지크르 오스만은 '호색한'이라는 별명으로 유명하다.

색마, 색광, 애욕의 사도 등 그를 칭하는 말은 다양하며, 장병의 존경을 쟁취해야 하는 제국 군인으로서 불명예스럽기 그지없는 멸칭이라고 할 수 있으리라.

그러나 지크르 오스만 본인은 이 '호색한'이라는 호칭을 마음에 들어 하고 있었다.

──아니, 긍지로 여긴다고 해도 과언이 아니다.

왜냐하면 그가 '호색한'이라고 불리기 이전의 별명을 진심으로 싫어하고 있었기 때문이다.

군인으로서 그런 별명으로 불리는 것은 견디기 어려운 굴욕이었다. 그렇기에 장병들로부터 그 별명을 잊게 해 준 '호색한'의 칭호를 그는 자랑스럽게 내세우고 있다.

애초에 '호색한'이라고 해도 지크르의 그것은 소위 난봉꾼이라거나, 여성을 낮추어 본다는 부류의 남자의 나쁜 버릇과는 취지가 다르다.

오스만 가문은 대대로 제국 군인을 배출해 온 집안이지만, 지크르의 대에는 피가 편중되어 어째선지 가족에 여자밖에 없는 상태였다. 누나가 네 명, 여동생이 여섯 명인 환경에서 나고 자란 지크르는 남자 형제가 한 명도 없는 어린 시절을 보냈다.

그 환경에서 그는 기적적으로 모든 여자를 신성시하는 가치관을 체득한 것이었다.

귀여운 남동생이자 다정한 오빠인 그를 놔주는 것을 슬퍼하는 많은 누이와 떨어져 젊은 나이에 제국 군인으로서의 길을 걷기 시작한 그는, 처음으로 밖의 여성과 접촉하고 폭발했다.

이후로 지크르 오스만에게 여자란 이상과 현실의 틈바구니에 존재하는 물거품 같은 꿈의 존재이자 애증이 섞인 금단의 과일이 된 것이다.

많은 지배적인 제국의 남자와 달리 여자에게 헌신하고 헌신받는 것을 옳게 보는 지크르. 그 자세는 적절한 용병(用兵)과 무난한 전승을 거듭하는 그에게 쏠리는 질투 및 모멸과 겹쳐져 '호색한'이라고 수군대는 원인이 되었다. ──하지만 지크르는 그 별명을 숙원으로 삼았다.

'호색한', 아주 좋지 않은가. 애초에 여자를 싫어하는 남자보다 좋아하는 남자 쪽이 많으니까 많은 장병과 대화를 나눌 기회도 생기는 격.

그렇게 맺고 끊은 지크르의 자세는 미혹이 없으며, 또한 그런 상관의 기호를 아는 부하들도 자연히 '호색한'이라고 우러름

받는 그를 존경했다.

―― '호색한'이라고 불리면서도 제국 이장의 지위를 얻은 것이 지크르 오스만.

황제 자리에서 쫓겨난 황제의 숨통을 끊고자, 정적이 허용되는 범위의 권한 중에서 선택한 최선수가 바로 이 남자였다.

그것이 '호색한'이라고 불리는 위협적인 범장(凡將), 지크르 오스만이었다.

2

처음부터 어딘가 수상쩍은 감이 감도는 원정이라고 지크르는 예감하고 있었다.

제국 동부에 존재하는 바드하임 밀림, 그 주변에서 제국군의 연습이 시행되는 것은 매년 있는 일이었지만, 올해는 그 개최 시기가 앞당겨진 것과 지크르를 포함한 일부 장교에게만 통지된 원정의 목적――『슈드라크의 민족』과의 교섭이 그 예감을 뒷받침했다.

"바드하임에 숨어 사는 『슈드라크의 민족』……."

바드하임 밀림에서 사는 선주민족이자 오랜 역사가 있는 것으로 유명한 부족이다.

좀처럼 밀림에서 나오지 않는 것으로도 유명해서, 지크르도 직접 조우한 적은 없다. 다만 여자 부족이라고는 들어서 한번 구경해 보고 싶었다.

그렇기에———.

"예속을 맹세토록 하거나, 멸망시키라니…… 제도에서는 무슨 생각을 하고 있는 거냐."

그것이 원정을 떠나기 전 지크르가 비밀리에 받은 명령이었다.

제도 루프가나로부터 이번 원정의 진짜 목적은 『슈드라크의 민족』의 회유, 혹은 격멸에 있다는 단언을 들었다. 무슨 착오가 아닌지 확인했지만 제도의 답변은 동일해서 지크르도 승복할 수밖에 없었다.

다만 제도 쪽에도 뭔가 문제가 일어났다는 이야기는 주워들어서 그것이 이번 원정의 목적과 관련되었다는 것은 상상이 갔다.

그 점은 원정의 목적을 숨기고, 장병들에게 덮어 둔 채로 수행하라고 명령받은 사실로 보아도 명백하다. ———황제 각하가 무엇을 생각하시는지 지크르는 알 수 없다.

"하긴, 누구라도 그분의 속내를 읽을 수는 없겠지만."

———신성 볼라키아 제국 제77대 황제, 빈센트 볼라키아.

그것이 이 제국을 다스리는 정점의 이름이며, 제도 루프가나의 수정궁에서 넓은 국토 전체를 내다보고 있다는 현대 최고봉의 현인이다.

강자가 약자를 먹으며 탐욕스럽게 상승하는 것을 필연으로 보는 제국주의.

곳곳에 다양한 부족이 봉기해 내란의 불씨가 타오르는 것이 일상적인 세계에서, 빈센트는 온갖 문제가 대화재로 번지기 전에 쳐부숴 왔다.

그 치세가 시작되고 8년, 볼라키아 제국은 놀랄 만한 안정 속에 있다.

피도 흐르고, 화마도 오르며, 생명은 사라진다.

그래도 지금 세상은 볼라키아 제국이 시작된 이후로 처음인 평온한 세대였다.

그렇기에 『슈드라크의 민족』을 상대하는 철저한 자세는 지크르의 미간에 주름을 새겼다.

싸움의 총아임에도 어딘가 싸움을 기피하는 황제 각하의 지휘. 그것은 황제 각하가 전쟁을 꺼리는 것이 아니라 전쟁을 하찮다고 간주하는 까닭에 나온 판단이지 않은가, 지크르는 멋대로 그런 상상을 품고 있었다.

그 상상을 배신당한 것 같으니 이런 기분이 드는 것일까.

"──아니, 그렇지는 않습니다, 지크르 이장. 각하의 생각은 잘 압니다. 저도 일개 병졸의 입장임에도 여러 가지로 생각하는 바는 있으니까요."

그렇게 호감이 가는 웃음과 함께 이야기를 들어 준 것은 일반 병 중 하나였다.

이번 원정의 거점으로 주둔한 성곽도시 과랄, 그 술집에서 보내는 한때였다.

지크르는 여자와 함께 보내지 않는 밤에는 이렇게 부하와 술을 마시는 것을 좋아했다. 그것도 수행원인 상급병이나 삼장보다 더 하급인 일반병과 마시는 것을 말이다.

물론, 병사 대다수는 굳이 상관하고 술을 같이 마시고 싶지 않을 것이다.

　애초에 지크르는 동행하는 부하의 생각 및 기호를 파악해 두고 싶어서 원정을 떠날 때마다 이런 의식을 선호했다. ——다만 이날 밤은 조금 이야기가 과했을지도 모른다.

　이날, 같이 술을 마신 일반병은 유독 말주변이 좋아서 대화에 탄력이 붙는 인물이었다.

　술을 마시면서 항상 호기심 왕성하게 주위를 둘러보고 있어서 무슨 생각을 하고 있는지 물어보니, 반사적으로 술집이 전장으로 변했을 때를 상정하고 있다고 농담을 말한다.

　모든 곳이 전장이란 마음가짐이라며, 상관 상대로 기죽지 않는 태도. 그런 제국주의와 개인적인 인간성에 대한 호의가 겹쳐져 말할 것이 아닌 부분까지 말하고 말았다.

　『슈드라크의 민족』에 대한 밀명도, 명언이야 하지 않았지만 짐작은 갈 모양새로 발설했다는 감촉이 있었다.

　만약 이것이 다른 나라의 끄나풀이라면 지크르는 극형감일 실수였지만.

　"걱정하시지 않아도 저는 내일에라도 각하의 명령으로 최전선…… 그야, 윗분들께는 여러 가지로 의도가 있으시겠지만, 저하곤 관계가 없는 일이죠."

　취기가 흐려져 제정신을 차린 지크르가 안도하게끔 일반병이 말했다.

　그리고 그 말대로 원정에서 최전선이 되는 진지, 바드하임 밀림과 인접한 야영지로 출발했다.

그 사실을 확인해 도시에 남으면서 지크르는 새삼 가슴의 응어리를 다시 봤다.

『슈드라크의 민족』를 상대하는 철저한 자세, 예속이냐 죽음이냐를 강요하는 제도의 명령이지만, 지크르는 최대한 설득할 자세를 관철하고자 생각했다.

그것이 지크르가 믿던, 황제 각하의 신념에 가깝다고 생각해서.

하지만──.

"──슈드라크의 습격을 받고, 진지가 불탔다고?"

생각지도 못한 보고를 받은 지크르는 접수한 도시청사에서 아연실색했다.

어젯밤까지 『슈드라크의 민족』에 대해서 가능한 한 편의를 꾀해 싸움이 아닌 형식으로 그녀들 부족을 흡수하려 생각하자마자 생긴 일이다.

바드하임 밀림의 서쪽에 전개한 진지, 여러 곳 있는 그것이 『슈드라크의 민족』에게 습격당해 병사들은 반격도 뜻대로 못한 채로 패주해서 다수의 피해를 냈다고 한다.

"말도 안 돼……."

그것이, 자신의 판단과 『슈드라크의 민족』의 행동, 그리고 현실 중 어느 것을 가리키는 중얼거림이었는지 지크르 본인도 알 수 없다.

다만 머릿속에서 구축하고 있던 온건한 계획은 붕괴하고『슈드라크의 민족』이 자신들 제국병의—— 아니, 황제 각하의 적이 되었다는 것만은 확실했다.

"한심한 이야기지만, 제도에서 증원군이 오기를 기다렸다가 바드하임 밀림의 역적을 친다."

『슈드라크의 민족』의 습격으로부터 가까스로 도망친 병사들을 도시로 받아들이고 원정군의 체재를 정비했을 때, 지크르는 그렇게 결단했다.

현재의 전력으로 숲에 쳐들어가『슈드라크의 민족』과 싸우는 선택지도 있었다. 그러나 밀림은 그들의 영역이며 어정쩡한 수적 우위는 무의미해질지도 모른다.

확실한 승리를 얻기 위해서라면 어정쩡한 우위가 아니라 압도적인 우위성이 필요하다.

"어리석게도 화평을 위한 수단을 그쪽에서 뿌리쳤어. 그렇다면 우리는 황제 각하에 대한 충성에 따라 역적에 벌을 내리는 수밖에 없다."

그렇게 자신을 훈계하면 '호색한' 지크르 오스만으로부터도 온정은 사라진다.

설령 상대가 여자 부족인『슈드라크의 민족』일지라도 그 혈족 한 조각에 이르기까지 주살해 후환을 끊어야 한다.

그러기 위해서——.

"정문을 닫는 준비를 게을리하지 마라.『슈드라크의 민족』은 활을 특기로 삼는다고 들었지만 이 성곽도시의 벽은 넘을 수 없다. 돌파할 여지를 남기는 것을 피해라."

전선 진지가 불태워진 경위를 돌아온 병사로부터 듣고서, 소수 정예를 움직인 화공이었음을 염두에 두며 완전한 방위책으로 전향한다.

『슈드라크의 민족』의 알려진 정보를 보면 그다지 부족 전체의 수가 많다고도 생각하기 어려우니, 그들이 제국병과 겨룰 방도는 야음을 틈탄 기습 종류밖에 없으리라.

그러나 그것도 공격이 없다고 경계가 해이해진 상대에게만 통하는 선제공격 수단이다.

"철저하게 구멍을 막아라! 성곽도시의 벽이라 해도 반석은 아니다. 긴 역사가 있으면 문을 거치지 않고 밖과 통하는 방법도 충분히 고려할 수 있다. 개구멍 종류도 놓치지 마라!"

"그 점에 관해 각하께 보고가. 불탄 진지에서 돌아온 병사 중 일부가, 밖에서 들어올 습격을 대비해 이미 구멍을 막고 다니고 있다 합니다."

"오호라?『장』 외의 병사에도 선견지명이 있는 자가 있는 것은 든든하군. 이 일이 정리되는 대로 새로 발탁하기로 하지. 하지만 지금은……."

"──예. 증원군 도착까지 철저하게 방어할 태세로군요."

지크르의 지시를 듣고 부하 삼장이 깊이 허리를 굽혔다.

이것이 웬만한 『장』의 주장이라면 소극적인 자세라고 비웃음 살 때도 있다. 실제로 과거의 지크르는 그런 식으로 조소를 받고 살았다.

하지만 이미 지크르는『슈드라크의 민족』상대로 호된 일격을 맞고 제도로 돌아가면 모종의 처분을 면할 수 없는 처지다.

이미 배수진인 상황에서 최선의 수를 두지 않을 이유는 없다.

부하도 그것을 알기에 지크르의 자세를 비웃지 않았다.

3

"……뭐라고?"

성곽도시 과랄에서 농성을 유지하는 지크르는 부하의 보고에 눈썹을 세웠다.

제도에서 증원군이 도착하기를 기다리면서 서서히 높아지는 긴장감을 유지하는 나날 속에, 그 보고는 몹시 생뚱맞은 감상을 지크르에게 선사했다.

왜냐하면 그것은——.

"예. 아무래도 이 며칠간 도시에서는 유랑 예능인의 공연단이 화제가 된 모양이라."

부하가 올린 보고는 참으로 긴장감이 없는 목가적인 것이었다.

긴박한 전시하에 어울리지 않는 보고. 하지만 그 보고를 올린 부하를 질책할 이유는 없다.

애초에 구태여 전시라는 사실을 의식한 생활을 민중에게 강요하는 상황을 싫어하는 것이 다름 아닌 지크르 본인이기 때문이다.

가뜩이나 군대가 주둔하는 도시에는 불만이 쌓이기 쉽다. 상황에 따라서는 주민의 감정을 제어하지 못한 것이 붕괴로 이어질 때도 있을 정도다.

그런 생각 아래 지크르는 일부러 주민 감정을 강하게 단속하지 않았다.

도시 밖에 대한 경계는 빠짐없이 행하고, 병사들에게도 『슈드라크의 민족』이 침입하지 못하도록 수색을 철저히 지시하면서 주민에게는 변함없는 생활을 보내게 한다.

모순은 감수한 바지만, 그것이 지크르의 양식과 군인 의식의 타협점이었다.

어쨌든, 그런 방식을 베풀고 있기에 낮의 도시 출입── 정문에 둔 검문과 행상 등의 취급은 바꾸지 않는 방침이다.

그 때문에 도시에 유랑 공연단이라는 게 들어올 여지도 있겠지만──.

"……그걸 보고해서 어쩔 셈이냐? 단속하라는 거라면, 별로 그러고 싶지는 않군. 상황이 상황이다. 시민이 공연단을 환영하는 심정도 이해가 가."

적지 않은 군인이 경비병과 합세해 도시를 순찰하고 있는 상황이다.

습격으로부터 도주해 도시에 들어온 병사들 대다수는 『슈드라크의 민족』에 대한 적개심과 경계심이 강해서 주의하라고 지시해도 시민과의 분쟁이 끊이지 않는다.

그런 와중에 도시에 공연단이 나타났다면 시민들에게 조촐한

마음의 안식으로 이어지는 것은 상상하기 어렵지 않다. 하물며 그것을 빼앗으면──.

"시민의 반감은 폭발한다. 모르지는 않을 텐데."

"물론 각하의 말씀이 맞습니다. 그러니 단속하라고 말씀드리지는 않습니다. 단지……."

"단지, 뭐지? 꽤 돌려 말하는군."

우물거리는 부하의 태도에 지크르는 한쪽 눈썹을 세우면서 뒷말을 재촉했다.

그러자 부하는 잠시 침묵하다가 체념한 듯이 고개를 숙이고 대답했다.

"실은 그 공연단…… 악사와 무용수의 수준이 훌륭합니다만, 어떠신가요. 각하도 한번 관람해 보시면 어떨지."

"내가? 무용수라면 당기는 게 없지는 않지만……."

생각지도 못한 부하의 진언을 들은 지크르는 놀란 마음에 눈을 동그랗게 떴다.

오래 알고 지내며 그만큼 함께 넘어온 전장도 많은 부하다. 아무 생각도 없이 이런 제안을 꺼낼 거라고는 생각하기 어렵다.

그러나 지크르에게 무용수를 보여 주고 싶어하는 진의는 가늠하기 어려웠다.

"각하, 그다지 큰 소리로는 말할 수 없습니다만, 병사 중에도 불만이 높아지고 있습니다."

"음……."

그런 의문을 느낀 지크르에게 자세를 고친 부하가 털어놓았다.

그 온건하지 못한 서두에 지크르의 시선도 자연히 날카로워졌다. 말없이 뒷말을 재촉하니 부하는 살짝 목소리를 낮추었다.

"증원군 파견을 꺼리는 제도의 대응도 그렇습니다만, 병사들은 도시에 틀어박혀 방어전 태세를 취하는 각하께도 감정이 있는 모양이더군요. 진지가 불타 버린 일전의 사건도 있습니다."

"──그런가. 아니, 그건 있는 게 당연할 테지."

기탄없는 부하의 지적을 받은 지크르는 가슴속에 묵직한 것을 품었다.

병사들의 불만, 지크르에 대한 불신이 쌓이는 것은 어쩔 수 없는 상황이다. 『슈드라크의 민족』의 선제공격을 허용해 많은 병사들을 죽게 만든 것은 지크르의 과오.

그 뒤, 합류한 병사들에게도 만회할 기회를 주지 못한 상태니까 그들이 그 불만의 방향을 지크르에게 겨누어도 이상하지는 않았다.

"입방정이 심한 자들 중에는 각하를──."

"──말하지 마라."

"──웃, 실례했습니다."

지크르는 부하가 입에 담으려던 말을 막고, 이마에 손을 짚었다.

소극적인 상황에서 부하가 불만이 쌓인 상관 상대에게 무슨 악담을 퍼부을지는 상상이 간다. 그래도 견디기 어렵게 생각되는 것이 알기 쉬운 모욕의 말이다.

이장이라는 지위를 얻어도 그 욕만은 도저히 받아들일 수 없다.

거기까지 생각했을 때, 지크르도 부하의 진언에 있는 의도를 알아차렸다.

"그렇군. 즉, 병사들의 불만을 해소할 자리를 마련하라는 뜻인가."

"예. 그러기 위해서 무용수들을 이용할 수 있는 게 아닐까 합니다. 그, 훌륭한 노래와 춤을 보면 많은 장병들은……."

"호오, 과연? 마치 보고 온 듯한 표현이군?"

눈을 가늘게 뜬 지크르의 추궁에 부하는 헛기침하며 명언을 피했다. 하지만 그 태도가 의혹이 진실이라는 가장 큰 증거다.

어쨌든 『장』과 『병사』의 사이에 끼었다는 것이 그의 곤욕스러운 입장이다.

그것을 달랠 방도를 찾아다녔다고 해도 타박하는 것은 참으로 속 좁은 짓이리라.

더해서 실제로 무용수라는 자를 본 부하가 이렇게까지 진언하고 있다.

"그 무용수가 대단히 아름다운 모양이야."

"맞습니다! 아, 아뇨, 분명히 각하의 안목에도 들 거라 생각합니다. 그리고 춤도, 악사의 노래와 연주도 훌륭한 것이라……."

"흠흠, 그건 꽤 기대가 커지는군."

그렇게 응수하면서도 지크르는 다소 호들갑스러운 표현이라고 여겼다.

그렇다고는 해도 부하가 자신의 입장이나 이후를 염려해 그런 제안을 해 준 것 자체는 바람직하고, 고집스럽게 거부할 이유도 없다. 지크르 본인부터 요즘 바쁘기도 해서 침소에 여성을 대동하지도 않았다.

병사들에게도 그런 부자유를 겪게 할 수는 없다.

"좋아, 알았다. 이 자리는 네 말주변에 넘어가 주기로 하지. 그 유랑 공연단이라는 자들을 초대해 장병들을 위로하는 자리를 마련하도록."

단──.

"──그자들이 무기를 가져오지 못하게 조사하는 것을 잊지 마라."

4

지크르의 허락을 받자 부하들의 움직임은 신속했다.

대체 얼마나 갈증과 굶주림에 괴로워하고 있었는지, 그들은 바로 도시청사의 홀에 연회석을 설치해 술과 식사를 준비하고 급사를 맡을 여자를 모았다.

그리고 예의 공연단에게 말을 건네 도시청사로 불러들였다.

"──지금부터 보여드릴 이는, 대폭포 너머에서 찾아오신 아리따운 무희. 달빛을 삼킨 요염한 흑발에, 정령의 축복을 받은 아름다운 하얀 살결, 천상의 사람도 이러랴 싶은 지고의 미모, 오늘 밤, 성대하게 춤추도록 하겠습니다."

악사의 거창한 소개문이 끝나고, 천천히 뜸을 들이며 베일이 벗겨졌다.

여성뿐인 공연단, 악사들이 펼친 베일로 얼굴을 가리고 있던 것은 도시에서 평판이 자자한 무용수──그 용모가 드러나자 지크르는 눈을 크게 떴다.

"────."

하얀 살결을 드러내며 길고 검은 머리카락을 낙낙하게 등에 드리운 미모, 그것은 방금 악사의 소개문을 배신한 모습──그렇다. 그 표현으로는 이 아름다움을 표현하기에 너무나 부족하다.

아름다운 흑발도, 얇은 의상이 감싼 하얀 살결도, 확실히 보는 이 대부분을 매료하는 마성의 힘을 띠고 있었다. 하지만 그런 요소들도 미모의 정체 중 일부에 불과하다.

무용수와 악사뿐만 아니라 많은 사람들을 매료하는 카리스마를 재능이라고 부른다면, 그 무용수가 지닌 분위기와 자태에는 두려울 정도의 재능이 있었다.

지크르가 그 점을 가장 강하게 느낀 곳은 다름 아닌 무용수의 눈이다.

날카로운 눈매에 속눈썹이 긴 그 부분은 단정한 용모의 중심에 있을 뿐인 게 아니라, 모든 황금비의 가장 뛰어난 부분이라고 해도 과언 같지 않았다.

춤추지 않고도 이만한 감동을 가져온 무용수가 실제로 노래와 음악 속에서 춤추기 시작한 순간, 얼마나 큰 충격이 뒤따를지 상상도 가지 않는다.

그 상상이 가지 않을 충격에 얻어맞아 쓰러지고 싶다고, 지크르는 갈망했다.

"──부디, 저희의 무희가 추는 춤을 선보일 기회를 주시기를."

침묵하는 무용수── 아니, 무희를 대신해 마찬가지로 긴 흑발의 악사가 고개를 조아렸다.

두 악사, 흑발과 금발의 그녀들도 아름다웠지만 무희의 모습에 넋이 나간 지크르에게는 곁들이로밖에 보이지 않았다. 평소의 지크르라면 생각할 수 없는 무례한 사고다.

실제로 지크르는 '호색한'이 되어 있었을 것이다. ──이만한 미인을 앞두고 평상심으로 있기란 도저히 불가능하니까.

그렇게 열병에 걸린 듯한 심경인 채로 연회석이 열렸다.

당연히 지휘관인 지크르의 자리는 연회석의 가장 안쪽에 있으며, 모인 『장』── 일반병을 제외한 계급인 인물들이 술과 식사를 즐기기 시작했다.

그러나 으뜸가는 구경거리는 역시 예능인들의 공연이었다.

원래 장병들을 위로해 불만을 배출시키는 것이 목적이었을 테지만, 지크르는 당초의 목적을 잊고 무희의 차례에 숨을 집어삼켰다.

갈증을 달래기 위해서 술을 입에 날라 혀와 입술과 목을 축여 호흡을 되찾았다.

그만큼 지크르는 마음을 빼앗기고 있었다.

"──오늘 밤에 보여드릴 것은 저희 무희의 고향, 대폭포 끝자락의 춤. 세상 끝의 끝자락에서 찾아온 춤을 부디 마음껏 즐기시라."

노래하기 시작한 악사의 목소리가 나고, 현을 뜯는 소리가 느릿한 음악과 결합한다.

귀에 익지 않은 곡이 흐르기 시작하자 그때까지 시끄럽게 대화하던 『장』들도 지금부터 시작될 춤에서 눈을 떼지 않고자 술기운이 오른 얼굴로 숨을 죽였다.

그리고 천천히 나타난 무희의, 아름다운 '춤'이 시작되었다.

"＿＿＿＿."

긴 팔다리를 구사해 흑발을 찰랑이면서 춤추는 모습에 누구나 말을 잃었다.

호흡을 잃고, 몰입한다. ——아니, 홀렸다 함은 바로 이를 말함이다. 이만한 춤을 보고 마음을 유지할 수 있는 자는 정상이 아니다.

그것은 춤의 가치를 알지 못하는 짐승의 감성에 불과하다.

제국병은 늑대 무리지만 지성과 언어가 없는 짐승이 아니다.

따라서 『장』들도 숨을 집어삼키고, 호흡을 잊으며 그 아름다운 무희의 춤에 홀렸다.

누구나 말을 잃고 무희의 춤에 넋이 나가 있다.

비단결 같은 흑발에 얼룩 한 점 없는 하얗고 매끄러운 피부, 어쩌면 예술가들이 잘 쓰는 팔을 잘라 버리고 싶어질 아름다운 조형의 마성적인 미모에 홀린다.

그러나 지크르의 시선을, 의식을, 마음을 혹하게 만드는 것은 그 어느 요소도 아니었다.

——눈이다.

역시 무용수의 눈으로부터 눈을 뗄 수가 없다.

날카로운 눈이 춤추는 무대를 내려다보며 홀 가장 안쪽에 있는 지크르를 응시하고 있다.

그 한순간도 떼지 않는 눈이야말로 지크르의 뇌수를 직접 움켜쥐고 놓지 않았다.

이윽고 무희는 천천히 홀을 횡단해 지크르 앞으로 나섰다.

그리고 그 자리에 살며시 무릎을 꿇고 그 두 손을 내밀어 지크르의 검을 청했다.

그것이 검을 청하는 몸짓이라고 지크르는 자연히 이해했다.

무희의 춤은 열기를 더하고 색이 짙어지며, 세계를 장악하면서 다음 단계로. 검을 사용한 검무로 이행하는 데 앞서 무희가 검을 원하고 있다.

넘기지 않는다는 선택지는 지크르에게 없었다.

아무도 그 행동을 말리지 않는다. 부하도 『장』도, 누구나 그 행위를 방해할 수 없었다.

그만큼 이것은 규정된 법칙이라는 듯이 자연스러워서.

그렇기에──.

"──네놈의 패배다, 지크르 오스만."

뽑힌 검을 목덜미에 들이대고 냉혹하게 선언하는 목소리를 듣고서도 지크르 오스만은 자신이 '호색한'이기에 패배했다는 사실을 이해하지 못했다.

"_____."

그 순간에도 패배를 선고한 무희의 눈에서 눈을 뗄 수 없었다.

그 냉랭한, 많은 이를 끌어들이는 카리스마── 그것을 어디선가 본 듯한, 그런 기시감이 패배한 장수인 지크르의 뇌를 끝없이 태우고 있었다.

제5장 『악사 나츠미 슈바르츠』

1

——시간은, 과랄 도시청사에서 무희가 춤추는 때로부터 거슬러 올라간다.

"——무혈입성이라고?"

집회장에 쳐들어가 전원 앞에서 힘차게 단언한 나츠키 스바루.

쓰고 있던 귀면이 억지로 벗겨지고 스바루를 올려다보는 아벨이 고막에 울린 '몽상'을 얼어붙은 목소리로 되풀이했다. 그의 마음속, 그것을 비웃고 싶어지는 심정은 이해한다.

"희생을 줄이겠다는 생각은 가능해도, 희생을 없애겠다는 생각이 네 머릿속에 없으니까 말이지."

"당연하다. 네놈이 인정하든 말든 간에, 지금 우리가 하고 있는 행위는 전쟁이다. 아무리 해도 사람이 죽는 것은 피할 수 없어. 인적 자원의 소비를 피할 생각은 가능해도 말이다."

"그, 인적 자원이라는 사고방식이 애초에 취향이 아닌데."

정면에서 책상다리로 앉은 아벨을 내려다보며 스바루는 혀를 찼다.

'인적 자원'이란 '인간'과 '자원'이라는, 본래라면 조합해서는 안 될 단어를 조합한 가증스러운 말이다. 사람을 숫자로 치환하는, 가증스러운 말.

어쩌면 아벨 같은 위정자에게는 필요한 감각일지도 모르겠지만——.

"그래선 내가 납득하지 못해. 플롭 씨도 그렇지?"

"——그래서 대신에 튀어나온 것이 무혈입성이냐? 꽤 크게 허세를 부리는구나. 조금 전까지 그토록 초췌하던 네놈이."

"비실비실 한심한 추태를 보인 것은 부정하지 않아. 애당초, 이 나라에 날아온 뒤로 논스톱으로 재난이 지나치게 많이 쏟아졌다고."

아벨의 지적에 스바루가 자조하고 손바닥을 가만히 바라보았다.

유난히 깨끗해진 오른손, 이 팔을 신품으로 교체한 것도 '논스톱 재난' 중 하나라고 할 수 있다. 그나마 오른손 교체는 몇 없는 행운 중 하나일까.

오른손의 교환과 렘이 깨어난 것. 그리고 플롭과 미디엄 남매와 만난 것은 에누리 없는 행운으로 꼽아도 될지 모른다.

그 외에는 좌우지간 행운과 재난의 표리일체다.

눈앞의 아벨도 그렇고, 『슈드라크의 민족』도 그렇고, 토드를 포함한 제국병도 그렇고——.

"고생의 연속이라 영혼이 닳아 버리는 중이야. 하지만——닳아 버린 몫만큼, 불은 붙었지."

바라보던 손바닥을 움켜쥐고 스바루는 분명하게 고했다.

마침, 그것은 집회장 입구에 스바루보다 늦게 렘이 도착한 순간이었다. 지팡이를 짚은 그녀가 그 옆에 우타카타와 루이를 데리고 나타났다.

지켜보러 온 것이다. 자신의, 이기적인 애원으로 불을 지핀 나츠키 스바루의 선택을.

"플롭 씨에게 들은 샛길을 이용해서 도시로 침입하는 기습 작전은…… 그건 잘 풀리지 않아. 그 도시에는 그런 걸 놓치지 않는 녀석이 있다고."

집회장에서 검토되고 있었을 작전을 스바루는 정면으로 찍어 눌렀다.

그 근거는 성곽도시에서 기다리는 무시무시한 적, 토드다. 그 남자라면 샛길 같이 알기 쉬운 '구멍'은 반드시 막는다. 반대로 '함정'으로서 남길 가능성조차 있다.

"까딱 샛길 같은 걸 써 봐라. 매복당해서 도끼로 머리가 쪼개질지도 모를걸."

"어어, 어째서 그걸 내 얼굴을 보고 말하는 거야, 남편 군! 무서운 상상이다만!"

전원에게 위험을 주지시킬 생각이었는데 무심코 플롭의 얼굴을 빤히 바라보고 말았다.

떠오르는 것은 스바루 앞에서 두 번이나 칼날—— 아니, 도끼날 앞에 쓰러진 플롭의 모습이다. 그 모습을 또다시 보는 것은 죽어도 사양하고 싶고, 반복하게 둘 수도 없다.

"──단순한 기습이라면 상대가 경계할 거라면 나도 같은 의견이다."

"……뜻밖이군. 너는 자신의 실수를 선뜻 인정할 수 있는 타입인가."

스바루의 이야기를 듣자 맨 처음 긍정한 사람은 다름 아닌 아벨이었다. 그 사실에 스바루가 놀라지만 정작 아벨은 "멍청한 것." 하고 차갑게 내뱉었다.

"누가 실수를 인정했지? 나는 샛길을 사용해 기습을 시도하는 작전은 우책이라고 말했을 뿐이다."

"──? 그럼 너는 샛길을 어떻게 써먹을 작정이었는데."

"드나드는 것이 인간이어야만 할 이유도 없지. 도시에 틀어박힌 병사들을 마비시킬 뿐이라면 물건을 집어넣기만 해도 충분하지. ──독이다."

"더더욱 못 본 척할 수 있을 리 없잖아!"

담담한 아벨의 설명에 도리어 부동의 실행력을 실감한 스바루가 무심결에 목청 높여 그 계획을 비난했다.

독을 푼다니, 말도 안 될 일이다. ──실제로 『슈드라크의 민족』이 다루는 독의 위력을 체감한 스바루이기에 절대 써서는 안 된다고 반대한다.

그것은, 그 지옥의 고통은 싸우다가 죽는 것보다 더 비참한 꼴이 된다.

"애초에, 플롭 씨를 설득하기 위해서 피해를 줄이겠다고 그러지 않았냐."

"물론이다. 따라서 이쪽 전력에 피해가 없는 작전을 준비했지. 만약 기습이 성공해도 세력에 희생이 나올 가능성은 있을 것이다. 하지만 독이라면 그렇지 않아.──뭐가 이상하냐."

"도시의 피해도 돌아보지 않는데, 그게 어디가 희생을 줄인다는 거야……!"

"──자자자, 기다리게나, 두 사람 다! 그렇게 눈싸움할 것 없잖아!"

상상 이상의 인식 차에 스바루와 아벨의 대화가 결렬 직전이었다. 하지만 플롭이 그런 둘 사이에 끼어들어 거리를 벌렸다.

플롭은 양쪽의 얼굴을 번갈아 보다가 "침착하게 대화하자!" 하고 가슴 앞에서 손뼉을 쳤다.

"나와 촌장 군의 대화는 평행선을 달리고 있어서 말이야! 나는 꼭, 남편 군이 말한 '무혈입성' 이야기를 들어보고 싶어! 그것이 실현된다면 꿈만 같잖아!"

"플롭 씨……!"

생글생글 웃는 플롭의 기대에 스바루는 직전의 분노를 억눌렀다. 아무래도 플롭의 행동으로 기세가 꺾인 것은 아벨도 마찬가지인 모양이다.

"흥. 좋다, 어디 말해 보도록. 네놈의 작전이라는 것이 이 상인을 잘 속여서 샛길의 위치를 캐내면 성공한 셈이지."

"어어?! 남편 군?! 설마 자네는……."

"아냐, 아냐, 아냐! 입을 맞춘 게 아니라고! 이 자식, 남이 듣고 오해할 소리 하지 마!"

플롭의 괜한 억측을 부르는 발언이지만 아벨은 찔리는 기색이 없다. 태연히 철면피를 유지한 아벨의 모습에 스바루는 "그 가면 필요도 없잖아……." 하고 악담을 뱉었다.

"그래서……."

그렇게 발생한 자리의 틈새에 희미한 목소리가 끼어들었다.

그것은 집회장 입구, 거기에 우두커니 서서 스바루의 등을 응시하는 렘의 목소리였다.

렘은 자리의 분위기에 현혹되지 않은 채 그저 스바루만을 응시하고 있다.

"그래서, 당신이라면 어쩔 거죠? 덧없는 꿈도, 피에 젖은 현실도 아닌, 다른 길을 찾아낼 수 있나요?"

"……꼬박꼬박 내 마음이 끓어오르게 말해 주잖아."

입술을 다물고 지그시 바라보는 렘의 시선에 쓴웃음 지은 스바루는 자신의 각오를 다잡았다.

그러고 나서 다시금 집회장에 모인 사람들의 얼굴을 둘러보았다. 아벨과 플롭, 그리고 미젤다를 비롯한 슈드라크의 민족들의 시선을 한 몸에 모으면서 입을 열었다.

"내 작전은 샛길도, 피를 흘릴 필요도 없다. 단, 플롭 씨의 힘은 필요해."

"하지만 남편 군, 나는 무력하고 조금 말주변이 있을 뿐인 행상인이야. 자네도 알고 있잖아?"

"그래, 물론이지. 하지만 플롭 씨에게는 상인이란 것만이 아니라, 타고나 축복받은 재능이 있지. ──얼굴이 괜찮아."

"──엥? 얼굴?"

그 말에 눈을 동그랗게 뜬 플롭이 자기 얼굴을 두 손에 끼웠다.

마찬가지로 그 말을 들은 집회장의 사람들이 "얼굴?" 하고 갸우뚱했다.

"그런가, 확실히."

"──! 언니, 무언가 깨달으신 겁니까?"

"아니, 얼굴이 괜찮다는 스바루의 말에 찬동했을 뿐이다."

"언니……."

팔짱을 끼고 끄덕인 미젤다의 말에 타리타가 떫은 표정으로 고개를 푹 숙였다.

그러나 많든 적든 모두가 스바루의 발언 의도에 갈피를 잡지 못해 의문 어린 분위기가 번져나갔다. 그것은 플롭도, 아벨조차도 똑같았다.

하지만 타인의 미추에 강한 관심을 가진 미젤다의 태도는 빗나가지 않았다. 그 힘 빠지는 심미안이야말로 이 상황의 스바루에게 큰 힌트를 선사해 주었다.

미젤다의 미남 선호 기질이 이번 '무혈입성 작전'의 아이디어를 주었으니까.

"이론보다 증거지. ──플롭 씨, 일단은 시험하고 볼 일이니 따라와 줘."

"따라와? 그거야 상관없지만, 대체 뭘……."

의문이 풀리지 않은 플롭에게 스바루는 "됐으니까." 하고 억지로 타일렀다.

그다음 미젤다 쪽으로 시선을 던지며 물었다.

"머리카락을 염색하거나, 몸에 문양을 그리고 있다는 건 화장을 한다는 이야기지? 그 도구, 잠깐 나에게 빌려줄 수 있을까?"

2

"_____."

잠시 뒤에 집회장으로 돌아가 그 '성과'를 보이자 모두가 말을 잃었다.

그러나 그것이 곤혹감이나 어이없다는 부정적인 감정에서 나온 침묵이 아니라, 더 순수한 놀람이나 감탄, 혹은 감동에 속하는 감정임을 스바루는 알고 있었다.

그 정도 충격을 주는 게 당연한 완성도라고 가슴을 펴고 말할 수 있다.

"──이것이, '무혈입성'을 위한 열쇠. 내 비장의 작전이야."

코 밑을 문지른 스바루의 장담에 여전한 무반응. 말을 잃은 채로 모두가 좀처럼 회복되지 않는 상황에 "나, 남편 군." 하고 불안해하는 목소리.

그것은 유일하게 스바루 외에 이 충격과 무관한 당사자로부터 나온 목소리로──.

"나에게는 도통 성과가 보이지 않는데, 어떻게 된 느낌이지?"

"이봐, 이봐, 걱정할 필요 없다니까 플롭…… 아니지, 걱정할 필요 없어, 플로라."

"플로라?!"

눈을 부릅뜨고 놀라는 플롭── 아니, 플로라. 그러나 그렇게 경악으로 물든 표정도 곱다고, 스바루는 자신만만하게 끄덕이고 뺨을 어루만졌다.

금빛의 긴 머리카락을 부드럽게 빗고, 평소보다 눈매가 뚜렷해지게 아이섀도를 바른다. 속눈썹도 눈동자를 명료하게 보여 주게끔 다듬고, 뽀얀 살결이 두드러지게 살짝 볼에 붉은색을 주고, 입술에도 연지를 바르고 의상을 바꾸었다. ──소재의 장점을 최대한으로 끌어낸다.

즉──.

"아름다움은, 만들 수 있어."

"장난치는 건가요?"

"어?!"

더할 나위 없는 역작을 보여 준 스바루에게 냉랭한 눈빛을 띤 렘의 말이 꽂혔다.

직전의, 스바루에게 기대를 모은 눈은 어디로 갔는지 깨어났을 때 수준의 경멸 어린 눈초리다.

"잠깐! 장난치는 게 아냐! 하나도 장난치는 게 아니니까, 그런 눈으로 보지 마!"

"당신을 조금이라도 믿어 보려고 했던 내가 멍청했습니다."

"결론이 일러! 그렇게 단념하는 거, 새삼스럽지만 람이랑 똑

닮았네!"

"뭐?"

지금의 렘에게는 기억도 못하는 일이겠지만 람도 이러랴 싶은 신속한 단념.

역시 자매가 맞다고 훈훈한 감정도 들지만, 렘의 잃어버린 신뢰를 되찾는 쪽이 중요하다. 실제로 스바루는 장난치고 있는 게 아니었다. 이 화장의 표적은——.

"——표적은, 지크르 오스만인가."

그렇게 답에 다다른 것은 턱에 손을 짚은 아벨이었다.

플롭에서 플로라로의 변모에 놀람을 숨기지 못하고 있던 주위와 다르게, 아벨은 스바루의 진의를 헤아리고자 머리를 굴리다가 멋지게 간파했다.

——표적은 지크르 오스만.

제국 이장의 지위에 있으며, 성곽도시 과랄에 주둔한 제국병의 지휘관. 견실하고 무난한 용병을 선호하는 실력자이면서——.

"끝내주게 '호색한'이라고 들었지. 제국병 사이에선 유명한 모양이더군."

떠오른 것은 제국병에 붙잡혀 진지에서 보내던 며칠간. 그때, 자말은 붙잡은 여자를 『장』에게 헌상하겠다고 스바루에게 으름장을 놓은 적이 있었다.

만약 지크르가 일반 병사들에게도 알려질 수준의 '호색한'이라면——.

"무해한 미녀라면 접근할 수 있어. ——즉, 플로라라면 확실해."

"나, 남편 군? 아까부터 나를 플로라라고 뜨거운 기대를 담아서 부르고 있는데, 나는 뭐가 어떻게 된 걸까? 영문을 알 수 없어서 무섭다만!"

"안심해 줘, 플로라. 물론 혼자 보내진 않아. 나도 함께할 거라고."

"그건 아무리 그래도 무모하다, 스바루!"

곤혹스러워하는 플로라를 달래는 스바루, 그 발언에 미젤다가 일어섰다. 그녀는 안력이 강한 표정이 어두워지며 스바루의 어깨를 잡고 고개를 가로저었다.

"너의 눈매에도 애교는 있다. 하지만 타고난 것은……."

"미젤다 씨, 걱정하는 기분은 이해해. 하지만 말했잖아. ——아름다움은, 만들 수 있어."

스바루가 어깨를 잡은 미젤다의 손에 손을 포개고 굳게 단언했다.

그 말에 미젤다가 눈을 크게 뜨고 숨을 집어삼켰다. 그러던 그녀는 플로라를 보고, 그 얼굴의 화장이 눈부신 것처럼 눈을 가늘게 떴다.

"너에게는 졌다. ……보여주도록 해라, 너의 가능성을."

"그래, 보고 있어 줘."

"이거, 무슨 이야기를 하고 있는지 모르겠다만."

맡겨 준 미젤다와 그것을 받아들이는 스바루. 둘의 대화를 쿠나가 어이없다는 투로 보고 있지만 그쪽에는 노코멘트.

어쨌든, 지금의 문제는——.

"지크르 오스만의 기호를 이용한다 치고, 어쩔 셈이지? 놈 또한 늑대다. 그저 아름다운 것을 들고 흔든다고 그 먹이에 달려드는 개가 아니다."

"그야 목적 없이 흔들면 이야기가 안 되겠지. 그러니까 그쪽이 달려들도록 궁리가 필요해. 예를 들면, 파티로 꾀어낸다거나."

"연회 말인가. 하지만 쉽게 끌어들이진 없을 거다. 당연히 제도에서 증원군이 오기 전에 놈이 벽 안에서 나올 이유가 없어. 의심스러운 초대에는 넘어오지 않겠지."

"그러네. 그 부분은 아직 후보를 추려내는 중이지만……."

"자, 잠깐만요!"

그렇게 스바루와 스바루가 대화를 나누는 중에, 렘이 언성을 높였다.

그녀는 표정에 놀란 감정을 붙인 채로 스바루와 아벨을 번갈아 쳐다보다 물었다.

"저기, 진심인가요? 플롭 씨에게 저지른 장난질을 중심으로 이야기를 진행하다니."

"응? 나에게 저지른 장난질? 나, 정말로 어떻게 된 걸까? 부인 군이 보기에, 나한테 장난친 것 같다니…… 조카 군, 어떻게 되었어?"

"아우─? 우! 우─!"

긴박한 렘 옆에서 아직 한 번도 자기 얼굴을 거울로 보지 못한 플로라가 루이에게 구원을 바랐다. 하지만 루이는 초면인 플로라에게 당황해 렘 뒤로 숨고 말았다.

즉, 루이의 눈으로 봐도 플로라와 플롭은 딴 사람이라는 뜻이다.

"그 소녀의 반응이 시금석으로 적절한지는 몰라도, 나는 이것을 장난이라고는 생각하지 않는다. 비로소 논할 만한 작전이 나온 참이지."

"그럼, 너도 인정한단 말이군. 플로라의 미모를."

"──인정하는 건, 나에게는 없었던 네놈의 착상이다. 엉뚱한 방향의."

완강한 아벨의 대답에 스바루는 입술을 뒤틀어 불만을 표명.

그러나 아벨은 그에 상관하지 않고 잠시 자신의 입가에 손을 짚고서 생각에 잠겼다. 그러다가 그는 그 날카로운 눈매를 스바루 쪽으로 돌리고.

"나츠키 스바루, 한 가지 묻겠지만…… 네놈의 화장, 통하는 것은 상인뿐이냐?"

그렇게 질문했다.

"──────."

그 순간, 아벨의 질문에 얼떨떨해졌다.

하지만 스바루는 그 질문의 의도를 머릿속에서 곱씹다가 고개를 가로저었다.

"말했을 텐데. 가령 작전을 결행한다면, 나도 같은 자리에 설 거라고!"

"멍청한 것이. 누가 네놈에게 기대할까 보냐. 거울로 자기 얼굴을 보고 나서 지껄여라."

"말버릇 봐라!"

아벨이 미간에 주름을 잡고 진심에서 우러나온 모멸을 담아 내뱉었다. 그 한마디에 상처 받은 스바루를 아랑곳하지 않고 그는 가슴에 손을 짚고서 말했다.

"상인만으로는 감당할 수 없다. ——그렇다면, 내가 따라가지."

"아, 아벨이 간다고?!"

그 당당한 자기 추천을 들은 미젤다를 중심으로 집회장의 분위기가 술렁거렸다.

물론 스바루도 아벨의 발언에는 놀랐다. 설마 그가 스스로 그 말을 꺼낼 줄은 꿈에도 생각지 못했다.

"……솔직히, 무슨 수로 너를 구워삶을지가 가장 큰 초점인 줄 알았다고."

"평시라면 일고할 가치도 없는 우책이지. 하지만 현재 이쪽의 패는 적고 쓸 수 있는 방책도 한정적이지. 효과적이라면 살을 내주는 것도 필연적인 상황이다."

"쳇, 얄미운 말투야. 이러니까 카리스마란 것은……."

자리에서 내쫓겼다 해도 황제라는 사실에 흔들림은 없다.

그것이 아벨의 신조이며 굽히지 않는 주의일 것이다. 그 일부를 확실하게 과시하자 스바루는 순순히 감복할 수밖에 없다.

아벨은 밀림에서 스바루와 처음 조우한 이래로, 『혈명의 의식』도 포함해 자신의 몸값을 칩으로 삼아 큰 도박에 연승해 왔다. ——이번에도 물러날 생각은 없는 모양이다.

"기책이란, 상대의 예상 바깥쪽에서 걸어야 비로소 효과를 발휘한다. 『장』의 기호를 이용해 피할 수 없는 방심에 숨어든다.

검토의 가치는 있어."

"그래, 고사기라는 책에도 적혀 있지. 적의 대장을 노리는 데에는 여장이 최적이라고."

"그런 수상한 책의 내용을 고스란히……."

유서 깊은 고서에서 인용한 말인데 지금의 렘에게는 고사기의 신뢰성을 설명해도 깜깜할 것이다. 현재는 잃은 신뢰를 급속하게 되찾을 방도가 떠오르지 않는다.

다만, 묻고 따지지도 않고 기각되는 것이 걱정거리였기에 아벨의 반응은 뜻밖임과 동시에 달갑기도 했다. 어쨌든 간에──.

"네가 협력적이라면 편하지. 이름은……아벨, 볼라키아……비앙카면 될까?"

"가명에 구애되는 바는 없다. 마음대로 부르도록. 그보다도, 나와 네놈, 그리고 상인만으로는 아무리 그래도 손이 부족해. ……써먹을 만한 것은, 쿠나와 타리타인가."

"이봐?"

"당연한 대비다. 수월하게 지크르 오스만을 끌어냈다고 쳐도, 확보에 성공할 만한 세력은 필요해. 그렇다고는 해도 한눈에 『슈드라크의 민족』이라고 알 수 있는 자는 피하고 싶군."

그렇게 말하고 턱짓한 아벨의 의도는 스바루도 이해가 된다.

갑자기 지명당해 당황하고 있는 타리타와 쿠나, 이 두 사람은 『슈드라크의 민족』 중에서도 비교적 살벌한 기운이 드러나지 않는 타입이다.

딱 보기에도 철저한 무투파인 미젤다나, 언뜻 보아 특이한 인상을 주는 홀리는 『슈드라크의 민족』의 정체를 숨기고 싶은 이번에는 적당치 않다.

요구되는 것은 어디까지나 상대에게 경계심을 주지 않을 여성상──.

"그 점은 내가 화장과 코디네이트로 속일 수 있는 범위인가."

"──나도."

"렘?"

그 와중에 렘은 계속 손을 들고 있었다.

렘은 플로라 일로 스바루에 대한 불신감을 숨기지 못하고 있었지만, 진지하게 검토하는 모습에 생각하는 게 있었는지 표정을 진지하게 바꾸었다.

그리고 그 연청빛 눈에 각오와 결의를 켜고 선언했다.

"나도, 같이 가게 해 주세요. 반드시 도움이 되겠습니다."

"렘…… 미안하지만, 그건 무리야."

"──큭! 또, 저를 불필요하게 위험에서 떼어놓으려고……."

결심이 꺾이려 하자 렘이 스바루를 매섭게 노려보았다.

확실히 스바루는 렘이 신경질을 낼 만큼 과보호하는 감이 있다. 위험에서 떼어놓고 요람 안에서 편안하게 지내길 바라는 마음은 거짓이 아니다.

그러나 여기서 렘의 참전을 말린 이유는 그게 전부가 아니다.

"네가 걱정인 것은 사실이야. 하지만 너의 참가를 기각하는 건, 순수하게 작전의 성공률이 떨어지기 때문이야. ……너는, 도시의 제국병들이 얼굴을 봤어."

"——아."

"진지에 잡혀 있던 것도 그렇지만, 도시에서 도망칠 때도 그래. 같은 이유로 미디엄 씨의 힘도 빌릴 수 없어. 지나치게 소란을 떨었으니까."

그만큼 눈에 띈 이상, 검문하는 경비병들도 렘과 미디엄, 덤으로 루이의 얼굴은 잊지 않을 것이다. 따라서 이번 작전의 근간을 위태롭게 할지도 모르는 렘은 데려갈 수 없다.

"하지만…… 하지만 얼굴을 봤다는 조건이라면 당신도 똑같잖아요!"

"맞아, 하지만 그렇지가 않거든. 왜냐면 다음에 과랄의 정문을 지나는 것은 내가 아니라 나츠미 슈바르츠니까."

"뭐?"

또 얼버무렸다고 여겼는지 물고 늘어지는 렘의 눈에는 분노가 서렸다. 그러나 이것만은 아무리 입으로 설명해 봤자 이해해 주지 못할 것이다.

다만 플롭이 플로라로 변신했듯이, 나츠키 스바루도 나츠미 슈바르츠로 변신할 뿐. ——이것은 말보다 증거를 보여 줄 수밖에 없다.

"아무튼, 렘을 데려갈 수 없는 이유는 설명한 대로야. 다만 타리타 씨와 쿠나 두 사람도 위험한 작전이 될 테니까 납득한 다음에……."

"아니, 재미있어. 내가 허가한다. 둘 다 데려가."

타리타와 쿠나의 의사를 확인하려던 스바루를 미젤다가 가로

막았다. 놀라서 스바루가 돌아보자 미젤다는 이 허를 찌르는 작전을 즐기듯이 웃었다.

"스바루, 너와 아벨은 이미 무용(武勇)을 증명했다. 슈드라크는 무용의 영예가 있는 자를 자랑한다. 하지만 그것은 지모를 영예 없는 자라고 잘라 버리는 것이 아니야. 무용도 지모도, 양쪽 다 뛰어난 자가 최고의 전사…… 그것을, 증명해 봐라."

선입관으로 미젤다를 비롯한 『슈드라크의 민족』은 이런 작전을 싫어할 거라고만 생각했었다. 그러니까 타리타와 쿠나에게도 참가 의사를 물으려고 했던 것이다.

그러나 미젤다가 그렇게 대답하자 타리타와 쿠나도 당연한 것처럼 끄덕였다.

"족장이 말한다면, 내가 할 말은 딱히 없네."

"언니의 생각에 따르겠습니다. ……화장에도, 흥미가 있으니까요."

쿠나가 머리 뒤로 깍지를 끼고 별로 관심이 없는 태도로 승낙했다. 타리타도 같은 의견이지만 힐끔힐끔 눈길을 주는 것은 플로라 쪽이었다. 아무래도 스바루의 화장 실력에 흥미진진한 모양이다. 긴장감은 부족하지만 지나치게 부담스러워하지 않는 것은 좋은 경향이다.

"이견이 없다면, 바로 준비에 착수하겠다. 성곽도시의 겁쟁이가 제도에 등짝을 얻어맞기 전에 결판을 내야 한다."

"……그래, 알았어. 다른 사람들도 그러면 된다면. 렘도, 이해해 주겠어?"

"──어차피 들을 생각은 없는 거잖아요."

부끄러운 마음을 품고 스바루를 빤히 노려보는 렘. 그녀의 결의에는 면목이 없지만 안전과 계획의 성패를 저울에 올려 보면 동행한다는 선택지는 없었다.

그렇기에 스바루는 렘의 분노를 정면으로 받아들일 각오였지만──.

"하지만 어떻게든 해 달라고 당신에게 부탁한 것은 나입니다."

"렘?"

"그런 내가 참견할 수 있을 리 없잖습니까. ……성공해 주세요."

분한 기색은 있었지만, 렘이 스바루의 판단을 존중한다고 전했다.

솔직하지 않은 말. 하지만 그것만으로도 스바루 안의 먹구름은 갠 것만 같은 심경이었다.

"렘 한정이지만, 싸구려네……. 아니, 그렇지도 않은가?"

렘이 아주 살짝이나마 호의적인 태도를 보여 주면, 지금의 스바루는 그것만으로도 하늘도 날 만큼 기쁜 기분이 든다.

하지만 에밀리아가 미소 지어 주면 그것만으로도 하늘에 올라갈 심경이고, 베아트리스가 으쓱이는 표정으로 설명해 주면 가슴이 무지무지 따뜻해진다.

뭐야, 생각했던 것 이상으로 자신은 싸구려구나. 스바루는 새삼스럽게 깨달았다.

"──어～이, 오빠～! 슬슬 보태칭 쉬게 해 주지 않으면 불쌍하니까, 어디 두고 오고 싶은데～."

그렇게 의기가 높아지는 집회장에, 미디엄이 얼굴을 쓱 내밀었다.

다부진 체격이 많은 슈드라크와 비교해도 머리 하나쯤 더 큰 미디엄의 키는 아주 눈에 띈다. 그녀는 집회장을 동그란 눈으로 둘러보다가 말했다.

"어라, 오빠는?"

"오오, 동생아! 오빠를 못 보고 넘어가다니 꽤 매정하지 않나. 나는 여기다마다!"

"——?"

갸우뚱하는 미디엄에게 플로라가 일어서서 자신의 존재를 주장했다. 플로라의 말에 미디엄은 눈썹을 모으고 생각에 잠겼다.

그리고 그녀는 잠시 침묵하다가, 이윽고 무언가를 깨달은 것처럼 외쳤다.

"오빠, 실은 언니였었구나!"

"남편 군?! 이거, 나는 대체 어떻게 되어 있는 거야?! 무서워!"

피가 이어진 동생의 눈도 속일 수 있다면, 작전에 상당한 근거가 될 것 같다.

3

조잡한 거울 속, 비친 것을 보고 나츠키 스바루—— 아니, 과거에는 그렇게 자칭하던 존재가 눈을 가늘게 뜨며 수도 없이 꼼꼼히 체크했다.

짙은 아이섀도와 정성껏 웨이브를 준 속눈썹. 남녀의 차이가 가장 크게 드러나는 포인트이기도 한 피부의 질감을 백분으로 다듬고, 입술을 싱그럽게 보여 주는 붉은색을 바른다.

의상이 제법 난관이었지만 팔랑거리는 천을 넉넉히 둘러서 체격을 속이고, 한편으로 남방의 기후와 맞춘 스타일의 실현에도 고심했다.

──이미지하는 것은 항상 가장 아름다운 자신이다.

모든 기술을 구사해 머릿속에 지금까지 겪은 만남을 그린다.

에밀리아로부터 시작해, 펠트와 밉살맞은 엘자, 람과 렘의 만남에 더해 베아트리스와 페트라, 메일리는 일단 옆에 치워 둔다. 그다음은 프리실라와 크루쉬, 아나스타시아, 이 자리는 마음의 스승으로 우러러야 할 페리스에게 합장하고, 지금까지 이세계에서 만난 미소녀와 미녀, 미소녀풍의 존재로부터 '아름다운' 이미지네이션을 모아── 완성한다.

"──이것이, 저."

거울 앞을 떠나 천천히 심호흡을 거듭하고는, 뒤돌아섰다.

홀로 고독한 싸움에 도전하고 있던 시간을 마치고 마침내 문을 밀어젖혔다. 그 앞에, 이 작전의 성패를 쥔 성과를 기다리다가 숨을 집어삼킨 동료들이 있다.

그들이 문을 열고 나온 자신을 눈에 담고, 숨을 집어삼켰다.

그리고──.

"──훌륭하다."

처음의 충격에서 회복한 미젤다가 그렇게 끄덕였다.

박수 치는 그녀의 눈길과 목소리에는 감복과 존경이 섞여 있다. 그런 그녀의 축복을 받아 작게 목을 울리고 나서 미소를 보냈다.

"칭찬해 주셔서, 영광이어요. 미젤다 씨."

"――웃, 설마, 목소리까지? 대체, 대체, 어디까지……!"

"한다고 결심한 이상, 전력을 다하는 것이 책무인 법. 제가 최선을 다함으로써 지킬 수 있는 생명이 있다. 그렇다면 제가 할 일은 하나뿐."

"오오……!"

미소를 지우고 손가락을 하나 세우면서 하늘을 가리켰다.

우거진 나무들에게 가려져 태양은 엿볼 수 없지만, 보여 주어야 할 대상은 천상의 존재가 아니라 이 자리에 모인 많은 동료들이다.

――이미지하는 것은 항상 가장 아름다운 자신이다.

그 이미지에 따라 이상을 현현한다. 이미 두려워할 것은 아무것도 없다.

이리하여 여기에 현현했노라――.

"――나츠미 슈바르츠, 재림이어요."

"장난치는 거예요?"

"어?!"

완벽하다고 가짜 가슴을 펴고 있던 스바루가 렘의 말에 현실로 돌아왔다.

바라보니 스바루에게 감명을 보인 미젤다와 다른 슈드라크 속에서 렘만이 스바루에게 절대영도의 시선을 보내고 있었다.

그러나 렘은 그런 자신의 입을 손으로 막고, "아뇨." 하고 고개를 가로저었다.

"아, 안 되는 걸까요? 저 자신은 꽤, 자신이 있었는데……."

"미안합니다. 내가 당신에게 부탁한 일이라 참견하지 않겠다고 말했는데."

"괜찮답니다, 렘. 그렇게 기죽지 말아요. 의외로 좋아서 하는 일이거든요."

"뭐?"

"아뇨, 아뇨, 아뇨, 어폐가 있었네요! 자, 타리타 씨와 쿠나 씨도."

자책하는 마음으로 갈등하던 렘이 스바루의 답변을 듣고 눈의 온도를 내렸다. 그 모습에 스바루가 허겁지겁 손과 고개를 내젓고 자기 옆에 선 두 여성을 앞으로 내밀었다.

이미 화장을 완료하고 머리모양과 의상 체인지까지 끝마친 타리타와 쿠나였다.

타리타 쪽은 뜻밖에 어린 생김새를 화장으로 살려서 평소의 늠름한 인상을 벗겨낸 아가씨의 인상을 강화했다. 쿠나는 긴 머리카락을 트윈테일로 만들어서 쿨한 인상에 어리광을 추가했다.

"후훗, 둘 다 깜찍하답니다. 저도 실력을 발휘할 보람이 있었지 뭐예요."

"가, 감사합니다……. 어쩐지 나 자신이 아닌 것 같아서."

스바루의 칭찬에 타리타가 볼을 붉히면서 머리카락을 만지고 있다. 그 옆에서는 응석받이 로리 느낌을 추가한 쿠나가 내키지 않는 표정으로 홀리에게 안기고 있었다.

"쿠나도 평소보다 귀여워~! 스바루 실력이 엄청나서 깜짝 놀랐어~."

"나도 놀랐다고. 저거, 여자보다 더 여자를 잘 알고 있어."

둘의 변모에 대한 고평가에 스바루는 더더욱 콧대가 높아졌다. 그런 스바루의 모습을 렘이 게슴츠레한 눈으로 들여다보고 질문했다.

"왜, 이렇게나 화장을 잘하는 거죠? 그것도, 자신에게나 상대에게나."

"저기, 그에 관해서는 바다보다 깊고 산보다 높은 이유가……저, 저쪽은 아직 먼 것일까요. 아유, 비앙카는 기다리게 하기보다 기다리는 쪽 히로인인데……."

좀처럼 설명하기 어려운 질문을 받자 스바루는 시선을 피하면서 둘러댔다. 그렇게 렘의 더한 추궁이 스바루를 몰아세우기—— 직전이다.

"——다들 모인 모양이군."

거만한, 속일 작정이 없는 음색이 집회장을 감싸고 새로운 인영이 나타났다.

그 목소리가 들린 방향에 별 생각 없이 모두의 시선이 돌아가고—— 순간, 전원의 시간이 멈추었다.

"————."

——아니, 정확히는 나타난 인물과 그 인물을 화장한 스바루 외의 시간이 말이다.

"미세 조정은 맡겼지만…… 얄미울 만큼 솜씨가 좋네요."

"겉치장의 솜씨를 칭찬받는다고 기쁠까 보냐. 그렇지만 네놈의 기능에는 눈을 부릅떴다. 완성형도 변신이 따로 없군. 상상하던 것보다 볼 만하지 않나."

"큭, 승자의 여유……!"

말하던 스바루는 분해서 살짝 새끼손가락을 깨물었다.

물론, 미는 만들 수 있다는 신념을 의심하지 않는다. 그것 자체는 몇 없는 카드를 구사해서 스바루가 자신의 육체로 증명해 냈다는 자부심도 있다.

그러나 그래도 역시 소재의 차이라는 것은 존재하는 법이다.

그것이──.

"아, 아벨 씨인가요?"

"달리 누가 있나. 멍청한 질문을 던지지 마라. 아니, 그만큼 바뀌었다는 뜻이라면 네놈의 놀라움은 참고로서 적절한 셈인가."

떨리는 렘의 말에 그렇게 응수하고 하얗고 가는 다섯 손가락을 움켜쥔 아벨── 아니, 화장과 가발, 그리고 의상 체인지 끝에 태어난 존재, 비앙카다.

촉촉한 까마귀 날개 색깔 같은 흑발은 길고 윤기가 있어서, 날카로운 눈매를 거느린 아름다운 얼굴과 최고의 조화를 낳고 있다. 결코 과도하지는 않지만, 사람의 눈길을 끌도록 노출된 피부는 하얗고 무용수의 의상은 복부와 다리 밑동까지 드러내고 있었다.

그곳에 서 있던 것은, 극한의 미모를 재현한 아름다운 무희──

이 계획에 빠트릴 수 없는, 최고의 조커 카드였다.

"저로서는 화장에 저항감이 없던 것도 뜻밖이었지만요…….'

"뭐냐, 부녀자를 가장하는 것을 치욕이라고 생각할 줄 알았나? 말해 두지만 이런 적은 처음이 아니다. 어릴 적에 그야말로 수없이 경험했다."

"어릴 적에, 말인가요?"

"그래. 내 입장을 생각하면 몸을 지킬 방도는 폭 넓게 갖춰 둬야 하는 법이지."

귀염성 없이 팔짱을 끼는 미녀, 비앙카가 아닌 아벨의 태도에 스바루는 납득했다.

루그니카보다 훨씬 가혹한 왕위 계승이 예상되는 볼라키아다. 아마도 권력자 간의 생존을 건 암투 때문에 때로는 성별을 위장할 때도 있었을 것이다.

아벨의, 자기 자신을 포함한 희생을 서슴지 않는 자세는 그가 황제 자리를 쟁취하기 이전, 어린 나날부터 쌓여 온 경험으로 형성되었던 모양이다.

"그래도 자신이 미인이라고 자각이 있는 것은 어쩐지 화가 치밀어요……!"

"그거야말로 어처구니없는 이야기지. 널리 자국을 내다보아야 하는 입장인데, 자기 자신조차 객관시할 수 없어서야 무슨 수로 정점을 맡겠나. 네놈은 그 객관적인 평가를 기술로 뒤집은 모양이지만, 그런 잔재주는 나에게 필요 없다."

"큭……."

"호랑이가 왜 강한지 아느냐. 호랑이는 강하니까 강한 것이다."

가필로부터도 들은 적이 있는 이론, 그 말에 스바루는 힘을 쓰지 못했다.

호랑이가 강한 것은 호랑이니까 이론, 그것은 뒤집어 보면 아벨이 아름다운 것은 아벨이기 때문이라는 설명으로 모든 것이 끝나고 만다. 이미 논리의 폭력이었다.

"어차피, 어차피…… 플로라도 같은 생각을 하는 거죠!"

"거기서 나에게 불똥이 튀는 거야, 남편 군?!"

그런 아벨의 뒤에서 같이 오던 플로라＝플롭이 깜짝 놀랐다.

여자로 분장한 그도, 소재의 맛을 충분히 살리기만 해도 뽑히는 완성도가 높을 줄 알았던 타입의 미모다. 실제로 스바루나 아벨과 다르게 원래부터 길었던 머리카락을 다소 다르게 만진 정도이기에 소재의 맛이 가장 드러난 것은 그라고 할 수 있다.

실제로 나란히 서면 크게 꿀리는 것은 아니라는 자신감은 있다. 있지만——.

"들인 수고가, 들인 수고가 다른 거여요……. 신은 편애나 하고 있어……!"

"어째 원대하게 한탄하는 중에 뭐하지만, 그래도 남편 군은 굉장한걸! 몰라보겠어! 이미 남편 군이 아니라 남편 양이야!"

"……참, 그 정도 칭찬으로는 만족하지 않는답니다."

"방금 그거 칭찬한 거야? 나는 못 알아들었어."

플로라가 되어도 솔직한 점이 변함이 없는 플롭. 어쨌든 그의 경우에는 그걸로 충분하다. 다소 계획의 방침에 따른 연기 지도

가 필요하겠지만.

이 자리에서 가장 그것이 중요한 것은 아벨이다.

"저와 플로라는 악기를 칠 수 있지요. 그러니 당신의 역할
은……."

"춤이겠지. 말할 필요 없이 계획은 머리에 들어 있다. 내 역할
의 중요성도. 그리고."

"그리고?"

"죽은 여동생 수준은 아니지만, 나도 춤은 특기라서 말이다."

뺨을 일그러뜨리며 만드는, 우쭐해서 거만한 웃음조차도 아름
답다.

자신감으로 넘치는 아벨의 자세는 든든함과 동시에 스바루의
가슴을 기대로 애태웠다. 실제로 그 마성을 유감없이 발휘해 비
앙카를 완성했다.

그 자기 인식이 옳다면, 춤에도 기대가 쏠린다.

"——좋아요. 그렇게까지 말씀하신다면, 그 실력을 보도록 하
겠습니다. 부디 자신이 뱉은 침은 도로 삼키지 않게 하시어요."

"뱉은 침…… 흥, 하늘에 침을 뱉었다는 뜻인가. 빙빙 돌리는
표현이지만 좋다. 네놈에게 가르쳐 주지. ——그것이 헌책한 네
놈에게 내리는 최소한의 상이다."

자신을 의심한 적이 없는지, 여장한 상태로도 아벨의 불손함
은 꺾일 기세가 없다.

그 모습에 든든함과 위협을 느끼면서 스바루는 슬쩍 렘을 쳐다
보았다. 아쉽게도 계획에 동행시킬 수는 없다.

하지만, 그래도──.

"무사를 기도해 주시어요. 당신을 위해서, 저, 힘내고 오겠답니다."

"──. ─────. ──────────. ──────────────
──────────. 네."

"기도하는 데 시간이 많이 걸리네요?!"

마음속 깊이 차분한 표정을 지은 렘의 느린 답변에 스바루가 소리를 질렀다.

그 소리를 들으면서 렘 옆의 루이가 쏙 머리를 집어넣었다. 아무래도 루이도 나츠미가 스바루라고 인식하지 못한 모양이다.

일단 그 반응으로, 작전의 탄력이 붙었다고 납득하는 것이 이득이었다.

4

──『*쿠마소 타케루 작전』.

그것이 '호색한'인 제국 이장, 지크르 오스만을 저격하는 작전이다.

고사기에서 따온 작전명에 반대 의견은 없고, 공연단으로 분장한 스바루 일행은 별동대인 미젤다 일행을 도시 밖에 대기시키고 당당히 정면으로 성곽도시에 재도전했다.

---

* 쿠마소 타케루 : 일본 고사기(古事記) 등에 전해지는 일본의 호족. 중앙 정권에 복종하지 않자 여장한 오우스(훗날의 야마토타케루)에게 죽었다.

샛길을 사용할 이유는 없다. 애초에 정문에 깔린 검문, 그곳을 지키는 경비병들의 눈을 통과하지 못하면 진짜 목표인 지크르에게로 다가가는 것은 꿈같은 일.

그렇기에 도시의 검문이야말로 시금석이며, 최초의 관문이었다.

그리고——.

"자아, 자, 모이십시오, 구경하십시오! 지금부터 보여드릴 것은 머나먼 동쪽의 대폭포, 큰물의 너머로부터 시간을 넘어 세계를 건너가며 계승된 노래와 춤! 선보일 사람은 오늘부터 도시에 찾아든 유랑 공연단입니다!"

흑발 아가씨의 낭랑한 소개문을 듣고 줄에 서 있던 자들의 호기심 어린 눈길이 모였다.

부드러운 흑발의 아가씨에 길고 아름다운 금빛 머리카락을 가진 악사. 갈색 피부의 두 사람도 이목구비가 뚜렷한 미녀로, 그 모습에 휘파람을 불던 이도 있다.

류리레의 선율이 연주되고 낭랑한 노랫소리가 파란 하늘 아래로 울려 퍼졌다.

"오, 뭐가 시작했지?"

"유랑 예능인이래! 음악, 음악!"

"허어, 이건 미녀뿐이잖아……."

커지는 기대와 모이는 사람들 눈길에, 검문을 담당하는 강건한 용병이 머리를 움켜쥐었다.

정문에 나타난 공연단, 그 일행에게 어떤 재주를 보일 거냐고 물은 것이 시작으로, 깨달았을 때는 정문을 무대로 공연이 시작되고 말았다.

"뭐, 노래와 연주는 나쁘지 않지만."

다만 뒤늦게 멈출 분위기도 아니라는 점과 최근에 일하다 쌓인 울분이 이를 못 본 척하게 했다.

이즈음 도시에 주둔한 제국병의 횡포에는 정말이지 학을 떼고 있었다.

군인과 경비병은 입장이 다르다. 그들은 제국에, 경비병은 도시에 귀속하는 입장이기 때문이다. 어느 쪽이 더 높다는 규정은 없을 테지만 상대는 그 점을 모르고 있다.

도시청사를 점거하고 순찰이라 칭하며 시민의 집을 뒤엎고, 야간 순찰을 구실로 술집에 틀어박히고 있으니 도시의 분위기는 나빠지기만 할 뿐. 경비병 본인부터 얼마 전의 소동으로 역적에게 정문의 돌파를 허용했다고 항의받아 몹시 화가 치미는 경험을 한 직후였다.

그럴 때, 공연단이 분위기를 바꾸어 준다면 나쁜 이야기가 아니다.

따라서 공연단이 재주를 피로하는 광경을 못 본 척하고 있었지만——.

"——아."

곡이 최고조에 이르렀을 때, 천천히 앞으로 나서는 인영에 경비병은 눈길을 빼앗겼다.

──아니, 경비병만이 아니다. 동료도, 줄을 선 이들도 남김없이 전원이다.

"_____."

두르고 있던 얇은 옷을 벗고 얼굴을 가린 베일을 들어 올린 것은 흑발의 무용수. 그 용모가 드러나자 음악에 넋 놓고 듣던 사람들의 마음이 완전히 사로잡혔다.

"자, 나설 차례여요, 비앙카!"

흑발의 아가씨에게 불려 무용수가 여유롭게 팔을 들었다. 그저 팔만 드는 그 한 동작에도 기품이 있어, 공기에 녹아든 그 자태가 한순간에 관중을 포로로 만들었다.

그리고 유려한 춤이, 아름답고 엄숙한 춤이 시작되었다.

"_____."

아름다운 춤에 눈길을 빼앗긴 관객들이 호흡을 잊었다.

그것은 한순간도 눈을 떼어서는 안 된다고 본능에 호소하는 미의 통곡이다. 과장스럽게 말하면 안구란 이때를 위해서만 존재했다고 영혼이 부르짖고 있다.

──봐라. 시각적인 그 호소에 본능이 얻어맞은 충격이 온몸을 엄습했다.

만약 여기에 도둑이 있어 우두커니 선 사람들의 품속을 당당히 뒤지며 지갑을 들고 달아나도 전혀 눈치채지 못할 것이다. ──아니, 그 전제는 성립되지 않는다. 왜냐하면 도둑조차도 무용수의 춤으로부터 눈을 뗄 수 없어질 테니까.

"_____."

불과 한 곡, 시간으로 따져 보면 5분이 채 안 되는 춤이 끝난다.

음악이 작아지며 무용수가 발꿈치와 발끝을 땅바닥에 붙였다.

──그 후에야 비로소 경비병을 포함한 관중들은 춤이 끝나 무용수가 거기에 서 있을 뿐임을 이해했다.

직후, 우레 같은 박수와 환성이 정문을 감싸며 커졌다.

"──어떠하셨나요? 여러분의 무료함을 조금이나마 달랠 수 있었으면 좋겠는데요."

"어, 어어……."

우레 같은 박수가 쏟아지는 가운데, 흑발의 악사가 말을 붙이자 경비병은 제정신으로 돌아왔다.

그녀들 공연단의 역량, 노래와 연주는 물론 무용이 얼마나 대단한지는 증명되었다. 이 관중의 열광을 보면 기량 부족을 이유로 쫓아내자는 마음도 일지 않는다.

남은 문제는──.

"아가씨들은, 도시에서 어쩔 셈이지?"

"제국병 분들이 살벌하게 만든 분위기, 저희가 일신해 보이겠어요."

악사가 자신 있는 미소와 함께 공연단의 단원을 손으로 가리키자 경비병은 머쓱해졌다. 그리고 경비병은 허리에 찬 검의 칼자루를 손으로 어루만지면서 말했다.

"단골 가게가 있거든. 밤은, 거기서 춤춰 줄 수 없을까?"

경비병의 말을 들은 흑발의 악사는 "어머나." 하고 입가에 손을 짚었다. 그리하여 멋진 연주와 춤을 선보인 공연단이 성곽도시로 들어간다.

　그 등을 배웅하는 경비병의 마음에 오늘은 일찍 일을 끝마치자는 맹세를 남기고.

5

　성곽도시 과랄에서 공연단의 평판은 처음 선보인 춤의 대성공이 결정지었다.

　정문을 무대로 삼은 일종의 데몬스트레이션이었지만, 기대를 훨씬 뛰어넘는 반향이 생겨 리피터가 속출한 덕에 공연단의 활동은 꽤 편해졌다.

　물론──.

　"어디까지나, 신선하다는 게 이유인 각광임을 잊어서는 안 된답니다. 어차피 저희의 예능은 벼락치기…… 지금은 우수한 무기가 먹히고 있는 것에 불과해요."

　"그렇군! 즉, 착실한 기술의 연마가 필요하다는 말이지, 남편 군."

　"네. 그렇기에 매일 꾸준한 노력과 의식이 필요한 것이지요!"

　그렇게 힘차게 주먹을 쥔 스바루의 역설에 예의 바르게 정좌한 플롭이 웃으며 끄덕였다.

　목소리가 크고 척척 대응해 주는 플롭은 실로 좋은 청자다. 그 덕분에 무심코 스바루의 이야기도 기세를 더하지만 그 점은 애교다.

어쨌든 진정으로 스바루가 이야기를 나눌 상대는 플롭이 아니다.

"듣고 계시나요, 거기 두 사람! 긴장을 풀면 안 된답니다."

"우오, 불똥이 튀었어."

"우, 우리 말입니까……?!"

스바루가 손가락으로 척 가리키자 타리타와 쿠나 두 사람이 뜻밖이라는 표정을 지었다.

여관 안에서 둘은 외출용 옷을 벗어 던지고 거의 속옷 바람이나 다름없는 슈드라크 스타일로 돌아왔다. 공연 중이라면 몰라도 남의 눈길이 없는 여관에서는 금방 이렇다.

"잘 들으세요. 신은 세세한 곳에 깃든다고 해서, 매일의 세세한 곳에 신경을 두루 뻗치는 것이야말로 리얼리티의 요령, 아름다움을 유지하는 비결이어요!"

"아, 아름다움이라니…… 그런 말이라면, 언니에게……."

"무슨 말이야, 타리타 양! 자네의 언니와 자네의 매력은 다른 법이라네. 애초에 자네를 칭찬한다고 미젤다 양에 대한 찬사가 동나는 것도 아니지. 그것은 다른 종류, 다른 법칙이야!"

"──웃!"

침대 위에 있는 타리타의 손을 잡은 플롭이 환한 웃음과 함께 열변했다.

그 기세에 눈을 부릅뜬 타리타가 입을 뻐끔거렸다. 삽시간에 그 뺨의 붉은색이 짙어지기에 스바루는 "어머나 참." 하고 입에 손을 짚었다.

"좀 봐줘. 타리타는 족장에 찰싹 붙어 다니느라 밖에도 안 나와 서 내성이 없다고."

"어머, 정이 가라. 하지만 당신은 당당한 모습이네요."

"나야 비교적 숲에서 틈틈이 빠져나왔었고, 번듯하고 무서운 언니란 것도 없었으니까. ……손이 가는 동생 같은 게 있지만."

입을 다문 쿠나의 뇌리에 떠오른 상대는 아마도 홀리일 것이다.

자매 같기도 하고 절친한 친구 같기도 하며, 혹은 부모자식 같 기도 한 정겨운 거리감의 두 사람이었다.

홀리도 별동대 중 한 명으로서 도시 밖에 대기하고 있다. —— 렘도, 비슷하게 희소식을 기다리고 있을 터다. 빈손으로는 돌아 갈 수 없다.

——현재, 스바루를 비롯한 공연단은 과랄의 여관에 머물고 있다.

이미 과랄에 잠입을 시작한 지 3일이 경과했으며, 그사이 합계 10회의 공연을 벌여 웬만한 수준을 넘는 반향을 얻었다.

체류 중에는 엘기나의 뿔을 판 대금으로 꾸려나갈 심산이었지 만, 상당한 금액의 벌이가 매번 날아오기에 자금난에 빠지지 않 고 있을 정도다.

"단지, 슬슬 다음 액션이 있었으면 한데요."

스바루는 살며시 턱을 손가락으로 훑으면서 정체된 상황의 변 화를 희망했다.

실제로 현재는 지나치다 싶을 만큼 잘 풀리고 있다. 공연은 대 성황에 시민의 호감도도 최상. 비앙카의 춤 완성도와, 나츠미 및 플로라의 말재주가 만든 결과다.

　미스터리어스한 면도 상품성에 속하는 비앙카는 춤을 출 때 말고는 거의 남 앞에 얼굴을 내밀지 않기에 자연히 정보 수집은 나츠미와 플로라의 역할이 되었다.

　원래부터 여성의 목소리를 낼 수 없는 비앙카＝아벨이 말을 하게 둘 수는 없기에 그 부분은 나츠미＝스바루와 플로라＝플롭이 떠맡을 예정이었지만.

　"신기하게도, 플로라는 누구에게도 의심을 사지 않더란 말이죠. 목소리도 바꾸지 않았는데."

　"나는 나츠미 양 같은 기술은 없으니까! 하지만 여동생과 줄곧 둘이서 여행해 오다 보니, 여동생의 버릇이 옮아서 그것이 여성다운 면으로 이어졌을지도 모르지."

　플롭이 즐겁게 새로운 설을 제창한다. 그러나 스바루의 머릿속에 떠오른 미디엄은 외견이야 미인에다 획획 변하는 표정도 사랑스럽고 매력적이지만 플로라의 완성도에 그녀의 존재가 영향을 주었다는 설은 미심쩍었다.

　"——잡담이나 하다니 꽤 여유가 있군그래."

　그런 대화를 나누는 일행에게 차갑게 얼어붙은 음성이 날아왔다.

　그것은 창가의 의자에 앉아 다른 일행의 대화에 한 번도 끼어들지 않던 공연단의 무희, 그 머리에 가발을 쓰지 않은 아벨이었다.

　매일 공연의 주역으로서 춤추는 아벨, 당사자는 결코 인정하지 않겠지만 그 당찬 옆얼굴에는 희미한 피로의 기색이 보였다.

적진에서 지내는 거나 다름없는 상황이다. 자연히 긴장으로 피로는 심화된다. 스바루도 이렇게 나츠미로서 자신을 관리하고 있는 것은 긴장이 풀리는 사태를 막기 위함이다.

렘에게도, 미젤다에게도, 처음에는 장난이라고 간주되던 작전이다.

하지만 스바루는 진지하게 이 작전을 제안해 성공률을 높이기 위해서 논의를 거듭했다. 여기에 실패했다고 '유감스러웠습니다' 하고 포기할 수 있을 만큼 이해력이 좋지는 않다.

그렇기 때문에——.

"비앙카, 당신이야말로 조금 쉬면 어때요? 이제 와서 하는 말이지만 저는 당신이 자고 있는 모습을 본 적이 없어요."

"어어, 무슨 말을 하는 거야, 나츠미 양. 아무리 그래도…… 어라? 어라라? 듣고 보니, 나도 비앙카 양이 자는 걸 본 기억이?"

스바루의 지적을 웃어넘기려다가, 웃을 말이 아니라고 깨달은 플롭이 놀랐다. 아벨은 그런 플롭의 모습에 눈길도 주지 않은 채 콧방귀를 뀌고 상대도 하려 들지 않았다.

아벨의 경계심은 지속 중으로, 그는 같은 일행에게도 마음을 터놓지 않았다.

변함없이 눈을 깜빡일 때도 두 눈을 동시에 깜빡이지 않고 있다. 두 눈을 한 번에 감은 정도로 여기 있는 누군가가 무슨 짓을 할 턱이 없는데.

"피곤하지 않나요? 그렇게 사는 게."

"──그 소리를 네놈이 하나?"

솔직하게 스바루가 생각을 입으로 전하자 아벨이 눈썹을 찌푸리고 받아쳤다.

스바루는 무슨 말인지 이해하지 못했다. 아벨의 사는 방식이 답답한 것은 확실하고, 스바루 쪽은 그렇지 않다는 것뿐인 이야기인데.

"자각이 없다는 것도 특히 더 가엾은 격이군. 하지만, 용서하마. 열심히 하던 대로 살도록."

"지시하지 않아도 계속 살 거여요. 당신 쪽은……."

"두 눈을 감는다는 것은, 생살여탈권을 상대에게 넘긴다는 뜻이다. 그것을 찰나라도 용납할 만큼 나는 나를 가볍게 보고 있지 않아."

"────."

"긴장감을 꺾지 말라는 것은 네놈이 한 말이기도 했을 터다만."

이렇게 말하면 저렇게 말한다며 받아치고 싶은 입마저 막혔다.

스바루는 씁쓸한 기분으로 아벨의 옆얼굴을 노려보지만, 이미 상대해 주지도 않았다.

가발과 장신구를 벗은 아벨은 무슨 일이 있으면 바로 비앙카로 변신할 수 있게 여관에서 입는 의상도 여성용으로 통일하고 있다. 따라서 현재는 가발만 벗은 불균형한 상태일 텐데도, 가발 없이도 모양이 나고 있다.

그야말로 스바루가 플롭을 포함한 다른 이들에게 타이르고 있는, '모든 곳이 전장'이라는 마음가짐이 완성되었기에 가능한 빈틈없는 아름다움일 것이다.

아벨의 차가운 얼굴에 그런 심상을 품고 있으려니──.

"──움직임이 있군."

"헤?"

중얼거린 아벨이 일어서서 침대 위의 자기 가발을 재빠르게 다시 썼다. 그 모습에 스바루는 얼떨떨했지만, 그 행동의 의미는 금세 알 수 있었다.

복도를 걷는 화려한 발소리와 함부로 문을 두드리는 소리가 스바루 일행의 방에 울렸기 때문이다.

"여행하는 공연단이 있는 곳은 여기냐. 열어라. 도시청사에서 보낸 사자다."

"아, 잠깐, 잠깐만 기다려 주시어요!"

"핫, 웃기지 마, 누가 기다리겠냐. 이쪽은 군인 나리라고."

조야한 목소리가 당황하는 스바루를 비웃고 문이 거칠게 열렸다. 성큼성큼 방에 쳐들어온 것은 붉은색과 검은색이 특징적인 군복을 입고 안대를 찬 남자.

그 등에 두 자루 검을 지고 폭력적인 충동을 숨기지 않는 면모를 희열로 일그러뜨린, 스바루도 아는 얼굴── 자말이었다.

"──우."

"그렇게 움찔하지 마, 안 잡아먹어."

스바루가 무심코 숨을 낮추며 몸을 굳히자 자말이 이를 딱 부딪친다. 그는 "흐음, 허어." 하고 실내 서슴없이 둘러보고, 속옷 차림이나 다름없는 타리타와 쿠나를 보자 천박하게 휘파람을 분다.

"옳거니, 예쁜이만 모여 있어. 참모관의 이야기를 들었을 때는 꽤 과장스럽게 떠든다 싶었는데……."

"앗……."

"너, 반항적이라 좋은 눈을 하고 있잖아. 눈매가 사나운 것도 좋아. 내 취향이야."

자말이 그렇게 말하면서 스바루의 턱을 손으로 잡고 얼굴을 들어 올렸다.

그 덤덤한 몸짓을 눈으로 포착하지 못한 스바루는 숨을 집어삼켰다. 역시, 겉모습과 악질적인 태도와 정반대로 자말은 상당히 실력이 좋은 모양이다. ——물론, 강한 것과 무서운 것은 다른 이야기지만.

"춤과 노래가 대단하다던데, 너는 뭐가 특기지? 오늘 밤, 침소에 불러 줄까."

"마, 말씀은 대단히 영광이어요. 저도 강한 남자를 좋아하고요."

얼굴을 들이대며 핥는 것 같은 눈으로 바라보는 자말에게 스바루가 미소를 지었다.

이만큼 지근거리라도 그가 스바루의 정체를 알아챌 기적은 없다. 그것 자체는 환영할 만한 일이지만 반대 의미로 그의 심금을 쓸데없이 자극한 듯하다.

물론 이런 쪽의 권유는 공연 때마다 있었지만, 지금까지는 웃는 얼굴과 화술로 잘 피해 왔다. 다만 상대가 제국병쯤 되면 그것도 어려워서——.

──센 바람이 분 것은 그때였다.

　　"──오."

　　바람에 스바루의 흑발이 날아올라 뺨이 간지러워진 자말이 얼굴을 찌푸렸다. 그 순간, 거추장스러워하던 자말은 창가로 눈을 돌려 거기에 서 있는 인영을 보았다.

　　가발을 다시 쓰고 유유히 팔꿈치를 안고 서 있는 것은 과랄을 시끄럽게 만든 흑발의 무희였다. 그 모습을 정면으로 포착한 자말은 놀랍게도 "헤에." 하고 웃었다.

　　거의 모든 인간이 넋을 놓고 움직이지 못할 지경인데 대단한 담력이다.

　　"아항, 이 녀석이 소문 자자한 무희인가. 어쩐지 반드시 끌고 오라고 할 만하군."

　　"뭐뭣."

　　자말이 놀람과 감탄을 머금은 한숨을 내쉬고 스바루를 풀어 주고는 바로 쿵쿵 아벨에게 접근. 감히 그 얼굴을 손바닥으로 잡아 정면으로 돌렸다.

　　모르고 한 짓이라고는 해도 황제의 존안을 잡고 조야한 웃음을 보내고 있는 상태다.

　　그야말로 모르는 게 약이라는 말이 딱 이 상황이라고 스바루는 무심코 말문을 잃고 말았다.

　　"──────."

　　"이쪽 여자는 떠들지도 않나. 뭐, 그건 그거대로 돋우는 맛이 있지만."

턱을 잡힌 채로 조용히 상대를 응시하고 있는 아벨. 조마조마한 스바루를 아랑곳하지 않으며 자말은 제국사상 톱 레벨의 불경을 저지르면서 콧소리를 냈다.

그리고 자말은 아벨의 턱을 잡은 채 뒤돌아보며 말했다.

"기뻐해라, 유랑 예능인! 너희 모두, 도시청사의 주연에 불러 주마. 이 도시를 관리하고 있는 지크르 오스만 이장이 그러기를 바라신다."

"지크르 이장이……!"

"그래, 영광스러운 이야기지? 일개 유랑 예능인이 제국 이장에게 초대받는다는 건 말이야."

거드름 피우는 자말의 말은 그 불경한 광경을 잊게 만들 충격을 불렀다.

지크르 오스만 이장이라는, 노린 물고기를 낚아 올린 기쁨을.

"설마, 거절하지 않겠지, 유랑 예능인."

"그거야 물론! 우리는 꼭, 제국병 분들께 노래와 춤을 보내드리고 싶었다네! 그야말로, 숙원인 셈이지!"

"좋은 대답이다! 마음에 드는군."

기쁨이 웃돈 스바루를 대신해 플롭이 함박웃음과 함께 대답했다.

그런 플롭의 명료한 대답에 자말도 기분이 좋아진 듯이 끄덕였다. 그리고 나서 그는 거칠게 아벨의 얼굴에서 확 손을 떼더니, 성큼성큼 방 입구에 진을 쳤다.

그리고——.

"후딱 준비해. 도시청사로 데려갈 거다."

"네?! 부, 불러 주신 거라면 저희 쪽에서 발길을……."

"핫핫핫, 신경 쓰지 마. 반드시 데려오라고 지시받아서 말이지. 이것도 우리의 임무라고. 뭘, 마음대로 갈아입어 줘. 짐도 내 부하더러 나르게 하마."

"———."

"오늘 밤은 『장』만의 주연이야. 우리 말단 병사들은 내일 이후의 떡고물을 기대할 수밖에 없단 말이지. 그러니까……."

놔줄 생각은 없다는 자말의 야비한 눈초리가 실내에 있는 사람들을 어루만졌다.

다행히 스바루와 아벨, 그리고 플롭 세 명은 최소한의 여장을 완료한 상태다. 제일 위험했던 타리타와 쿠나는 엄연한 여성이기에 준비부족이라도 작전이 와해될 염려는 없다. 그렇다고는 해도——.

"천천히 해도 된다."

노골적으로 지켜보는 앞에서 옷을 갈아입고 짐을 정리해야 하는 굴욕은 그리 쉽게 털어낼 수 있는 것이 아니다. 그러나——.

"알겠다! 자, 자, 다들 준비하자고! 병사 여러분을 기다리게 해서는 안 되지! 척척 진행하자!"

"플로라……."

"자네답지 않군, 나츠미 양! 자네에게는 피도 눈물도 어울리지 않아."

부글부글 끓는 분노의 감정이 미소 짓는 플롭의 말에 흩어졌다.

일부러 마지막에 덧붙인 그의 한마디는 스바루에게 일부러 '무혈입성'을 떠올리도록 이용한 말이라고 받아들였다.

"——네, 그러네요. 자, 비앙카와 나머지 두 사람도 준비를! 특히, 비앙카는 춤 말고는 아무것도 못하는 허당이니까요!"

"————."

아벨이 목소리를 내지 못하는 걸 기회 삼아 스바루가 비앙카에게 고약한 평가를 내렸다. 그 말에 아벨의 시선이 꽂히지만 스바루는 흘려넘겼다.

그리고 척척 방의 짐을 정리한 뒤 도시청사로 가기 위해서 옷을 갈아입어 일부러 자말이 바라는 대로 행동해 준다.

열심히 휘파람이나 불면서 갈아입는 모습을 즐겨라.

작전이 잘 풀렸을 때는, 인생 최대급의 충격과 후회가 기다리고 있을 거다.

그렇기에——.

"아니! 일부러 엉덩이를 흔들지 않아도 되지 않을까, 나츠미 양!"

6

문외한 눈으로 보아도 도시청사에는 군비다운 군비가 보이지 않았다.

평시에는 도시의 운영을 위해서 사용되는 건물이니까 여기에 방위 설비가 준비되지 않은 것도 당연한 노릇이다. 그런데도 현재는 도시 내에 제국병이 300명 이상, 경비병과 합치면 500명 가까운 전력이 있다고 추측되기에 방위 전력은 충분하다.

"다만, 이미 저희는 상대의 품속에 잠입했지만요."

도시청사 안, 머릿속에 지도를 그리면서 스바루는 몰래 웃었다.

오퍼레이션 『쿠마소 타케루』는 생각 외로 순조롭게 진행되고 있다. 도시 내에 예쁜이뿐인 유랑 예능인이 화제가 되면, '호색한'으로 유명한 『장』이 흥미를 가질 거라는 기대── 궁극적으로는 주연에 초대받아 지휘관의 신병을 확보하는 계획이다.

다만 작전의 실행을 눈앞에 두고서 큰 문제도 발생했다.

"오늘 밤, 작전을 결행하는데⋯⋯."

그 사실을 별동대인 미젤다 쪽에 전할 타이밍이 없었다.

여관에 스바루 일행을 맞이하러 온 자말은 경계심이 아니라 그 엉큼한 심보로 밖과 연락을 취할 기회를 주지 않았다.

도시청사 안에서도 스바루 일행의 자유는 제한되어서 도중에 빠져나갈 틈도 없었기에 아직도 별동대에 오늘 밤의 결행을 전하지 못했다.

"무슨 수를 써서든, 도시청사 안에서 밖에다 오늘 밤 일을 전해야⋯⋯."

별동대의 존재는 스바루 일행의 계획이 실패했을 때의 보험이기도 하다. 하지만 계획이 성공했을 때도 도시 내의 제국병을 무장 해제시키기 위해서 그녀들의 협력이 필요하다.

『쿠마소 타케루 작전』의 성패와 관계없이 밖과 연계를 할 수 없어서는 이야기도 되지 않는 것이다.

"그런데, 비앙카는 무슨 생각을 하고 있는지 모르겠단 말이지요······."

밤의 주연에 대비해 집중하고 있다면 듣기에는 좋지만, 도시청사에 초대받아 대기실이라는 이름의 감금실에 격리된 뒤로 아벨은 침묵을 유지하고 있다.

아벨도 별동대의 존재가 계획에 중요함을 알고 있을 테지만, 말 붙일 엄두도 낼 수 없다.

플롭은 협력적이지만 도시청사를 함락시키는 작전의 상담 상대로서는 지나치게 부적절하다. 타리타와 쿠나도 지혜보다 완력을 기대해 뽑은 멤버다.

"──즉, 제가 어떻게든 해야 해요."

스바루는 주먹을 꽉 쥐고 안내받은 화장실 안에서 기합을 넣었다.

스바루 일행은 대기실에서 나오지 말라고 명령받았지만, 아무리 그래도 화장실까지 방해받을 이유는 없다. 그렇다고는 해도 화장실의 창문은 쇠창살이 끼워진 방식이기에 이곳을 통한 탈출은 어렵다.

초조해져서 수상한 행동을 하면 치명적이다. 섣부른 짓은 할 수 없지만, 그렇다고 느긋하게 있을 수도 없다. ──최악의 경우, 오늘 밤의 결행을 유보한다는 판단도 있지만.

"오늘은 『장』만의 모임이고, 내일은 일반병도······."

여관에서 자말이 누설했었지만, 오늘과 내일의 참가자는 그런 순서인 모양이다.

내일은 일반병—— 당연히 거기에는 스바루가 가장 만나기 싫은 상대가 포함된다.

"＿＿＿＿."

솔직히 여관에 자말이 쳐들어왔을 때는 심장이 멈추는 줄 알았다.

자말이 있다는 말은, 그 남자가 함께 있을 가능성이 있다는 의미다. 물론 지난번 마지막에 화살을 맞은 그 남자가 그대로 죽었을 가능성도 없지는 않지만.

"그것을 괜한 희망이라고, 말하고 싶지는 않네요."

복잡한 심경이었다.

다시는 만나고 싶지 않다. 하지만 죽기를 바라지도 않는다. 복잡하다.

스바루도 이 세상에 살려 둘 수는 없는 사악이 있음을 알고 있다. 대죄주교가 그러하며, 그들은 전원이 용서하기 어려운 악덕을 옳게 보는 무리다.

그러니까 대죄주교라면 스바루는 주저 없이 죽음을 바랄 수 있다.

그러나 그 남자는 그렇지 않다. 스바루에게 공포의 대상일 뿐이지 사악은 아니다.

애초에 그렇게 말하자면 어영부영 못 본 척하고 있는 대죄주교는, 루이는 어떻게 되는가.

"——안 되겠네요. 지금은 눈앞의 계획에 집중해야지요."

스바루는 흐트러지는 사고를 나무라며 겁을 내는 심장을 다그

쳤다.

화장실 안을 두루 조사했지만, 밖과 연락을 취할 단서는 찾을 수 없었다. 이 이상 버티다가 화장실 밖에서 기다리는 감시역 병사가 수상하게 여겨도 곤란하다.

상황이 절박해지면 아벨도 무거운 엉덩이를 뗄지도 모른다. 일단 재정비다.

"미안해요, 오래 기다리게 했지요? 조금 긴장해서."

"응, 아아, 걱정할 것 없어. 마침 말 상대가 있었거든."

"말 상대?"

조용히 화장실에서 나오자 기다리고 있던 감시역 병사가 그렇게 대꾸했다. 누군가 지나가던 상대와 말을 나누던 모양인지, 턱 짓에 따라 그쪽을 보고――.

"――흐음, 당신이 밤의 여흥에 불린 무용수인가."

――거기에, 절대로 보고 싶지 않은 얼굴이 있어서 스바루의 심장이 얼어붙었다.

"――히으."

"응? 왜 그래. 그렇게 놀란 표정으로. 이봐, 이봐, 잡아먹지 않는다고."

반사적으로 목이 푸들거린 스바루를 보자 웃으면서 농담을 던지는 상대.

그것이 입에 담은 농담은 불과 얼마 전에 여관에서 자말의 입에서 들은 것이다. 하지만 그냥 엉큼한 심보라고 흘려들은 자말과 다르게 이번의 그 말은 흘려들을 수 없다.

정말로 잡아먹을 마음이 없는 게 맞느냐고 되물어보고 싶어지니까.

"뭐야, 무슨 짓한 거냐, 토드."

"내가? 당치 않은 소리 하지 마, 무슨 짓이고 할 수 있을 리 없잖아. 상처가 무거워서 내내 자리보전하고 있었는데. 겨우 걸어 다닐 수 있게 된 참이라고."

옆구리를 어루만지면서 감시하는 병사와 화기애애하게 대화하는 남자──토드.

나츠키 스바루를 가장 경계하도록 만들고 대죄주교 이외에 그 죽음을 바랄 지경까지 갈 뻔한 공포의 대상, 그것이 눈앞에서 담소하고 있는 악몽.

"──아."

무슨, 무슨 말을 해야만 한다고, 스바루의 뇌가 고속으로 회전했다.

침묵은 좋지 않다. 의심을 살 요소를 한 톨이라도 드러내서는 안 된다. 토드는 그것을 눈치 빠르게 발견해서 그걸 구실로 공격할 것이다.

증거나 확증 같은 건 필요로 하지 않는다. 이 남자는, 의혹이 있으면 없애려 든다.

그러니까──.

"당신, 진짜로 왜 그래? 어디서 나랑……."

"죄, 죄송합니다…… 단지, 저기……."

"단지?"

침착하게 같은 말을 되풀이할 뿐인데 심장이 뒤집힐 것 같다.

단지 속이 안 좋아서 그렇다며 대화를 끝내고 싶다. 그러나 그 말을 입에 담기 직전에, 정말로 그래도 되느냐고 의혹이 솟았다.

속이 안 좋다는 말은 변명으로서 흔하지만, 거짓말이다. 거짓 말을 간파할 느낌이 든다.

『사망귀환』한 스바루가 그 지식을 이용하려고 한 것만으로도 토드는 그 마음속 움직임을 알아차리고 나이프를 박았다. 거짓 말은, 들킨다. 들킨다.

거짓말은, 피해야만 한다.

속이 안 좋은 것이 아니다. 스바루가, 지금, 숨이 턱 막힌 이유 는———.

"조금, 그게, 무서워서……."

"무서워? 내가?"

"당신도, 포함해서요. 조금…… 그래요, 조금 막무가내로 끌 려온 상황이라서요."

시선을 돌려 토드가 눈을 보지 못하게 했다.

동작 하나하나가 스바루 안에 항상 성패를 묻듯이 의문을 일으 킨다. 눈을 보여 주면 거짓말이 들킬 느낌이 든다. 거짓말을 하 면 간파당할 느낌이 든다. 거짓말이, 아니다.

그런 스바루의 필사적인 대답을 듣자 토드는 한쪽 눈을 감고 확인했다.

"막무가내로 끌려왔다니, 이 아이들을 데려온 건 누구지?"

"아, 오렐리 상등병이었던 것 같은데."

"아, 자말인가. 그렇다면 이해가 가지. 그야 겁먹게 해서 미안하게 됐어, 당신."

"어……."

감시병과의 대화로 수긍한 토드가 스바루에게 사과했다.

그 예상 밖의 태도에 스바루의 눈이 휘둥그레지자 토드는 손가락으로 볼을 긁으면서 말했다.

"나쁜 녀석은 아니다……라고는 못하겠군. 자말은 입도 성격도 나쁘고 머리도 별로 좋지 않아. 하지만 악의는 없다. 그거, 그냥 그렇게 생겨 먹었을 뿐이거든."

"네, 네에……."

"가능하면 넓은 아량으로 용서해 주지 않겠어? 그래 봬도 그 녀석은 내 처남이 될 거거든. 전혀 닮지 않은, 천사 같은 여동생이 내 약혼자라서."

쓴웃음이 함께하는 토드의 말에 스바루는 일일이 곤혹스러워졌다.

보는 바로, 토드가 스바루의 언동에 불신감을 품은 기색이 없다. 오히려 자말에 시비가 걸린 스바루를 동정해 걱정해 주는 눈치까지 있었다.

설마 이렇게까지 스바루의 여장 기술과 자말의 성희롱이 쓸모가 있을 줄이야.

"──아, 여기 있구만! 야, 토드, 왜 쏘다니고 있어!"

그런 스바루의 심경을 아랑곳하지 않으며 노성이 통로에 울려 퍼졌다.

소리를 지르고 쿵쿵 난잡한 발소리와 함께 자말이 다가온다. 그런 자말의 접근을 알아챈 토드가 "아이고." 하고 이마에 손을 짚었다.

"걸렸나……."

"걸렸나는 뭘 걸렸나야! 배에 구멍 뚫린 놈은 안정이나 취해! 너 이 자식, 보아하니 자기 눈으로 보지 않으면 믿을 수 없다고 생각한 거군."

"아니, 아니, 신용하고 있다니까. 너는 의외로 성실하니까 일은 똑바로 하지. 하지만 성실하게 일을 해도 실수하는 놈은 실수하잖아?"

"그게 신용하지 않는다는 말이라고……!"

두 팔을 들고 어깨를 으쓱인 토드의 대꾸에 자말이 혀를 찼다.

하지만 콧김을 씩씩대며 다가온 자말은 토드 옆에 스바루가 있는 것을 알아채자 "오." 하고 그 표정을 분노에서 웃음으로 바꾸었다.

"여흥으로 온 여자잖아? 그 안에선 네가 제일 내 취향이었지. 이봐, 너는 오늘 밤 불리지 않으면……."

"아~ 그래그래, 관둬, 관둬."

호색한 눈빛의 자말이 손을 뻗어 스바루의 어깨를 잡으려고 했다. 하지만 기가 막히게도 토드가 그런 자말의 손을 말려 주었다.

토드는 자말의 손목을 잡고 얼굴이 일그러진 그에게 "관둬." 하고 한 번 더 거듭했다.

"네가 그러니까 겁먹는 거라고. 여자아이는 상냥하게 대해."

"아앙? 왜 네가 끼어들어…… 설마, 너! 그 여자랑……!"

"농담은 그만둬라, 자말. 나는 네 여동생에게 일편단심이야. 알고 있잖아?"

"여동생에게 일편단심이라고 들으면, 오빠로서는 복잡한 걸……."

자말이 기백이 뚝 꺾인 표정으로 중얼거리고 토드의 손을 풀어 냈다.

그러고 나서 자말은 힐끔 스바루 쪽을 보았지만, 얼굴이 뻣뻣하게 굳은 모습에 그 이상 집적거릴 생각을 접은 기색이다. 뜻밖이지만 자말에게도 분별은 있던 모양이다. 어쩌면 조금 괜찮네 싶은 상대가 겁을 먹어서 상처 받을 마음이 있었다고 해야 할까.

어쨌든 간에──.

"어차피 오늘 주연에 우리는 참가 못하잖아? 그럼, 그만 가자고."

"그렇다고 샛길을 없애는 데 집착하는 것도 질리기 시작했단 말이다."

"질리고 말고 할 게 어디 있어. 보험이지, 보험. ──반드시 그 쪽으로 올 테니까."

실실 웃는 토드의 날카로운 한마디가 스바루의 가슴을 쥐어뜯었다.

역시 샛길을 사용하는 작전은 주도면밀하게 방지되고 있었다. 그 작전을 채택하지 않은 자신을 진심으로 칭찬한다. 그렇게 찬미하는 말을 있는 대로 퍼부었을 때.

"——그런데, 당신, 이름이 어떻게 돼?"

마음을 놓은 것이 간파당한 것일까.

페인트 비슷한 질문에 스바루는 진심으로 의식이 날아가는 줄 알았다.

이름을, 물었다. 왜, 어째서, 의문이 휘몰아친다.

이름쯤이야 묻겠지. ——아니, 토드는 묻지 않는다. 흥미가 없을 터다. 렘은 그것이 이유로 처음부터 토드를 경계하고 있었다. 이번에는 저 남자와의 관계가 나빴으니까 스바루도 이름을 교환하지 않았다. 이름을 대야 할까, 아닐까, 어떻게 해야 할까.

"부탁해, 가르쳐 줘."

거듭 묻는 말에 스바루는 숨을 집어삼켰다.

답을 미룰 수 없다고 각오하고 가능한 한 평정을 가장해 웃음을 띠고.

"——나츠미 슈바르츠라고 합니다."

그렇게 대답했다.

여기선 이러는 것 외의 선택지가 떠오르지 않았다. 나머지는 이것이 정답이기를 엎드려 빌며 좌우지간 상대의 반응을 기다린다.

그 답변을 들은 토드는 "오홍——." 하고 턱을 매만지면서 끄덕인 뒤 말했다.

"그렇다네, 자말. 이름을 들을 수 있어서 잘됐지?"

"시끄러! 얼른 가자!"

얼굴을 붉힌 자말의 노성을 듣고 어깨를 으쓱인 토드가 뒤따른다.

그 뒤로 두 사람은 한 번도 뒤돌아보지 않으며 스바루 앞에서 자취를 감추었다. 복도 모퉁이를 돌아 시야에서 사라진다. 시야에서, 사라졌다. 사라졌다.

"······정, 말로?"

"괘, 괜찮은 거야, 너? 안색이 엄청난데."

이제 돌아오지 않을지 그 모습을 지켜보던 스바루는 숨을 몰아쉬었다. 그것이 얼마나 필사적이었는지 유일하게 남아 있던 감시하는 병사가 스바루의 안색을 염려했다.

그에 응답할 여유는 이미 스바루에게는 한 톨도 남아 있지 않았다.

그러나 감시하는 병사에게 어떻게든 얼버무려서 그 자리를 벗어나 대기실로 돌아갔다.

"꽤 시간이 걸렸는걸, 나츠미 양! ······괜찮은 거야? 안색이."

"그 이야기라면 벌써 했으니까요····· 일단, 폭풍은, 헤쳐 나왔어요."

마중해 준 플롭의 얼굴을 보자 비로소 심장 고동과 호흡이 진정하기 시작했다.

그렇다. 갑자기 조우한 폭풍으로부터는 달아, 났을 것이다.

그러나 당초의 문제였던 큰 벽은 넘지 못했다.

"밖과 연락을 취할 수단을 찾지 못했어요. 그게 없으면, 계획이 성공해도······."

"아아, 그거라면 안심해 주세요, 나츠미. 저와 쿠나 둘이서 언니 쪽이 알 수 있게 신호를 던져 두었습니다."

"으에?"

싱겁게 떠안고 있던 문제가 해결되었다는 통고를 받은 스바루가 눈을 크게 떴다.

그 반응에 미안하다는 기색인 타리타와 자기는 모르는 일이라는 기색의 쿠나. 어떻게 된 일이냐고 둘에게 시선으로 캐물으니.

"그것이 저기…… 나츠미가 감시자를 데리고 나간 뒤, 남은 감시자를 유인해 둘 테니까 일을 끝마치라고 비앙카가 말해서."

"뭐, 뭐, 뭐……."

눈을 크게 뜨고서 스바루가 방구석에 있는 아벨을 쳐다보았다.

그러자 그 시선을 알아챈 아벨이 눈을 가늘게 뜨고 느릿느릿 고개를 가로저었다.

"네놈에게 전달해 부자연스럽게 움직이게 두기보다, 천연의 미끼로 써먹을 뿐이지. 다행히 적절하게 임무를 완수한 것으로 보이는군. 칭찬하마."

"시끄러워요! 제가, 제가 얼마나 무서운 상황을 겪었는데……!"

"지, 진정해, 나츠미 양! 자, 귀여운 얼굴이 다 망가지잖아!"

"입 좀 닥치시와요!"

당치도 않은 아벨의 태도에 덤비려는데 뒤에서 플롭이 겨드랑이로 팔을 넣어 붙들었다. 진심으로 이 거만한 미남을 패 주고 싶지만, 이 얼굴이 없으면 성립하지 않는 작전이기도 해서 스바루도 냉정해질 수밖에 없다.

자기 얼굴을 인질로 삼다니, 믿기지 않게 흉악하다.

밖과 연락이 닿았다면 나머지는 계획을 실행하고 성공시킬 뿐
이지만——.

"——계획이 성공하지 않았다간, 혼쭐 날 줄 알아요."

오기처럼 중얼거렸지만, 그것이 정말로 오기로만 끝날 것을
스바루는 지금까지 보낸 며칠 만에 확신하고 있었다.

정말로 분한 이야기지만, 이 오만한 무희에게 넋을 놓지 않을
사람은 그야말로 대죄주교라도 아닌 한 존재하지 않을 것 같았
으니까.

제6장 『오만불손한 붉은색』

1

"──연회석의 준비가 끝났다. 너희가 나올 차례다."

출석을 알리는 감시병의 부름에 대기실의 스바루 일행이 일어섰다.

시시각각 다가오는 본무대의 기척과 높아지는 긴장에, 숨 막히는 감각이 피크에 달했을 무렵이었다.

여기까지 잘 풀렸으니 나머지는 아무 문제도 없다. ──그렇게 단정할 수 있을 만큼 인간은 단순하게 만들어지지 않았다. 여장의 완성도에 자신이 있어도 그것은 마찬가지다.

각자의 악기를 들고 연회장으로 안내받기 전에 가벼운 신체검사를 받는다. 원래 얇은 옷 부류밖에 두르지 않은 상황이다. 호기심과 호색이 서린 눈길을 참아내며 목적한 방으로 안내받았다.

"──우."

"타리타 씨?"

연회장으로 가는 도중, 발걸음이 무거운 타리타의 모습에 스바루는 눈썹을 찡그렸다.

해쓱해진 표정과 폭포수 같은 땀, 한눈에 극도의 긴장 상태에 있음을 알 수 있다. 정든 촌락을 떠나서 족장인 언니에게도 기댈 수 없는 상황, 거의 맨몸으로 적진 한복판에 쳐들어가는 작전도 그녀에게 강한 스트레스를 강요했을지도 모른다.

당장에라도 쓰러질 듯한 안색과 호흡에 스바루는 어떻게든 건넬 말을 찾지만──.

"──타리타. 아무것도 염려할 건 없다. 나를 보고 있어라."

그것은 지독하게 오만하고 거만하지만, 절대적인 자신감으로 가득한 음성이었다.

근거가 없는, 스바루가 직전에 생각한 것과 다를 바 없는 위로의 말이다. 하지만 그 안이한 위로의 말은 평정을 잃으려던 타리타의 마음을 현실에 잡아 두었다.

고작 한마디, 그것만으로도 강하게 타인의 마음에 작용하는 힘이 담긴 목소리였다.

가진 자는, 가지지 못한 자의 필사적인 노력을 한순간에 추월한다.

수도 없이 통감한 그 사실을 또렷하게 과시당한 기분이다.

"이젠, 성질도 나지 않지만요."

스바루는 자신을 타이르기 위해 중얼거린 말로 위안 삼았다. 하지만 바로 타리타만이 아니라 자신의 긴장도 느슨해졌음을 자각해 입술을 뒤틀었다.

말하면 우쭐댈 테니까 절대로 말하려고는 생각하지 않지만.

그리고──.

"──잘 왔다. 너희는 대단히 멋진 춤과 노래를 선보이던 모양이더군."

연회가 준비된 넓은 회장, 스바루 일행을 맞이한 것은 서른 명 가까운 강건한 제국병이다.

오늘 연회석에는 일반병이 불리지 않았다고 들었다. 그렇다면 이 자리에 있는 것은 소위 장교 지위에 앉은 자들일까. ──말을 건넨 것은 그 가장 안쪽의 의자에 앉은 남자였다.

"……저것이, 지크르 오스만 이장?"

입 안으로만 중얼거린 스바루의 말에 옆에 선 아벨이 베일로 얼굴을 가린 채로 살짝 수긍한다. 표적이 틀림없음을 안 스바루는 새삼 상대를 쳐다보았다.

성곽도시 과랄에 주둔한 제국병, 그 지휘관인 지크르 오스만.

어떤 거한이 제국의 이장이라는 지위를 받았을지 추측했었는데, 그 모습은 스바루의 상상을 배신해 작은 몸집에 두툼한 머리카락이 특징적인 외견을 하고 있었다.

스바루보다 머리 반 개만큼은 더 키가 작아서 그것을 메꿀 높이가 있는 머리모양── 펀치 파마 헤어다.

교묘한 용병가라고는 들었지만, 확실히 검으로 무훈을 세울 타입으로는 보이지 않았다.

"지금 우리는 성가신 문제를 떠안고 있다. 도시 안에 틀어박혀서 날마다 기분이 우울해질 뿐이지. 거기서, 이번 연회를 마련한 거다. 너희의 역할은 알고 있겠지?"

"──네. 초대해 주셔서 지극히 영광이옵니다."

팔걸이에 턱을 괴고 거물이란 티를 내는 지크르 앞에 스바루가 무릎을 꿇었다.

거기에 플롭과 타리타, 쿠나가 뒤따랐지만, 최후미의 아벨은 따르지 않는다. 순간, 지크르의 눈이 가늘어지며 『장』안에도 불온한 분위기가 번졌다.

아니나 다를까, 발 아래에 술잔을 놓은 병사 중 한 명이 일어서서 아벨을 노려보았다.

"왜 무릎을 꿇지 않지? 이장 앞인 줄 알고서……."

"잠깐. 그렇게 성내지 마라. 이 자리는 주연을 위해서 연 것이다. 예능으로 생계를 세우는 자들에게 요구할 것은 예의범절이 아니라 무료함을 달래는 것 아니겠나."

"음…… 『장』께서 그리 말씀하신다면……."

그러나 아벨에게 시비를 거는 병사를 얼른 것은 다름 아닌 지크르였다.

관대함을 표한 그의 태도에 병사도 마지못해 도로 앉았다. 그 사이에도 아벨은 베일로 얼굴을 가린 채로 꿈쩍도 하지 않는 태도를 관철했다.

"무인의 기백을 아랑곳하지도 않나. 춤에 어지간히 자신이 있는 것으로 보이는군. 하지만 첫 인상은 나쁠 거다. 뒤집어 주기를 기대하겠지만."

"……관대함에 감사를. 하지만 안심해 주시어요."

아벨의 거만함을 한사코 호의적으로 받아들이는 지크르. 무릎 꿇은 채로 스바루가 대답하자 지크르는 "호오?" 하고 흥미로운 듯 눈썹을 세웠다.

이 뒤에 있을 일을 생각하면 가슴은 아프지만, 기껏 얻은 기회다. 그 기회를 최대한으로 살려서 그에게는 완패를 맛보도록 해주겠다.

그러기 위해서——.

"——지금부터 보여드릴 이는, 대폭포 너머에서 찾아오신 아리따운 무희. 달빛을 삼킨 요염한 흑발에, 정령의 축복을 받은 아름다운 하얀 살결, 천상의 사람도 이러랴 싶은 지고의 미모, 오늘 밤, 성대하게 춤추도록 하겠습니다."

거창한 소개문을 신호로 앞으로 나선 무희가 얼굴을 가린 베일을 들어 올렸다.

그렇게 드러난 무희의 얼굴을 목도하자 그때까지 소문 자자한 무희의 오만함에 어이없어하던 일동이 일제히 숨을 집어삼킨 것을 알 수 있었다.

"_____."

개중에서도 아벨의 눈에 곧게 응시된 지크르의 충격은 컸다.

그것이 얼마나 컸느냐고 하면——.

"——네놈의 패배다, 지크르 오스만."

요구받은 대로 내민 검이 목에 들어와 움직임을 봉인된 지크르.

무희의 입에서 의심할 여지 없는 남자의 목소리가 들려도 '호색한' 지크르 오스만의 눈은 더없는 도취로부터 빠져나오지 못하는 색을 띠고 있었을 정도였다.

2

　──해냈다. 스바루는 속으로 승리를 확신해 소리를 지르고 있었다.

　아벨이 든 검은 지크르의 목젖을 쉽게 꿰뚫을 수 있는 위치에 있다.

　몸을 뒤로 젖혀 그 목을 드러낸 지크르의 신병은 완벽하게 확보했다. 작전 성공이다. 그것도 본래 계획보다 빠르게, 정확한 타이밍에.

　원래 스바루 일행의 계획은 여행하는 공연단으로 시내에서 유명해져 지크르 오스만의 품속에 잠입하는 것이었다. 이상적인 것은 지크르의 침소에 불려 거기서 그의 빈틈을 찔러 신병을 확보해 과랄에 주둔한 제국병을 항복시키는 것.

　그 전제가 이번 술자리의 개최로 뒤집혔다.

「──연회석에서, 시내에 남은 장병을 모조리 무력화한다.」

　이는 술자리에 불린 순간에 작전 변경을 선언한 아벨의 말이다.

　성공하면 보상은 크지만, 위험도 큰 하이 리스크 하이 리턴의 작전── 스바루는 상황에 따라 원래 작전으로 전환한다는 조건으로 계획의 변경에 동의했다.

동의했지만, 설마 이렇게까지 잘될 줄은 생각도 못했었다.

"다시 말하지, 지크르 오스만. 네놈의 패배다. 당장 항복하고 부하에게 무장을 해제하도록 지시해라. 그러지 않으면 네놈의 술잔에는 술이 아니라 피가 채워질 것이다."

움직이지 못하는 지크르에게 검을 들이민 아벨이 다시 한번 항목을 권고했다.

하지만 지크르의 눈에 생명을 위협받은 자의 공포는 없다. 군인다운 각오가 서린 눈도 아니었다. 오히려 눈에는 미혹이, 의혹이 소용돌이치고 있었다.

"무용수, 너…… 아니, 당신은……."

황공한 존재를 눈앞에 둔 것처럼 지크르의 눈에 미혹이 드러나기 시작했다.

한낱 무용수를 앞에 둔 남자의 반응이 아니라고 생각한 직후였다.

"──큭! 네 이놈, 역적놈들이! 어딜 함부로……!"

얼이 나갔던 『장』 중, 제정신을 차린 자가 순간적으로 아벨에게 달려들려고 했다.

하지만 그들이 아벨의 등에 손을 뻗는 것보다 그 팔과 다리가 던져진 나이프에 관통당하는 쪽이 더 빨랐다. ──칼을 던진 것은 몸을 뒤튼 쿠나였다.

"미안하지만, 족장에게 아벨의 얼굴은 지키라고 지시받았어."

병사들의 손을 꿰뚫은 것은 춤추던 중에 쿠나가 회수한 식사용 나이프였다.

정확한 일격에 선수를 빼앗긴 『장』들이 주춤했다. 그러나——.

"가소롭다! 이 정도로 제국병의 발을 잡을 수 있을 줄 아느냐!"

그렇게 부르짖은 것은 던진 나이프를 팔로 막으면서 날아오른 거한이었다. 덩치 큰 남자는 자신의 대검을 뽑고는 부상을 개의치 않고 곧장 아벨의 등으로 육박했다.

"아벨——!"

지크르를 잡아 두며 우두커니 서 있는 등을 보이고 있는 아벨.

스바루가 비명처럼 그 이름을 부르지만 무희는 미동도 하지 않았다.

그대로 대검이 아벨의 등에 내리꽂히며——.

"——큭."

그 순간, 이를 깨문 남자를 병사 중 한 명으로부터 활을 빼앗은 타리타가 조준하고 있었다.

그녀는 시위에 잰 화살을 당겨 아벨에게 육박하는 병사를 겨냥했다. 타리타의 녹색 눈에 빛이, 살의가 깃들었다. 흉행을 멈추기 위해 남자의 숨통을——.

"죽이면 안 돼!!"

하지만 화살이 발사되기 직전, 창졸간에 플롭이 그렇게 외쳤다.

그 말을 들은 타리타의 눈에 미혹이 생기고 화살의 조준이 살짝 어긋났다. 그것은 남자의 등을 빗나가 오른쪽 어깨에 명중, 충격에 거한이 신음을 지르고 요란하게 나동그라졌다.

그러나 그 손에서 떠난 대검은 회전하며 아벨의 등으로 날아갔다.

행여 대검이 아벨의 머리를 깨트릴까 싶었지만, 그것은 뒤통수 앞을 검 끝으로 살짝 스치고 격렬한 소리와 함께 바닥에 꽂혔다.

그리고——.

"——아."

땋아 두었던 아벨의 검은 머리카락이 스륵 풀리며 펼쳐졌다.

대검의 칼끝이 머리 장식을 베어 기껏 묶은 매듭이 풀린 것이다. ——아니, 그것만으로 그치지 않는다. 흐트러진 가발은 역할을 잃고 가짜 흑발이 바닥에 떨어졌다.

무희의 긴 머리카락은 일변해 거기에는 본래의 흑발만을 머리에 인 아벨의 모습이 있었다.

——머리 장식과 함께 무희를 연기한 부드러운 인상을 벗은 냉혹한 황제가.

"이장! 놈들을 지금 당장……."

"——그만둬! 거역하지 마라!"

부상당한 병사가 신음하는 가운데, 여전히 저항을 그만두지 않는 『장』의 입을 지크르가 막았다.

신병이 구속당한 지크르는 스바루 일행이 가장 두려워하던 전법, 희생을 두려워하지 않는 특공의 선택지를 지웠다. 대세의 결판이 났다고, 깔끔하게 자신의 패배를 인정할 자세다.

"그쪽의 말대로 따르면, 부하의 생명은 보증해 줄 수 있나?"

"그것도 네놈의 태도 나름이다, '겁쟁이'."

"윽……."

얌전히 항복 권고를 받아들일 자세를 보인 지크르. 그런 그가 가차 없는 아벨의 매도를 듣자 얼굴이 벌게지며 이를 악물었다.

그것은 간계에 걸려 신병이 구속당하는 것 이상의 굴욕을 맛본 인간의 표정이었다.

"들어 보았다, 지크르 오스만. 네놈은 '호색한' 이라고 불리기 이전에는 '겁쟁이' 라고 불리고 있었지."

"……제국 군인으로서 받아서는 안 될 멸칭이다. 그래서, 이런 책략을? '호색한' 에다, '겁쟁이' 라고 비방당하는 나라면 여자가 검을 들이밀면 자기 몸이 아까워서 항복할 거라고……."

그렇다면 그것은 얼마나 굴욕일까.

혹시 그것이 사실이라면 지크르는 화병으로 죽을지도 모를 정도의 치욕.

하지만 이번 계획의 입안에서 아벨이 실행 가능하다고 판단한 이유, 스바루 일행이 들은 근거는 그렇지 않았다.

"교묘하고 견실한 용병으로, 두드러진 전과는 적지만 아군의 피해도 적은 책략가. 지휘관으로서 우수하지만 적극성이 결핍했다. 따라서 '겁쟁이'."

"그렇다. 그렇고말고. 나는, 허나……."

"네놈, 무슨 착각을 하는 거지?"

아벨이 눈을 가늘게 뜨고 그렇게 묻자 지크르가 눈을 부릅떴다.

바로 곤혹감을 얼굴에 붙인 지크르에게 아벨은 검을 든 채로 말을 이었다.

"타인이 네놈을 겁쟁이라고 비방하는 것은 결과를 보고서 부리는 허세거나, 그렇지 않으면 결과를 볼 수 없는 어리석은 자의 헛소리다. 나는 네놈의 성격을 승산으로 삼았다."

"_____."

"네놈은 쓸데없는 피해를 싫어하지. 따라서 '겁쟁이'라고 취급되던 용병가인 네놈이라면 이 상황에 저항하지 않으리라 판단한 것이다. ──나를 실망시키겠나?"

날카로운 시선으로 아벨이 목덜미에 칼날을 댄 채 지크르에게 물었다.

그것은 아벨의 정체를 모르는 자에게 한낱 헛소리로만 들릴 것이다. 상대의 겁 많은 성격을 신용해 그것을 이기기 위한 작전에 포함하다니 어처구니없다.

그러나 그런 아벨을 앞둔 지크르 오스만은 숨을 집어삼켰다.

그 눈동자에 오간 것은 참으로 형용하기 어려운 감정이었다. 구태여 언어화한다면, 감동에 가까운 놀라움이지 않을까. 그것은 마치 아가씨가 마음에 둔 상대로부터 무언가를 받은 것만 같은, 그런 싱그럽고도 풋풋한 반응인 것처럼 느껴져서──.

"──무장을, 해제하겠습니다. 부하에게도 엄명을."

"현명한 판단이다."

얌전하게 고개를 조아린 지크르의 대답에 아벨이 조용히 끄덕였다.

그 모습은 무용수의 복장임에도 불구하고 위엄으로 넘치는 수궁에 아무도 거역하지 못했다. 지휘관인 지크르의 항복으로 제국병들도 잇달아 무기를 떨어뜨렸다.

그리고──.

"뭘 넋 놓고 있나. 얼른 옥상의 깃발을 불태우고 와라."

"으에? 저, 저요?"

"네놈이다. 네놈뿐이란 말이다. 사태가 움직인 뒤로 하나도 역할을 완수하지 못한 자는."

자기 자신을 손가락질하며 눈을 깜빡인 스바루의 물음에 아벨의 차가운 눈길이 꽂혔다.

그의 지적에 스바루는 연회장 안을 둘러보았다.

적을 나이프로 견제한 쿠나와 거한을 화살로 맞춘 타리타. 그 거한을 죽게 두지 않아 '무혈입성' 성립을 사수한 플롭과 무장 해제를 시킨 아벨.

확실히, 거한이 도약했을 때 엉덩방아를 찧은 스바루만 아무것도 하지 않았다.

"냉큼 가라. 미젤다 쪽이 없어서는 무장 해제시키는 것도 벅차다."

"아, 알겠사와요! 네, 네, 실례하겠습니다!"

말하면서 스바루는 발코니로 가서 그곳을 통해 훌쩍 옥상으로 기어 올라갔다. 도시청사의 옥상, 밤의 과랄을 내다볼 수 있어서 참으로 장관이다.

그리고 찬바람을 쐬면서 스바루는 벽의 횃불을 회수해 도시청사 옥상에 걸려 있던 제국의 깃발—— 검랑의 깃발에 불을 붙여 태웠다.

——지금, 성곽도시 과랄의 함락은 성사됐다고 표시하고자.

3

힐끔힐끔 도시청사를 신경 쓰는 자말을 데리고 토드는 시내를 둘러보고 있었다.

그럭저럭 역사가 있는 도시인 만큼, 강대한 방벽인 벽을 빠져나갈 수단은 넉넉하다. 그냥 민가가 지하도를 만들고 있거나, 어린아이를 이용한 벽 통과용 밀수 수법도 있었다. 그것들을 정확하게 적발하면서 토드는 다가올 습격에 경계심을 높이고 있었다.

"손을 떼는 일은 없어. 그렇다면 반드시 도시를 함락하러 올 거야. 샛길을 사용해서 단숨에 도시청사를 점거하거나, 거리에 방화를……음~ 다른 수단도 있나?"

단순히 도시를 함락시킬 뿐이라면 병사도 시민도 구별 없이 학살하는 방법이 떠오른다.

불이나 물, 흙에 파묻히기만 해도 사람은 죽는다. 수단을 가리지 않으면 인간을 죽이는 것쯤 손쉬운 일. ——그 흑발 소년은 어떤 수단을 이용해 올까.

그 생각을 하면 불안하고 불안해서, 배에 구멍이 뚫려 있어도 마음 놓고 숙사에서 자고 있을 수가 없다.

"이놈이고 저놈이고, 경솔하고 대충대충인 녀석들뿐이니 말이야."

전원이 자말 급이라고는 말하지 않아도, 세세한 부분에 눈길이 가지 않는 자가 많다.

토드도 자신이 우수하다거나 눈치가 빠르다고는 생각하지 않지만, 자신이 어리석고 부족한 점투성이라고 자각하고 있으면 구멍을 메울 방도는 얼마든지 있기 마련이다.

어째서 다들 자신이 바보라는 사실을 의심하지 않고 살아갈 수 있는지 모르겠다.

인간이란 한 명도 남김없이 전원 바보니까, 바보 나름대로 최선을 다해야 하는데.

"……야야, 저건 무슨 장난질이야."

다음 민가에 쳐들어가려던 토드는 갑자기 나온 얼빠진 목소리에 발을 멈추었다.

쳐다보니 자말이 멀찍이, 도시청사 쪽을 바라보며 얼빠진 표정을 짓고 있었다.

"왜 그래, 자말. 도시청사 쪽에 무슨 일이……"

있냐고 말하려다가, 토드도 자말과 나란히 같은 방향을 보았다.

도시청사에서는 지금쯤 초대한 무용수들이 여흥을 지시해 『장』의 위로를 겸한 주연이 열렸을 것이다. 그러니까 다소는 들떠서 엉뚱한 짓을 하는 자가 나와도 이상하지는 않다.

이상하지는 않지만, 아무리 그래도 도시청사에 건 제국기가 불타는 상황은 웃을 수가 없다.

"──저게 뭐야."

격식 없는 잔치의 범위를 넘은 만행에, 천하의 토드도 말문을 잃었다. 불에 타는 제국기가 뜨거운 바람에 나부끼며 휘날리는 불티가 밤하늘에 벌겋게 선을 긋고 있었다.

그리고 그 타오르는 깃발 바로 옆에는 도시청사 안에서 보았던 여자의 모습이 있었다.

풍성한 흑발에, 날카로운 눈매가 특징적인 악사. 분명히 이름은——.

"——나츠미 슈바르츠."

물어보았을 때 그렇게 대답한 이름이 떠올랐다.

자말의 접근에 움츠리며 겁을 내던 가냘픈 여자. 그러나 그 여자가 손에 든 횃불로 당당히 제국기를 태우고 있는 모습이 어렴풋이 보인다.

설마, 술에 만취해서 저지른 흉행이라는 귀여운 짓일 리는 없으리라.

저것은 틀림없이 제국에 대한 공격의 의사다. 그리고 거점의 깃발이 불태워졌다는 말은, 그 장소가 적의 손아귀에 떨어졌음을 의미한다.

거기까지 생각한 시점에서, 토드의 뇌리에 전격적으로 어느 가능성이 부상했다.

"……설마, 네가?"

눈을 부릅뜬 토드는 횃불을 든 흑발의 여자, 나츠미 슈바르츠를 꼼꼼하게 관찰하다가 자기 안에 싹튼 극히 자그마한 가능성에 말을 잃었다.

도대체, 누가 이런 짓을 생각한단 말인가.

설마 저런 방법을 써서 정면으로 적의 경계망을 돌파해 본성을 떨어뜨리다니.

"불가능하다고, 생각했었어. 정면으로 지나가려 하는 건."

그런 목숨 아까운 줄 모르는 수법, 대체 누가 택할까.

물론 짐이나 용차에 숨을 가능성은 충분히 경계해 검문도 그쪽에 대한 확인은 강화했을 터다. 하지만 도보로, 그것도 주목을 모으는 형태로 침입하는 것은 고려치 않았다.

안 그래도 첫 번째 잠입으로 이쪽 경계를 강화한 판국이다. 더더욱 이목을 피하는 방향으로 판단을 전환하는 것이 정상적인 사고방식──.

"설마, 그것도 포석이란 뜻인가? 일부러 우리에게 발견되어서 정면 돌파는 불가능하다는 선입관을, 심었다고?"

그리고 감쪽같이 시내에 숨어들어 무용수로 거점에 초대받아 도시청사를 함락시키고 제국기를 불태웠다. ──나츠미 슈바르츠의, 그 의도대로.

"⋯⋯위험해."

어쩌면 이렇게 용의주도한 계획을 세울 수 있느냐고 마음속 깊이 등줄기가 얼어붙었다.

스스로는 아낌없이 최선수를 얻기 위해서 최선을 다했다고 여겼었지만, 상대는 그것을 가볍게 뛰어넘어 비웃고 있다. 전쟁의 총아, 그 존재에 몸서리를 쳤다.

"빌어먹을! 무슨 일이 일어난 거야! 아무튼, 도시청사로 돌아가서⋯⋯."

"바보, 그만둬. 너까지 죽을 셈이냐."

토드와 달리 제국기를 불태운 상대의 정체를 깨닫지 못한 자말.

거리상 그의 눈으로는 도시청사 옥상의 상세한 모습은 보이지 않을 것이다. 토드의 특별한 눈이기에 보였을 뿐이다. 그리고 보이기 때문에 자말을 만류했다.

거점의 제국기가 불탄 이상, 도시의 함락은 명백하다.

아마도 지금쯤은 지크르를 포함해 연회에 참가한 『장』은 전원 살해당했을 것이다. 어슬렁어슬렁 튀어 나가 봤자 반격으로 죽는 게 고작이다.

"이 자식, 겁먹었냐? 그러고도 제국 군인이야? 아앙?!"

"긍지로는 승리도 생명도 얻지 못해. 애초에, 너도 알잖아. 도시청사는 이미 글렀어. 이장도 다 죽었어. 머잖아 슈드라크가 도시에 들어올 거야."

"_____."

"그 전에 도망치지 않으면, 용감하게 전사하는 것 외의 선택지가 없어질걸."

자말은 얌전히 무장 해제라는 굴욕을 받아들일 성격이 아니다.

대신할 선택지는 무기를 든 채로, 적진에 뛰어들어 만용을 휘두르다가 열 명쯤 길동무로 삼은 뒤 전사하는 정도일 것이다.

그야말로 검랑의 죽음이라고 하고 싶지만, 토드가 보자면 개죽음이 따로 없다.

생명도 유한한 패다.

승리를 위해서 쓴다면 몰라도 오기를 부리겠다고 쓰기는 아깝다.

그럭저럭 알고 지낸 지도 오래되었다. 그렇게 충고해 줄 정도의 관계가 있다고 생각한다. 아마.

"마침 막은 지 얼마 안 되는 벽의 구멍이 있잖아. 나는 그리로 도망친다. 너는?"

"으, 윽…… 또, 또 살아서 수모를 당하라는 거냐."

"살아 있으면 수모를 씻을 기회도 있어. 하지만 죽으면 끝이라고. 그렇게 되었으니, 나는 간다. 승산이 없는 싸움에는 동참할 수 없어."

승산의 유무는 고사하고, 승산이 낮은 싸움에도 동참하지 않는 것이 본심이지만 시시콜콜한 부분까지 논하다가 자말하고 입씨름을 벌일 시간도 아깝다.

바로 뒤돌아서 달리기 시작하자 자말은 잠시 망설이다가 "빌어먹을!" 하고 욕설을 터트리고 어쩔 수 없이 토드를 뒤를 따랐다.

누구나 다 이만큼 단순하면 고맙겠지만, 세상은 그리 쉽지 않다.

어쨌든——.

"일단, 나츠미라는 이름으로 기억해 두기로 할까. ——전쟁의 총아님."

4

제국기가 불타고 도시청사가 함락되었다고 알자 제국병들은 생각 외로 순순히 투항을 종용하는 외침에 따랐다.

그것은 도시를 지키는 경비병들도 동일해서, 무혈입성이 목적이던 스바루 입장으로는 크게 달갑긴 했지만 놀라운 전개이기도 했다.

"그건 그렇고, 대단한 결과다, 스바루…… 아니, 나츠미."

"미젤다 씨."

전과와 작전 성공으로 가짜 가슴을 쓸어내린 스바루. 거기서 술병에 직접 입을 대고 호쾌하게 술을 마시던 미젤다가 말을 붙였다.

별동대로서 도시 밖에 잠복해 있던 그녀들도 제국기가 불탄 것을 신호로 도시청사의 함락을 깨달아 도시에 들어왔다. 경비병들도 제국병의 패배를 알자 당당히 다가오는 그녀들을 만류하지 않았던 모양이다.

덕분에 슈드라크의 협력도 있어 제국병 태반을 포박하는 데 성공했다.

연회석이 열린 넓은 방도 비치해 둔 술과 식사를 치우고 대신에 구속된 제국병들이 주욱 정렬된 상황이다.

"하지만, 이만한 인원…… 역시 정면 대결은 힘들었겠네요."

"설령 적이 많을지라도 슈드라크의 긍지는 꺾이지 않는다. ……그렇다고는 해도 단순한 수는 뒤집을 수 없기 마련이지. 하지만 너와 아벨은 그것을 뒤집어 보였어."

"_____."

"자랑스러워해라, 나츠미. 너는 지혜로 용맹을 드러냈다. 우리에게는 불가능했던 일이다."

힘차게 스바루의 어깨를 두드린 미젤다가 호탕한 웃음을 남기고 갔다.

곧바로 미젤다는 도시청사의 함락에 가장 크게 공헌한 타리타와 쿠나를 치하하기 위해서 두 사람에게 향했다.

멀리서도 언니에게 칭찬받아 눈을 빛내는 타리타의 모습이 흐뭇하다. 덧붙여 쿠나는 안부를 확인하는 홀리가 허리를 껴안아 몸이 부러질 지경에 처해 있었다.

"저러다가 공로자인 쿠나의 숨이 끊어지지 않으면 좋겠는데요…… 아."

안도감도 거들어 작은 웃음이 흘러나온 스바루. 그러고 나서 뒤돌았을 때, 바로 등 뒤에 서 있던 상대와 부딪힐 뻔했다.

그 상대는──.

"레, 렘……."

"──────."

지그시, 바로 코앞에서 올려다보자 스바루는 얼떨결에 뒤로 물러섰다.

나무 지팡이를 짚고 있는 렘은 그 연청빛 눈으로 스바루를 머리부터 발끝까지 쳐다보았다. 그 시선에 불편함을 맛보면서 스바루는 작게 헛기침하고 물었다.

"왜, 왜 그래요? 저, 아무렇지도 않답니다?"

"그렇다고, 듣기는 했습니다. 다만 당신은 어딘가 다친 데가 있어도 그 사실을 숨기고 같은 말을 할 것 같은 기분이 들어서요."

"신용이 없네요……. 하지만 저도 아픔에 강한 편은 아니니까 별것 아닌 상처라도 바로 신고한답니다. 진짜요, 진짜."

아가씨 말투로 얼버무리려다가, 바로 "어라?" 하고 갸웃거렸다.

"바, 방금 그 말, 제 몸을 걱정해 주셨던 건가요?"

"뭐?"

"아! 죄송합니다! 건방지게 굴었어요! 그렇겠죠! 딱히, 렘이 저를 걱정할 리……."

"했어요."

"헤?"

스바루는 손을 파닥파닥 흔들어 자신의 착각을 허둥지둥 정정하려고 했다. 하지만 그것은 다름 아닌 렘의 말에 가로막혔다.

쳐다보니 렘은 표정을 바꾸지 않은 채로 희미하게 그 눈을 일렁이며 말했다.

"그러니까, 걱정했다고요. 당연하잖아요. 아무리 장난 같은 작전이었다고 해도, 당신이 그러도록 부추긴 것은 나입니다. 그런데 내가 걱정하지 않는다? 대체 나를 얼마나 매정한 사람이라고 여기는 건가요."

"아, 아뇨, 아뇨, 아뇨, 그렇지는 않답니다. 렘이 매정하다고는 생각하지 않아요! 렘은 애정이 많고, 살짝 맹신이 심하고, 친해지기 전에는 서먹서먹한 구석도 있지만 그 갭도 끝내주는 매력이……."

"――――."

"렘, 혹시 감동하고 있나요……?"

"아니요, 단순히 소름 끼친다고 생각했습니다."

"으그윽!" 하고 단순한 말만으로 스바루의 가짜 가슴이 꿰뚫렸다.

아픔에 스바루가 가짜 가슴을 누르면서 뒷걸음질 치자 렘이 싫증 어린 한숨을 내쉬었다. 그리고 그녀는 스바루 쪽으로 한 걸음 다가섰다.

"다만 언동이야 어쨌든, 당신은 어떻게 해 보였습니다. 정말로, 이 도시를 함락시켰어요. 그것도, 사망자를 내지 않고요."

"……무혈입성이란 글자를 지킨다면, 부상자도 내고 싶지 않았는데 말이에요. 아무리 그래도 바라는 게 너무 많았을까요."

"글쎄요. 의외로 당신과 아벨 씨라면 그것도 해냈을지도 모르겠네요. ……왜, 그런 표정을 짓는 거죠?"

"……딱히, 아무것도, 아닌데, 요?"

스바루의 떫은 표정에 렘이 수상쩍다는 듯이 눈썹을 모았다.

실제로 그녀의 의견은 수긍이 간다. 이번에 아벨의 협력이 없었으면 이 계획은 성립되지 않았을 테고, 아벨이 무시무시하게 머리가 돌아가는 남자인 것은 사실이다.

그래도 렘의 입에서 다른 남자를 칭찬하는 말을 듣자 가슴이 텁텁했다.

"이 가짜 가슴이라도 느끼는 것은 있는 거군요……."

"어쩐지, 시답잖은 말을 하는 듯한 느낌이 듭니다만……."

렘의 게슴츠레한 눈빛을 받으며 스바루는 "아뇨아뇨아뇨." 하고 두 손을 흔들어 얼버무렸다.

지금의 질투심을 렘에게 전해도 그녀는 소름만 끼칠 뿐이리라. 그것도 어쩔 수 없는 일이지만 상처 입는 건 상처 입는 것이다. 애정의 일방통행은 괴롭다.

"아뇨, 이 경우에는 반사니까……? 에밀리아땅에게는 그냥 통과했지만, 그래도 받아주고 있는 실감은 있단 말이죠……."

"오―! 나츠미, 찾았다, 찾았어! 엄청났다고 들었어, 축하해!"

"와, 미디엄 씨."

크게 소리치며 탁탁탁 발소리를 내면서 달려오는 미디엄.

미디엄은 활짝 웃으며 그 어깨에 두 소녀―― 우타카타와 루이를 태운 채로 즐겁게 방의 병사들을 바라보고 있었다.

"이거, 다~들 나츠미 쪽에서 붙잡은 거지? 깜짝 놀랐어~! 그래서, 그래서, 그래서, 언니는? 언니는 힘 좀 썼어?"

"언니라면, 그러니까 미디엄 씨, 플로라는……."

"――나는 여기란다, 동생아!"

발소리를 한 번 크게 울리고 목청 높여 자신의 존재를 주장한 미남자, 연회장으로 쓰이던 방에 나타난 플롭의 모습을 보자 미디엄이 "오오!" 하고 동그란 눈을 크게 떴다.

거기에는 미디엄의 동반자, 오래도록 보아온 플롭 본인이 비치고 있었다.

"오빠! 오빠 아냐! 역시, 오빠는 언니가 아니고, 언니인 줄 알았던 언니는 오빠였다는 거야?!"

"핫핫핫, 무슨 말을 하는지 당최 모르겠구나, 동생아! 하지만 어쨌든 간에 나는 여기에 있다. 그렇다면 내가 오빠든 언니든 사소한 문제가 아니겠나!"

"그도 그런가! 그럼 나도 여동생이 아니라 남동생일지도 모르네! 덩치 크잖아!"

"여동생이든 남동생이든, 오빠든 언니든 가족이라는 사실에 변함은 없지!"

오코넬 남매의 대화는 독특하지만, 그 독특한 분위기로 끝까지 이어졌다.

웃는 플롭이 미디엄의 허리에 안기자 두 어깨에 소녀들을 태운 미디엄이 그대로 빙글빙글 돌기 시작했다. 그 결과, 플롭의 두 다리가 떠올라서 대회전이 시작되고 실내에 남매와 아이들의 즐거운 웃음소리가 울려 퍼졌다.

"초현실적이네요……."

"미디엄 씨도 플롭 씨를 걱정하고 계셨으니까요. ……그래서, 당신은 언제까지 그 모습으로 있을 작정인가요? 평생?"

"평생은 말이 심한걸요?! 아무리 제가 귀여워도 이건 임시적인 모습…… 언젠가는 원래대로 돌아가야만 할 운명이랍니다."

"언젠가라고 하는 걸 보면, 아직 그 모습으로 더 있을 건가요?"

"지금은 어쩌다 보니 옷 갈아입을 새가 없었을 뿐이어요!"

의심스러운 자, 대놓고 말하면 해충을 보는 것 같은 램의 시선에 스바루도 마냥 버텨낼 만큼 정신적으로 터프한 것은 아니다.

실제로 지금도 여장한 상태로 있는 것은 제국기를 태우거나, 그 뒤 도시에 들어온 『슈드라크의 민족』을 맞이하는 등 시시콜콜한 작업에 쫓겼기 때문이다.

어디까지나 상황이 스바루에게 옷 갈아입을 시간을 허락하지 않았을 뿐. 결코 의도적으로 나츠미 슈바르츠인 채로 머무르고 있는 것이 아니다.

"아니랍니다?"

"그런가요. 아벨 씨라면 지휘관과 안쪽 방에 계세요."

"믿어 주지 않는 것 같은 태도!"

스바루는 차가운 눈으로 보는 렘의 손가락이 가리키는 쪽으로 터덜터덜 발길을 옮겼다.

이대로 렘이나 다른 사람들과 무혈개성에 성공한 것을 축하하고 싶지만, 여기서 무방비하게 쌍수를 들어 환희작약하고만 있을 수는 없다.

어차피 과랄의 함락도 통과점에 불과하기 때문이다. 이후의, 제국을 뒤흔드는 내란과 스바루가 어떤 위치를 유지할지도 포함해 고민을 해야만 한다.

그러기 위해서——.

"실례하겠어요."

그렇게 말을 건네고 스바루는 연회장으로 쓰이던 방 안쪽에 있던 별실의 문을 밀어젖혔다.

그곳은 본래 도시청사의 주인인 도시장의 개인실, 사무실 같은 방이었을 테지만 현재 주인은 쫓겨나고 대신할 지배자가 의자에 앉아 있다.

원래는 지크르 이장이, 그러나 지금은 그보다 거만한 남자가 말이다.

"——네놈인가. 아직 그 모습을 하고 있나."

그렇게 말한 남자가 턱을 괴고 콧방귀를 뀌었다. 아벨은 이미 무용수 의상을 벗어 던지고 남성용 복장으로 갈아입은 상태였다.

아벨 앞에는 무릎 꿇은 지크르의 복슬복슬한 머리가 있고, 그 외에 실내에 다른 사람은 없었다.

"저의 모습은 언급하지 말아 주시어요. 그보다 호위도 달지 않고 이장과 단둘이 된 건가요? 목숨 아까운 줄 모르는 데에도 한도가 있지 않나요?"

"물론 이자에게 저항의 의지가 있으면 검을 들이댈 수도 있겠지. 하지만 이 인간에게 그럴 의지는 없다. 안 그런가, 지크르 오스만."

"──예. 그 말씀이 옳습니다, 각하."

아벨이 턱짓으로 대답을 촉구하자 지크르는 아벨을 그렇게 불렀다.

각하. 명백하게 윗사람을 상대로 경의로 넘치는 그 호칭은, 지크르가 아벨을 단순한 여장 취미의 역적이 아니라고 판단했다는 증거였다.

"얘기한 건가요?"

"얘기할 필요도 없더군. 아무래도, 이자는 춤추던 도중에 깨달았던 모양이야. 아니, 정확히는 춤이 끝나고, 머리로 이해했다고 해야 할까."

"──?"

바꿔 말한 의미를 알지 못해 갸우뚱하는 스바루.

아벨의 그 안목에 지크르는 더한 경의를 표시하듯이 머리를 깊이 숙였다.

실질적으로 여태까지 그다지 느끼지 못했던, 아벨이 황제라는 사실. 그것을 분명하게 인식해 경의를 표명하는 귀중한 인재다.

"하지만 그렇다면 그거대로 사정이 좋지. 지크르 오스만, 나를 따르라. 나쁘게 대하지는 않겠다."

"예! 각하를 위해서라면, 이 지크르 오스만, 몸과 마음을 바치겠습니다!"

"자, 잠깐, 잠깐, 진심이어요?! 아직 아무런 사정도 듣지 못한 거 맞죠?!"

의자에 앉은 채로 아벨이 복종하기를 요구하자 지크르가 바로 결단했다.

사정이 좋기는 하지만, 너무나 이야기가 짧짤하다. 하지만 지크르는 스바루의 질문에 고개를 크게 가로저었다.

"눈앞에 각하께서 계시고, 이 몸을 요구하신다. 그렇다면 여기에 부응하는 것이 제국의 『장』의 책무. 무엇보다 전 이상의 충성을 각하께 맹세하고 싶습니다."

"호오, 왜지? 그렇게나 나의 춤에 매혹되었느냐?"

"대단히 훌륭한 것이었습니다. 하지만 그것이 전부는 아닙니다."

미소조차 띠지 않은 아벨의 차가운 농담에 지크르의 답변은 뜨거웠다. 그는 바닥에 두 주먹을 붙이고, 그 표정에 더없이 강한 환희를 띠면서 말을 이었다.

"설마, 각하께서 저의 별명을……그것도 불명예에 불과하다고 저주한 쪽을 기억해 주셨을 뿐만 아니라, 그것을 믿어 주셨을 줄이야……."

"당연하지. 제국의 지배자이고자 한다면, 국토 만방을 두루 알아야 하는 법. 따르는 신하에 대해서도 마찬가지다. 『장』쯤 된다면 언제 내가 자신의 수족으로 삼을지 모르는 일이다. 자신의 수족도 알지 못하고서 황제의 걸음이 꼿꼿할 거라 생각하나?"

"결코 아닙니다! 그렇기에, 진심으로 영광이옵니다!"

지크르가 털어내기 어려운 환희에 몸서리치며 뜨거운 충성을 아벨에게 맹세했다.

솔직히 일어난 일만 보면 지나치게 그럴싸한 전개지만, 지크르의 옆얼굴에 감도는 귀기에 스바루도 그의 속마음을 의심할 여지를 찾을 수 없었다.

그와 동시에, 스바루는 아벨이 가진 구심력이라고 해야 할 카리스마와 그것을 지탱하는 황제로서의 강렬한 자부심과 신념에 압도되고 있었다.

황제라는 구름 위의 상대가 자신을 알고서, 자신의 강점도 약점도 파악한 다음에 작전을 세워 멋지게 그 의도대로 농락당하다 패배했다.

그것은 어쩌면 동경하는 프로 야구 선수에게 홈런을 맞은, 고교 야구의 투수 같은 심경일지도 모른다.

그렇게 비유하기에는 실제로 실행된 것이 전쟁이라는 살벌하기 그지없는 행위였지만.

어쨌든 간에——.

"지크르 오스만이 따르면 그 아래의 『장』도 이쪽에 붙겠지. 성곽 도시와 합쳐서 비로소 멀쩡한 전력을 모았다고 할 수 있겠어."

"그렇다고는 해도 다른 곳과 일을 벌인다면 전력 부족은 확실. 일단, 제도에서 보낼 터인 증원군을 시내로 불러들여 투항을 권고해야 하리라 생각합니다."

제국의 사정에 정통하며 전략을 짤 수 있는 인재가 가담하자 어영부영 군사회의도 본격적인 방향으로 급변했다.

그것을 저항 없이 받아들이는 아벨과 달리, 스바루 쪽은 본격적인 전쟁 준비의 시작에 큰 저항감이 있다. 따라서 그 이야기가 진행되기 전에 아벨과 이야기를 나누고 싶다.

성곽도시를 떨어뜨린 뒤의, 스바루와 렘의 처우에 대해서.

그러나 스바루가 꺼내려던 그 이야기는, 아쉽게도 논의되지 않았다.

왜냐하면——.

"——제도의 증원군."

지크르의 한마디에 반응한 아벨의 중얼거림에 방의 공기가 진동했기 때문이다.

아벨의 모습에 눈을 크게 뜬 두 사람 앞에서, 아벨은 힘차게 의자에서 일어서서 성큼성큼 연회장으로 돌아갔다.

그리고——.

"——지금 당장 도시의 정문을 닫아라! 사자든 뭐든 상대하지 마라!"

아벨이 그렇게 고함치듯 외치자 연회장의 전원이 놀랐다.

당연하지만 직전까지 대화를 나누던 스바루와 지크르도 알지 못하는 이상, 미젤다 쪽도 아벨의 진의가 전해지지 않는다.

다만 아벨의 절박한 모습을 보아 예삿일이 아니라고 짐작하기
에는 충분했다.

"타리타, 가라. 정문을 닫으라고 말하고 와."

"어, 언니, 대체 무슨 일이……."

"——가라! 슈드라크의 이름을 더럽히지 마!!"

머뭇거린 타리타를 어투가 거칠어진 미젤다의 목소리가 강렬
하게 후려쳤다.

살의조차 느껴지는 한마디에 타리타가 눈을 크게 뜨고 허겁지
겁 연회장에서 밖으로 뛰쳐나갔다. 타리타는 곧바로 정문을 닫
으라고 경비병들에게 명령하리라.

그것으로 아벨의 지시는 완수되겠지만——.

"촌장 군, 무슨 일이 있었던 거지? 자네가 낯빛을 바꾸다니 별
일이잖아."

"상인, 네놈의 헛소리에 어울릴 여유는 없다. 당장에라도 태세
를 정비할 필요가 있다. 지크르 오스만, 『장』들을 설득해라. 미
젤다, 너희는……."

"우우우——!!"

걱정하는 플롭을 내친 아벨이 주위에 척척 지시를 내렸다.

아벨은 지크르와 미젤다, 각 집단의 수장에게 부하를 수습하
라고 명령했지만, 그 지시는 도중에 날카로운 어린아이의 발작
에 가로막혔다.

"와, 와, 와, 왜 그래, 왜 그래?! 루이, 무슨 일 있어?!"

"우——! 우——! 아—— 우——!"

"루! 진정해! 우가 있어!"

머리 장식을 잔뜩 단 머리카락을 당기는 손길에 미디엄이 놀라서 정신을 차리지 못했다. 그 어깨 위에 타고 있는 루이가 필사적으로 소리를 지르고, 그런 루이를 우타카타가 달래려 하고 있었다.

하지만 날뛰는 루이는 전혀 얌전해지지 않는다. 그러기는커녕 루이는 주륵주륵 굵은 눈물을 흘리며 무언가를 두려워하듯이 표정이 굳어지고 있었다.

"루이, 진정하세요! 왜 그러는 건가요? 무슨 일이 있다면, 내가 잘 들어 줄 테니까, 울지 마요……."

"우—!"

"네? 저쪽에, 무언가 있는 건가요?"

흐느끼는 루이를 두고 볼 수 없어 렘이 그녀에게로 다가갔다. 그런 렘의 접근을 눈치채자 루이는 눈물을 흘리면서 실내 한구석을 손가락으로 가리켰다.

그에 이끌려 렘도 그쪽에 눈길을 던졌다. 덩달아서 스바루와 아벨도 그쪽에 시선을 주었다. 그러나 아무것도 없다. ——아무것도, 없을 테지만.

"——미젤다!"

그 허공을 노려보면서 아벨이 가장 빨리 미젤다의 이름을 외쳤다.

그에 응답하듯이 미젤다가 등에 멘 활을 날렵하게 뽑아 오른손에 네 대의 화살을 잡고는 한꺼번에 시위에 걸고 당겼다.

미젤다의 강인한 육체로부터 발사되는, 슈드라크의 족장이 펼치는 가공할 일격.

　네 대의 화살이 난사되어 루이가 가리킨 아무것도 없는 공간에 밀어닥쳤다. 그 화살 한 발 한 발은, 실로 스바루를 숲에서 죽인 『사냥꾼』의 일격을 연상케 하는 것이었다.

　정말이지 맞은 상대가 스바루라면 몸통이 찢겨 날아갈 가공할 위력.

　화살보다 강도가 있을 바닥과 벽이 깨지고 파편이 실내에 먼지구름을 뿌렸다.

　말려들지 않으려고 뒤로 뛴 병사들이 숨을 집어삼킨 가운데, 스바루 일행도 그 연막 안에 루이가 소란을 피운 원인이 있는 게 아닌지 시력을 집중하고──.

　"──그거로는, 나, 못 죽여."

　어딘가, 느긋한 목소리가 먼지구름이 솟은 실내 안에 부드럽게 내려앉았다.

　여자 목소리로 인식했다. 느긋하고, 태평한, 감정의 기복이 희박하고 성량도 작은 목소리였다고 스바루의 고막은 판단했다.

　한순간의 긴박감이 팽팽하던 상황에 그것은 몹시 자리를 잘못 찾은 것처럼 느껴졌다.

　그러나 그 목소리가 초래한 결과는 강렬했다.

　──순식간에 미젤다의 온몸이 무시무시한 불길에 휩싸여 타올랐다.

"──!!"

한순간에 온몸이 불길에 휩싸인 미젤다가 말이 되지 않는 소리를 질렀다.

인간 모양의 불덩어리로 화한 미젤다의 모습에 전원이 순간적으로 행동하지 못했다.

"──큭, 홀리!!"

"아, 알았어~!!"

직후, 쿠나가 부르는 소리에 홀리가 한 아름은 될 물병에 달려들었다. 그녀는 그 물병을 자랑하는 괴력으로 들어 올려 불타는 미젤다의 발 아래로 힘껏 던졌다.

깨진 물병에서 넘치는 물이 미젤다를 삼키고 불타던 그녀가 바닥에 쓰러졌다.

"──아."

불에 태워지던 것은 한순간뿐. 그런데도 온몸이 지져진 고통은 상상도 할 수 없다.

도대체 무슨 일이 일어난 거냐고 스바루는 상황 변화의 빠르기에 따라가지 못하고 있었다. 다만 혼란이 맴도는 홀의 중심, 낯선 인영이 늘어났다는 사실을 깨달았다.

스바루만이 아니라 다른 이들도 서서히 그 인영을 깨달았다.

──그곳에 서 있던 것은 갈색 피부 대부분을 드러낸 아름다운 소녀였다.

한 묶음만이 붉은 짧은 은발, 왼쪽 눈을 가린 안대, 둔부에는 풍성한 털이 특징적인 꼬리가 나 있으며, 손에는 주변에서 주운 것만 같은 나뭇가지를 쥐고 있는 인물. 감정이 희박하게 보이는 표정은 앳되어서, 여성적인 기복이 풍성한 몸매와 비교하면 몹시 언밸런스한 인상이었다.

하지만 이 예쁘장한 소녀야말로 직전에 일어난 사태의 방아쇠인 것은 의심할 여지가 없다.

무엇을 했는지도, 무엇이 목적인지도, 뭐 하는 자인지도, 모든 것이 불명이라——.

"——네놈이냐, 아라키아."

그러나, 누구나 얼어붙은 와중에 그 소녀의 이름을 알고 부른 사람이 한 명 있었다.

신성 볼라키아 제국의 옥좌에서 쫓겨난 황제가 아라키아라고 부른 소녀를 주시했다.

지크르가 즉각 복종을 맹세한 위압감을 정면으로 받고도 아라키아는 손에 든 나뭇가지를 긴장감 없이 좌우로 휘두르곤 말했다.

"각하, 오랜만."

"네놈도, 건강한 모양이군. ——치샤도 인정사정없는 짓을 하고 있어."

"인정? 없는데? 위험, 하니까."

긴장감이 없는 대화지만 그것은 어디까지나 아라키아 쪽에서 본 이야기다.

설령 말이 통할지라도 그걸로 상황의 개선을 바랄 수 있는 상대가 아님은 아벨의 바짝 긴장한 표정으로도 살필 수 있다.

　애초에 아벨을 황제라고 인식하고도 이렇게나 스스럼없이 접하는 그녀는 대체 누구인가.

　"아라키아, 일장……."

　"……지금, 뭐라고 하셨지요?"

　어쩌다가 나란히 선 두 명, 지크르가 짜낸 말에 스바루가 얼굴을 실룩거렸다.

　잘못 들은 것이기를 바랐지만, 그 얼굴에 비지땀이 맺힌 지크르의 눈은 진지해서, 스바루는 잘못 들었을 가능성의 소멸을 감지했다.

　그리고 그것이 착각이 아니라고 증명하듯 지크르가 거듭했다.

　"아라키아 일장…… 제국 최강의, 『구신장』 중 한 명!"

　"그것도, 구신장 중 '2위' 다. ──즉, 제국에서 위에서 두 번째라는 뜻이 되지."

　"제국, 2위……?!"

　지크르의 외침을 아벨의 말이 보충하자 스바루도 겉치레를 잊고 절규했다.

　홀에 퍼진 경악의 중심에서, 주목을 모은 아라키아는 나뭇가지를 들고.

　"잘났음." 하고 자랑하듯 가슴을 폈다.

　그런 아라키아를 중심으로 슬금슬금 홀에 있는 슈드라크가 포위망을 구성하기 시작했다.

첫 수에 미젤다가 쓰러져 남은 슈드라크는 17명. 그중에는 아직 어린 우타카타도 포함되어 있어 충분한 전력인지는 알 수 없다. 그러나——.

"겨우 이 손에 거머쥔 승리를 방해받을까 보냐——!"

그렇게 저주하듯이 내뱉은 스바루도 압수한 검 중 한 자루를 주워 들었다.

되쫓는다, 내쫓는다, 때려눕혀 잡는다. 어느 쪽이든 간에, 어떻게든 이 과랄 함락의 승리를 확실한 것으로——.

"힘내도, 헛수고."

다음 순간, 홀 전체가 뒤틀리는 듯한 어마어마한 바람이 불고 스바루도 슈드라크도 구속된 제국병도, 전원이 한꺼번에 휘저어졌다.

"————."

천지가 뒤집히고 상하좌우도 앞도 뒤도 알 수 없어진 스바루는 온몸을 바닥에, 벽에, 천장에 박아 강렬한 아픔에 의식이 날아갈 뻔했다.

"컥……."

무슨 일이 일어났는지 온몸을 지면 위에 내팽개치고 부서진 천장을 바라보면서 천천히 뇌가 분석과 이해를 진행한다. ——아마, 회오리다.

실내에, 한순간에 무시무시한 규모의 회오리가 발생해 그것이 스바루를—— 아니, 모두를 집어삼키고 그저 난폭하게 뱉어냈다.

사람도 물건도, 적도 아군도 구별 없이 아라키아의 회오리가 실내를 유린했다.

그래도 스바루가 가까스로 의식을 잃지 않고 그친 것은──.

"여, 자를…… 이 이상, 상처 입히게, 할 수는……."

축 처진 팔을 내던진 지크르가 그렇게 신음하면서 스바루를 안고 있었다.

회오리가 발생한 순간, 지크르는 순간적으로 스바루의 몸을 끌어당겨 파괴에 유린당한 충격으로부터 지키려 시도했다. 극히 약간이지만 그의 몸이 쿠션이 된 덕분에 스바루는 의식을 잃지 않고 그쳤다.

그러나──.

"이게 말이 돼……?"

스바루는 황폐해진 홀을 내다보고 절망적인 마음으로 말을 내뱉었다.

사람과 물건도 뒤죽박죽으로 섞인 홀 안, 조금 전까지 전의를 높이던 슈드라크들도 모조리 땅에 엎어져 전투 불능 상태다.

"──렘, 은."

스바루는 온몸의 아픔을 참으며 홀에서 렘의 모습을 찾았다.

렘 또한 슈드라크들과 마찬가지로 공격을 받고 혼절했을지도 모른다. 맞은 곳이 좋지 않으면 최악의 사태도 고려할 수 있다.

그리고 실내를 둘러보던 스바루는 그것을 발견했다.

렘이 아니다. 렘이 아니지만, 그자는 스바루의 눈길을 끌었다.

왜냐하면 그자는 회오리에 유린당한 뒤에도 자기 다리로 일어서고, 반파된 발코니로 달아나 난간에 등을 기대면서 아라키아를 노려보고 있었기 때문이다.

"아, 벨……."

그 회오리 속에서 대체 무슨 수로 몸을 지켰는지, 아벨의 피해는 최소한── 그래도 이마에서 피를 흘리고 한 팔을 축 늘어뜨린 모습은 애처롭다.

그러나 아벨은 패기가 시들지 않은 눈으로 곧게 아라키아를 응시하고 있었다.

"말대로 놀아나는 인형이 거창한 짓을 하는군. 네놈, 자신이 무엇 때문에 내 부하로 들어왔는지 그것을 잊었느냐?"

"……각하, 거짓말했어. 나, 속았어. 그러니까, 용서 못 해."

"──그것도 치샤의 잔꾀인가."

희미하게 눈을 내리깐 아벨이 무겁게 핏빛의 숨을 내쉬었다.

아라키아의 얼굴은 감정의 기복이 희박하지만, 그래도 눈동자에 알아볼 수 있는 분노를 띠고서 황폐해진 바닥을 천천히 밟으며 발코니에 있는 아벨에게로 걸어갔다.

한 걸음, 두 걸음, 그대로 아라키아가 아벨에게 접근하고──.

"우, 아아아아──!!"

높은 목소리가 난 직후 아라키아가 지나가려던 위치에 기둥이 쓰러진다.

석재가 깨지고 부러지는 굉음이 울려 퍼져서 너끈히 수백 킬로그램에 이를 원시적인 질량 병기가 아라키아를 엄습했다.

그 공격을 실행한 것은 기둥 그늘에 숨어 타이밍을 재고 있던 렘이다.

아마도 아벨의 위치에서는 회오리에 삼켜졌음에도 의식을 유지해 기둥 그늘에 숨은 렘이 보이고 있었을 것이다. 기척을 숨기고 아라키아의 전진에 맞춰 아벨의 시선으로 타이밍을 맞춰서 기둥을 밀어 쓰러뜨렸다.

　렘의 괴력을 살린, 이 상황에서 쓸 수 있는 최후의 공격.

　그것은 정확하게 아라키아의 가녀린 몸을 짓뭉개고자 덮쳐들고──.

　"응?"

　"──거짓말."

　시선조차 돌리지 않은 아라키아의 발 아래, 바닥이 마치 설탕 세공처럼 변형하고 솟구친 그것이 쓰러지는 기둥을 받쳐 다시 경질화한다. 기습, 실패다.

　렘의 혼신을 다한 노력도 아라키아에게 닿기는커녕 의식조차 유도하지 못했다.

　그리고 부러진 기둥의 밑동에 무릎을 꿇고 있는 렘을 아라키아가 돌아보았다. 그리고 렘을 보고는 별안간 그 눈을 동그랗게 떴다.

　"아, 오니다. 신기해."

　"당신은……."

　"……방해, 하지 마. 동료는 상처 입히고 싶지 않으니까."

　"동료……?"

　무슨 말을 하고 있느냐고 렘의 얼굴이 분노로 붉어졌다.

　하지만 슬픈지. 상대의 힘과 현격하게 차이가 나는 이상 분노는 단순한 감정이요, 저항하는 의사는 공허할 뿐이다.

렘이 파편으로 손을 뻗어 이번에는 투척으로 공격의 의사를 나타내려 했다.

그러나 아라키아는 손에 든 나뭇가지를 휘둘러 바람을 일으켜서 렘의 주위에 있던 파편을, 말 그대로 송두리째 날려 버렸다. 날아간 것은 바닥의 파편만이 아니라 렘의 등 뒤의 벽과 천장, 건물의 위층을 구성하는 부분이 잇달아 날아간다.

"힘 조절, 서툴러서. 당신도, 날아가 버려."

"그렇다면, 그렇다면, 그러면 되잖아요. 이만한 짓을 하고, 이제 와서 무엇을 망설일 게 있다고요. 그런 건……."

"……유감."

이를 악문 렘의 대꾸에 아라키아는 시무룩하게 어깨를 늘어뜨렸다.

하지만 그 귀염성이 있는 몸짓과 정반대로 아라키아의 행동은 매섭고 심플하다. 천천히 나뭇가지를 들어 올리자 차원이 다른 현상이 렘의 존재를 때려 부순다.

──그런 짓, 나츠키 스바루에게 허용할 수 있을 리가 없었다.

"아, 아아아악──!!"

함성과 함께 온몸의 고통을 내쫓고 스바루의 육체가 약동한다.

이 순간만은, 움츠리는 공포도 앞이 보이지 않는 불안도 죄다 방해였다.

사고를 방기하고 본능이 호소하는 대로 전진해 렘과 아라키아 사이에 끼어든다.

죽어도, 좋았다. 렘을 지킬 수 있다면, 죽어도 좋았다.

죽고 싶지 않은 게 본심이고 죽으면 모든 것을 망치는 것이 나츠키 스바루의 저주받은 운명이라도, 여기서 죽어도 상관없었다.

여자 모습을 하고, 가짜 가슴까지 만들었으며 얼굴에는 화장, 머리는 가발, 피부가 하얗게 보이도록 공들여 궁리했다. 아름다움을 추구한 우스꽝스러운 모습으로 나츠키 스바루는 지켜야만 하는 소녀를 위해서 피를 토하는 마음으로 맞섰다.

"──욱."

렘을 등에 감싸고 두 팔을 펼쳤다.

눈앞에 끼어든 스바루를 깨달은 렘이 숨을 집어삼키는 걸 알 수 있었다.

그러나 그녀가 그런 스바루의 행동에 무엇을 생각했는지, 무엇을 느꼈는지, 그 답을 알 수는 없다. 그럴 기회는, 찾아오지 않는다.

그것은 아라키아라는 파괴 앞에 눈 깜짝할 새에 빼앗겨서──.

"──참으로 우스꽝스러운 투신이로고. 하나 나쁘지는 않다."

그것은, 모든 것을 빼앗겨 아무것도 남지 않게 된 각오를 한 스바루의 귀에 닿은 목소리.

눈을 꼭 감고 찾아올 종언을 받아들이려던 스바루는 열기와 상실감, 무릇 '죽음' 에 이르는 요인 어느 것도 자신에게 닿지 않았음을 깨달아 숨을 집어삼켰다.

그리고 천천히 눈을 뜨고 그것을 보았다.

렘을 등에 감싸고 두 팔을 펼친 스바루. ──그런 스바루 앞에 누군가의 등이 있다.

아라키아가, 아니다. 아라키아는 그 등 너머에 서 있다. 그 얼굴에 경악을 띠고 멍하니 서 있는 모습이 보였다.

그 놀람을 아라키아에게 초래한 존재는 오른손에 붉게 빛나는 검을 들고서 밀어닥쳐야 했을 파괴 전부를 베어 넘기고 당당히 서 있었다.

거만하고, 오만하며, 이 세상 모든 것이 자신의 발 아래에 무릎 꿇을 거라 확신하는 붉은 눈동자.

그 풍만한 가슴을 터질 것처럼 팔에 안고 잔혹한 아름다움을 체현한 용모로 조소를 띤 것은 이 자리에서 얼굴을 마주칠 리가 없을 상대.

있을 리 없는 존재의 출현에 스바루는 오로지 숨을 집어삼켰다.

그런 스바루를 등에 두고 '붉은색'이라는 문자의 현현인 미모의 주인은 코웃음을 쳤다.

그리고——.

"이름을 댈 필요는 없다, 어리석은 것. 불러야 할 것은 소녀의 이름 쪽이다."

그렇게 말하면서 소녀—— 프리실라 바리에르는 핏빛이 어린 웃음을 짓고 있었다.

《끝》

후기

안녕하세요, 여러분. 나가츠키 탓페이입니다. 네즈미이로네코이
기도 합니다.

지난 권부터 돌입한 제7장, 여태까지와 취향이 다른 전개가 이어지
는 장인데요, 즐겨 주시고 계실까요?

모래의 탑에서 남쪽 제국으로 날아와 여태까지 낯익은 캐릭터들
이 없는 신천지에서 매몰차게 대응하는 렘과 함께 우왕좌왕 분투하
는 스바루. 이번 권을 끝까지 읽어 주신 분은 마지막에 낯익은 얼굴이
등장해 '자, 어떻게 되나!' 하고 가슴이 설레었으리라 생각합니다.
'자, 어떻게 되나!' 는 작가도 마찬가지!

지난번에 말씀드렸다시피 인터넷발 소설이던 『Re: 제로부터 시작
하는 이세계 생활』의 웹판과 서적판의 차이는 한없이 제로! 즉, 앞날
을 아는 것은 작가와 신뿐. 경우에 따라서는 신밖에 모르는 사태도 있
을 수 있는, 그런 상황입니다.

하지만 하고 싶던 전개를 마침내 해 보는 등 충실한 집필 생활이었
던 것도 사실. 이번에도 펜에 흥이 올랐다고 느껴 주신다면 감사를!

그렇다고는 해도 스바루를 보고 웃고 있을 수 없는 궁지의 연속, 부
디 앞으로도 본 작품과 작가, 그리고 힘든 처지를 당하는 나츠키 스바
루를 부디 잘 부탁드립니다.

그러면 지면 사정이 여전하므로 늘 하는 인사로 넘어갑니다!

담당자 I님, 지난번의 결의는 뭐였는지, 이번에도 조마조마하게 진행해서 죄송했습니다! 다음에는 성실하게, 노력하고 싶은 바……!

　일러스트의 오츠카 선생님, 이번에도 다수의 신 캐릭터 감사합니다! 단막 출연일 예정인데 오츠카 선생님의 일러스트 덕에 레귤러로 승격……가능하다 봅니다! 버라이어티 풍부한 제국의 인물들, 다음에도 잘 부탁드립니다!

　디자인의 쿠사노 선생님, 여행의 한때를 오려낸 한 장, 아름답게 완성해 주셔서 감사합니다! 7장, 앞으로도 여행하는 감각이 이어질까 합니다!

　만화판 관계, 월간 코믹 얼라이브에서 아토리 선생님＆아이카와 선생님의 4장 만화판이 연재 중! 노자키 츠바타 선생님의 『검귀연가』와, 만화 UP!에서의 츠카하라 미노리 선생님의 『빙결의 인연』이 클라이맥스를 맞이했습니다! 여러분, 늘 감사합니다!

　그리고 MF 문고 J 편집부 여러분, 교열 담당자님이나 각 서점의 담당자님, 영업 담당자님과 많은 분들께 신세를 지고 있습니다. 앞으로도 계속해서 본작을 잘 부탁드립니다!

　그리고 마지막으로, 항상 응원해 주시는 독자 여러분께 최대의 감사를!

　새로운 만남과 새로운 고난, 그것들이 엮어내는 새로운 장, 이후로도 함께해 주시길 잘 부탁드립니다!

　그러면, 또 다음 권에서 만나 뵐 수 있다면 기쁘겠습니다.

2021년 6월
《바쁜 세월이 끝나도, 바쁜 것은 끝나지 않고》

CHARACTER DESIGN

자말
Jamal

초기안

— 170cm
— 155cm

키높이
부츠

지크르
Zikr

홀리

Hawley

"그렇게 되어서, 일단 이번 표지 콤비라는 이유로 나랑⋯⋯⋯."

"내 차례야~! 노력하면 상으로 고기를 많이 받을 수 있대~!"

"그렇게 알기 쉬운 먹이에 길들지 마라⋯⋯라고 해도, 하라고 그러면 선전이든 잠입이든 대충 해치우겠지만."

"쿠나, 대활약이었어~! 흥분하지 않고 노력했어~."

"흥분하기는 했지만⋯⋯ 아~ 상관없나. 선전 시작한다~."

"알겠어~! 이번 권 다음, 9월에 발매 예정인 것은 리제로 Ex의 5권이라나 봐~."

"듣자니, 제국 주변의 이야기를 파고들 작정이라네. 이번의, 그 마지막에 나온 여자라거나, 너무 갑작스러워서 다들 식겁했으니까."

"하지만 하지만, 그 아이가 없었으면 아마 스바루도 렘도 다진 고기가 됐을 거야~."

"그래서, 그 둘이 고깃덩이가 되지 않고 끝난 이유를 파고든다는 거로군."

"아하, 그렇구나~. 아! 그래서, 그 밖에도 소식이 있어~ 리제로의 일러스트를 그려 주시는, 오츠카 신이치로 선생님의 리제로 화집 제2탄이 발매돼~!"

"제1탄에는 들어가지 못한 일러스트도 많으니까. 이번 권도 그렇지만 리제로는 오츠카 선생님이란 사람을 너무 부려 먹는 거 아냐?"

"예약도 8월 25일부터 시작되니까, 예약해서, 오츠카 선생님의 예쁜 그림을 보면서 그 노력을 위로해 주었으면 해~."

Re: Life in a different world from zero

Khouna

쿠나

"아마, 이번에도 다 들어가진 않을 테니까, 제3탄이 있도록 응원해 주라고. 우리의 그림도 들어간다면 그쪽일걸."

"그리고 또, 에밀리아의 생일 이벤트……도 개최된다고 해~! 에밀리아라는 아이가 누구인지 우리는 모르지만~."

"들은 이야기로는, 스바루의 관계자라고 하더라. 렘과 루이가 있건만, 남자란 그런 구석이 있단 말이지……."

"아! 쿠나의 푸념이 시작되었어~. 진짜, 쿠나는 변함이 없어~."

"시끄럽네! 자세한 내용은 훗날 발매라고 한다! 아무튼, 한다는 것만 기억해 두면 되거든!"

"알았어~! 이걸로, 소식은 전부 말했어~."

"나 참, 피곤해 죽겠네……. 왜 이놈이고 저놈이고, 나에게 이것저것 시키려 하는 거야."

"아마, 쿠나가 의지할 만하다는 걸 모두 알고 있어서 그래~ 하지만 쿠나를 가장 의지하는 건 나니까, 그건 오해하면 안 돼~."

"쓸데없는 소리 하지 마! 자, 얼른 가자!"

"쿠나도 참, 부끄럼쟁이라 귀여워~."

※일본어판 발매 당시 내용입니다.

Re:제로부터 시작하는 이세계 생활 27

2021년 09월 15일 제1판 인쇄 ·
2023년 08월 30일 제2쇄 발행

지음 나가츠키 탓페이
일러스트 오츠카 신이치로

옮김 정홍식

발행 영상출판미디어(주)
등록번호 제 2002-000003호
주소 07551 서울특별시 강서구 양천로 570 NH서울타워 19층
대표전화 02-2013-5665

ISBN 979-11-380-0584-5
ISBN 979-11-319-0097-0 (세트)

구매 시 파손된 도서는 구매처에서 교환하실 수 있습니다.
기타 불편사항, 문의사항이 있으신 독자님께서는 노블엔진 홈페이지 [http://novelengine.com] 에서
Q&A 게시판을 이용해 주시기 바랍니다.

노블엔진(NOVEL ENGINE)은 영상출판미디어(주)의 라이트노벨 및 관련서적 브랜드입니다.